千寻文化

Qianxun-Culture

—图书·影视—

U0912610

晚安，洛先生

Wan An , Luo Xian Sheng

眉袖——著

百花洲文艺出版社
BAIHUAZHOU LITERATURE AND ART PRESS

图书在版编目（CIP）数据

晚安，洛先生 / 眉袖著. --南昌：百花洲文艺出版社, 2019.8

ISBN 978-7-5500-3335-1

Ⅰ.①晚… Ⅱ.①眉… Ⅲ.①长篇小说-中国-当代 Ⅳ.①I247.5

中国版本图书馆CIP数据核字（2019）第157664号

晚安，洛先生
眉袖 著

责任编辑	郝玮刚 张兆磊
特约编辑	慢 慢
封面设计	小西设计 Miniqian
出版发行	百花洲文艺出版社
社 址	南昌市红谷滩新区世贸路898号博能中心A座20楼
邮 编	330038
经 销	全国新华书店
印 刷	长沙鸿发印务实业有限公司
开 本	880mm × 1230mm 1/32 印张 9.5
版 次	2019 年 8 月第 1 版第 1 次印刷
字 数	256千字
书 号	ISBN 978-7-5500-3335-1
定 价	39.80元

赣版权登字：05-2019-178

网址 http://www.bhzwy.com

目·录

Contents

Chapter 1

‖ 隔世之爱 ‖

她一直笑着，确保自己的笑容礼貌亲切，恰到好处。

对面的人推了推鼻梁上的无框眼镜："叶千江小姐，请说说你来应聘的初衷。"

"我来应聘临终关怀师是因为……"她的手指下意识地在椅子上的毛刺处磨了又磨，银色的钢制品上已经有了猩红的颜色，而她依旧保持着最完美的笑容和无可挑剔的仪态。

"叶小姐，"洛琛打断她准备到万无一失的演讲，"请问你之前的工作是……"

"营养师。"叶千江紧张地补充道，"我相信我的专业也能在这个领域里发挥特长，在为病患提供心理安慰的同时也能从饮食等方面提供全方位的服务。"

"那么你期待的薪资是？"

叶千江犹豫了一下，报了一个比本市平均工资稍低一点的数字范围，又马上补了一句，表示自己不奢望一开始就拿这么高的薪资。

"好，那么你对本公司还有什么问题吗？"

"我想知道除去培训，我最早什么时候能上班？"

"这个……"洛琛说，"我需要跟老板沟通。"

"那……"

"结果会通过电话告知的。"

叶千江站起来，紧张地上前一步："请问最晚什么时候有结果？"

"今天下午或者明天。"

"好的，谢谢。"

她转身离开时被对方叫住："叶小姐。"

"什么事？"

话音未落，一个创可贴递过来，她看着面试官递来的东西，不知所措。

洛琛点了点她磨破的手指，好像经他指点她才意识到自己受伤，道谢后落荒而逃，连创可贴都没顾得上拿。

洛琛看了看她刚刚坐过的椅子，在简历上打了个“×”。

从办公楼出来，叶千江轻车熟路地赶往市中心医院。8 楼最靠窗边的简易座位上，叶千江打开电脑，她的位置正好能对着 819 号病房。

这样连着坐了一个星期，她用各种各样的理由打发走了前来“关心”的护士。

今天护士长看她的眼神让她预感到自己会受到特别的关照。果然，从护士站走出一个膀大腰圆的护士，那护士身后还跟着一个更加魁梧的护工。

叶千江叹了口气，合上电脑，准备接受新一轮的问询。

“喂，你怎么还在这儿……”气势汹汹的护士站到叶千江面前，与此同时，从病房里跑出一个小身影，一把抱住她的大腿使劲儿摇。

“小姨，小姨，你怎么还在工作，进来陪月儿玩好不好？”

叶千江惊讶地盯着朝自己撒娇的小豆丁，她只知道对方是 819 号房 20 床的病人，其他一概不知。

原本斥责叶千江的护士比叶千江反应还要大，她把小月儿拉开，指着叶千江警惕地问：“小月儿，你老实告诉阿姨，你认识她吗？”

“当然。”小月儿摇晃着脑袋，换牙期间缺了门牙的她说话漏风，用不标准的普通话说，“她系我小姨啦。”

“那你小姨叫什么？”护士始终保持警觉。

“小姨就叫小姨呗。”小月儿嘿嘿一笑，挣开护士的手，扑到叶千江怀里，指着护士和身后的护工说，“就像你叫阿姨，他叫叔叔一样。”

“是啊，我们月儿真是聪明呢。”病房门口，一个笑容可掬的女人向护士打了个招呼，意思这里交给她处理，护士才不情不愿地返回护士站，其间不停地回头，用狐疑的眼神打量着叶千江。

“小姨，小姨，我们进去坐吧。”小豆丁牵着叶千江的手不肯放开。

叶千江看着门口的女人，那女人也对她发出了邀请。

“那……失礼了。”叶千江收拾好东西，随着女人走进那个她看了整整一周的病房。

小月儿热情地拉着她在床尾坐下，给她展示自己的彩虹色五趾袜。

“这系爸爸带月儿去游乐场的时候买的。”小月儿甜甜地说，小脚趾欢快地动了动。

“小月儿，你为什么说我是你小姨呢？”

小月儿两条淡淡的小眉毛纠在一起，忽然挑起一边眉毛：“刚刚那个护士阿姨可凶了，小月儿最怕她了。”

正当叶千江感叹小家伙小小年纪转移话题的功力却如此纯熟时，女人在她的对面坐下。

“你好，我叫叶千江……”说完这几个字，她忽然不知道怎么介绍自己，只能尴尬地笑着。

“我叫周慧，是这孩子的看护。”

“我知道。”叶千江点点头，死死盯着自己的膝盖。

“今天有什么活动吗？”周慧问道。

“什么？”叶千江抬起头，茫然地看着对方。

“没什么。”周慧摆摆手，“你在那里看我们的时候，我们也在看你。”

“对呀，小姨今天穿了裙子，好漂亮，小月儿长大了也要穿裙子。”小月儿揪着病号服，露出圆滚滚的小肚皮，显然对自己这身装束很不满意。

“小姨，你会跳舞吗？”

面对突如其来的问题，叶千江只能如实地摇摇头。

小月儿认真地说：“妈妈说过，月儿五岁时就可以学跳舞了，等我学会了教你好不好？”

叶千江被孩子气的单纯逗乐了。

这时，那个高壮的护士出现在门口，叶千江下意识地站起来。

“小月儿，该去治疗了。”

面对小朋友时，高大的护士也格外温柔，只是小月儿迈着小短腿儿扑到叶千江屁股后面躲起来。

叶千江一脸尴尬地拉出那个紧紧捂住脸的小朋友，好像这样别人就看不到她一样。

“小月儿，阿姨……”叶千江瞥了一眼护士，改口道，“小姨陪你去好不好？”

大颗的泪珠从小月儿眼睛里掉下来，她撇了撇嘴，委委屈屈地点了点头。

小月儿左手牵着叶千江，右手牵着周慧，小脚踩在护士投在地上的阴影里，来到了位于十层的化疗科。

“你会在这儿等月儿吗？”小月儿问。

“当然。”叶千江答道。

“真的？”

“真的。”

“撒谎鼻子会变长的。”小月儿扒着门缝，期期艾艾地说。

“那你一会儿出来看看我鼻子会不会变长喽。”

小月儿破涕为笑，再三确认叶千江会等她出来后，才恋恋不舍地走进化疗室内，厚重的防护门合上的一瞬间，叶千江看见有晶莹剔透的东西从她的脸上滑下来。

“说说吧，为什么要偷看我们？”周慧率先把话挑明，她既然是小月儿的看护，自然要为孩子的安全着想。

“我……”叶千江踌躇了一会儿，“我今天去慈爱关怀面试了。”

“慈爱关怀……”周慧说，“我是那里的员工。”

叶千江点头：“我知道，公司的宣传页上有你的照片……”

“所以，你不是看小月儿……”周慧说，“是看我？”

“是的。”叶千江心虚地回答，“我想快点学会相关的知识。”

“为什么？”

“我家人出了意外。”叶千江的左手食指下意识地寻找可以抓的落点。

"怎么回事？"

"我姐姐……"叶千江看着周慧笑了一下，很快低下头去，用极小的声音说，"出了车祸。"

"如果是这样的话，我建议你请一个专业的关怀师会比较好。"

"不。"叶千江摇着头，"我姐姐……我姐姐的情况比较特殊，她……她还没有醒。"

"多久了？"

"一个月。"

一般来说，苏醒的概率会随着时间的延长降低，长时间的昏迷，即使醒来，身体机能也面临着退化的风险。

"实际上需要关怀的是我父母。"说到这里，叶千江的食指的抖动频率明显增强，"是我父母需要安慰，他们受了很大刺激，根本接受不了这个打击，姐姐是在带未婚夫回家的路上……"

"我能理解你的处境，但请恕我直言，你来应聘关怀师的做法不是很明智。"

"我……"

周慧伸出一只手阻止她的辩解，刚想再劝她几句，忽然脸色煞白，脚底发软。

叶千江赶紧扶着周慧到不远处的椅子上坐下："你怎么样了？"

周慧好一会儿才缓过来，她对叶千江笑了笑，道："吓着了吗？"

叶千江摇摇头："要叫大夫吗？"

"不必。"周慧看着眼前神经兮兮、不停用受伤的手指抠椅子边沿的女孩，心想：你也有很多无法说出口的隐情吧。

她捏了捏自己肿胀的膝盖，下了决心。

从化疗室里出来的小月儿打断了两人的谈话，只见她扶着门框摇摇晃晃地走出来，看见叶千江的第一句话就是："太好了，小姨，你还在。"说完，两眼一黑，向前栽倒。

"小月儿。"来不及伸手去扶，叶千江直接扑倒在地，硬生生用自己的身体给小月儿当缓冲。

叶千江把小月儿抱在怀里，护士扶着虚弱的周慧回到病房。刚把小月儿安置在床上，小月儿“哇”地一下子吐在叶千江身上，三人手忙脚乱地给小月儿收拾好。在睡着之前，迷迷糊糊的小月儿还不停地对叶千江说：“对不起，对不起……”

周慧拿出自己的备用衣服借给叶千江，她换了衣服从卫生间回来的时候，护士正拿着酒精棉等着她，护士看她的眼神终于缓和下来了，还破天荒地给她一个笑脸。

“怎么了？”叶千江把衣服放进周慧递给自己的纸袋里，很不习惯这种待遇。

护士指了指她的手臂：“你受伤了。”

“啊？”叶千江顺着护士的指点看见自己的手臂上有大片的扇形挫伤，是刚刚接月儿的时候磕到的。

“没事的，你不说我都没发现。”叶千江不以为意地说。

“还真没见过像你这么心大的，我是护士，我有强迫症。”护士把叶千江按在椅子上，亲自为她卷起袖子，用酒精棉擦拭伤口，认真地说，“有患者在眼前不让治，我会发疯的。”

叶千江耸耸肩，还是一副无所谓的样子。

“可能会有点疼，你忍着点。”护士说道，实际上叶千江看着棉签在自己伤口处戳来戳去，脸上始终是一副事不关己的表情。

护士打趣道：“看起来娇滴滴的，没想到你还挺能忍的。”

“不疼。”叶千江回答。

护士看了看她的伤处，又看了看她平静至极的脸，手上的棉签在伤口处悄悄加了力道：“怎么样，有感觉吗？”

叶千江平静地摇头。

护士收回棉签：“那今天的天气呢，你觉得是热还是冷？”

虽然周慧也觉得三伏天里问这个问题挺怪的，但她并没有出声。

叶千江歪着头想了一会儿：“还好吧，不冷也不热。”

护士还准备问点什么，护士站发出的提示音让她不得不赶回工作岗位。

周慧请叶千江帮忙照看睡着的小月儿，自己则躲在卫生间给公司打电话。

“喂，洛总，很忙吗？”

“很忙，特别忙，我最优秀的员工忽然要辞职，让我这个老板措手不及。”

周慧不以为意地笑了笑，不到三十岁的老板在她眼里还是个没长大的孩子：“我想问下面试的结果怎么样。”

“不怎么样。”洛琛答道。

“我在公司邮箱里看到一份简历，有个叫叶千江的女孩看着不错啊。”

洛琛回忆了一会儿：“那个呀，有强迫症，而且不知道她为了什么事要来咱们公司，总之她面试时说的话我一个字都不信。”

“没有商量的余地吗？我当初来公司的时候，目的也不是那么纯良。”

“你不一样。”洛琛说，多年的合作，他早就不把周慧当成下属，周慧对他而言，是长辈也是亲人，所以当听见她对自己说要辞职的时候，他才会觉得对方要抛弃自己似的，实际上这次招聘也是为了补她的空缺。

“那你通知她了吗？”

“没呢，正准备打电话。”

“我来打吧。”周慧说。

“真的可以吗？”洛琛的嘴快咧到耳根了，他可不想跟那个强迫症打交道。

周慧回到病房，叶千江正趴在床头一眨不眨地盯着小月儿的睡颜，对压到自己的伤口毫不知情。

在周慧提醒过后，叶千江才把伤口亮出来。

“真的不疼吗？”周慧问道。

叶千江摇摇头："感觉应该疼，但是真的不疼。"

"多久了？"

叶千江点着脑袋，认真想了会儿。"大概车祸以后吧。"嘴角扬起一个苍白的笑，"当时我也在车上。"

周慧看着眼前的叶千江，感觉对方渐渐与当年那个迷茫的走投无路的自己重叠。

她对着叶千江，更像是对着曾经的自己说："你跟着我学吧。"

"真的？"叶千江兴奋地说，"那我应该从哪儿开始呢？"

"小月儿是你的第一个关怀对象，从了解她开始。"周慧从铁质床头柜里取出小月儿的病历递过去。

"慢性髓系白血病，CML……"叶千江读着病例上的文字，越来越多的数据和诊断书令她头疼不已。

"既然选择做临终关怀师，就要在各个方面了解关怀对象的生活，即使病历看不懂也要看，要想方设法搞懂。"

叶千江迷茫地看着周慧，周慧说："临终关怀师不仅仅是表面上陪在对方身边，靠说闲话唠家常浪费时间而已。"

"好的。"叶千江翻出记事本把病历上的名字抄下来。

周慧看在眼里，暗暗点了点头："经过这些天的观察，你对小月儿有什么了解？"

"她……"叶千江回忆着，"幼儿园中班，她的爸爸每天下班后，六点一刻会准时到医院，周三也就是今天会早一点，没见过她妈妈。"

周慧跟叶千江借过纸笔，向她介绍了小月儿家的情况。

小月儿的父母都是孤儿，母亲在她两岁那年因胃癌离世，父亲一个人带着她。

"可是小月儿说妈妈让她五岁学舞蹈？"

周慧将记事本还给叶千江："那是小月儿妈妈留给她的祝福册，是一个母亲对孩子所有的爱。"

"那……我能看看吗？"

"这件事你可以自己问小月儿的父亲。"

“还有件事。”叶千江说，“小月儿为什么叫我小姨，为什么要帮我？”

叶千江所有的疑问都从小月儿父亲那里得到了答案。

所谓的祝福册，是小月儿母亲在患病后为她录下的生日祝福，录像中的母亲清瘦又苍白，一袭垂肩长发，和叶千江看起来颇有几分神似。

连小月儿的父亲，这个操劳了一天、带着满身疲惫的男人乍见陪着小月儿的叶千江，也有瞬间的失神。

为了看社区幼儿园组织的演出活动，经过医生同意，周慧带小月儿早早地去占座位，叶千江也终于有机会看到了一位母亲遗留在世间的爱。

小月儿父亲递给她的平板里的女人纤细脆弱，笑容却无比灿烂：“宝贝，我是妈妈，当你看见这段画面的时候，妈妈在一个叫做天堂的地方，那里的花很美，那里有很多很多小鹦鹉……”画面在这里停顿了一下，是小月儿的母亲亲手关掉的，很快，画面恢复明亮，重新回归的女人已经将眼底的晶莹擦干。

“嗯，怎么说呢，天堂就是一个很美很美的地方，要很善良的人才能去那里，你要乖乖地听爸爸的话，不要吃太多糖果，牙齿会坏的，哪里疼了记得要说出来，要好好读书，不要沉迷游戏，你不用做个淑女，做你自己就好了……”

画面里的女人抽了抽鼻子，眼睛又红起来：“还有啊，小月儿，你认真听，妈妈要交给你一个任务，你要好好照顾爸爸，听到没有？虽然爸爸是大人，但是有的时候他也会耍小孩子脾气，周日一定要睡到中午才肯起床，还有起床气，不过他不会冲你发火的。他不喜欢吃蔬菜，维生素摄入不够，每次应酬回来都要吐的，你记得给他冲一杯蜂蜜水……”

看着妻子熟悉的音容笑貌，男人强装出来的坚强瞬间崩塌。

他把脸埋进手里，肩膀抖动，无声地哭泣着。生活在这男人肩上压了太多东西，当那些拥有过的，以及永远失去的幸福在眼前如此鲜活地重现，他坚强的盔甲上被砸出一条缝，快乐、悲伤、彷徨、无奈和对未来的不确定融合在一起，这一杯生活为他酿造的苦酒只留给他一种选择，即别无选择。

“你去过孤儿院吗？”小月儿的父亲，这个叫做林魏征的男人突然问道。

看着叶千江微微愣住的表情，林魏征轻轻叹了口气：“你从小在父母身边长大吗？”

叶千江点点头。

“独生女？”

叶千江的脑海里浮现出一张几乎和自己一模一样的脸：“不是，我还有一个双胞胎姐姐。”

“真好啊！”林魏征把眼镜摘下来轻轻擦拭着，“虽然我不知道有兄弟姐妹是什么样的感受，但是相信我，孤儿院那个地方，你永远不会把它当成家，它的存在时时刻刻提醒着你自己是孤身一人，有个姐姐一起长大很好吗？”

“是的，很好。”叶千江习惯性地说出那个别人期待的答案，食指不自觉地抠起来，在心里补上一句：才怪，如果能选择，我宁愿不要出生。

“有一个姐姐一起成长，是我这辈子遇到过的最幸福的事情。”叶千江像背书一样说出来。

“或许你也有你的烦恼吧。”林魏征把眼镜戴回去，仔细地折着绒布，他看出叶千江的“不适”，也不再多言，继而将他和妻子的故事娓娓道来，“我和姜琳在孤儿院一起长大的。”

“青梅竹马？”

“才不。”他几乎被叶千江的提问逗笑了，回想起当年的岁月，“我们俩从小就是死对头，她是女孩帮的大姐，我呢，也是男生里的头头。人前我们其乐融融，私下里不知道打了多少仗呢。更有意思的是，她给我下战书，就是单挑，约在后院里。”想起年少轻狂的岁月，他轻轻摇着头，“你说她是多虎的一个人啊，十几岁竟然敢约男孩半夜打架。”

“所以你就爱上她了？”听着林魏征的故事，叶千江手指抽动的频率在下降。

“才不。”林魏征夸张地摇头，“说真的，烦她还来不及呢，什么事儿都得跟你争一争，当时我真恨不得挖个坑把她埋了。”

“后来呢，你挖坑没？”

“挖了。”林魏征脸上泛起淡淡的红晕，“然后我把自己埋了。”

“怎么埋的？”

面对叶千江的追问，林魏征脸上的笑意更深：“其实最初我跟她在一起就是赌气，十几岁时一班男生在一起吹牛，不知怎么开始撂狠话打赌，我一气之下开始追姜琳，你知道她傻吧，还上当了，我一看她当真了，那我一个爷们更不能往回缩啦。再说，她那么傻，那么虎，碰着个坏男人怎么办？现在社会这么复杂。”

“不是因为她长得好看？”

“我向天发誓。”林魏征玩笑似的举起三根手指，“小月儿妈妈当年是真难看，剪了个西瓜太郎的发型，简直惨不忍睹，晒得跟个泥球似的。她还是上大学以后，才慢慢把头发留长。刚学会化妆那会儿，她把自己弄得跟鬼似的，我有存图的。”说着，他翻出手机相册找到像素模糊的老照片。

叶千江看着照片上“杀马特”造型的少女，很难把她和小月儿的母亲合成一个人。

“怎么样，刺激吧？”林魏征用手指摩挲着照片上青春洋溢的脸。

“我觉得，你们是真爱。”叶千江手握成拳头，抵在嘴角，忍着笑说。

“其实，我也不清楚是不是爱，有好几次差点分手呢，上大学以后，我们俩还保留着从孤儿院遗留下来的相处方式，有不痛快的时候，约地方单挑。”

“谁能赢？”

“我差点被她打死。”林魏征摸着肩胛骨，仿佛那些伤痛还在，“哎呀，这么说起来，我们结婚以后也老打架，好像是月儿出生后，那个假小子忽然摇身一变，成了一个淑女。我们都在孤儿院长大，没有家长，也不会照顾小孩子，那时候经常把小月儿弄伤，每次孩子身上有点小问题，她就哭得稀里哗啦的，那时候我就想，这辈子一定要对她们娘俩好，只可惜……”

叶千江静静地听着这个男人诉说着他心底最隐秘的伤，良久，他断断续续的声音才响起来：“她给我的时间太少了……她走以后，月儿是我唯一的希望，可是谁知道月儿也……上下班路上，我常常看着天，我想问它为什么要这么对我，是我做错了什么吗？为什么要把这一切从我身边夺走？如果我真的有错，那么我死好了，为什么，为什么要折磨我的女儿？她才那么小，那么小，她还什么都不懂……”

叶千江不知道该怎么安慰他，尤其看到他手表下面内腕处新结痂的伤口。这时，走廊里响起的轻快的脚步声打破了她的尴尬，也打断了故事。

“爸爸，爸爸！”戴着鹅黄色套帽的小月儿把脑袋钻进林魏征怀里，一双圆溜溜的像紫葡萄一样的小眼睛滴溜溜地转，她看着叶千江，悄悄地趴在父亲耳朵边说了什么，父女俩因为这个小秘密笑得前仰后合。

不愿打搅父女俩的亲密时刻，周慧提出去打饭，叶千江自然也跟了出去。

“感觉怎么样？”周慧问叶千江。

“不知道为什么，我忽然有种感觉，比起小月儿，她的父亲似乎更需要安慰。”叶千江的食指不受控制地抖起来。

周慧把她手上的动作看在眼里，微微点了点头：“有的时候是会有这样的状况，通常在病患比较小或者比较年长的情况下，比方对生死懵懵懂懂的孩子或者经历世事对人生比较豁达的老年人，相比之下，他们的家人因为感情上接受不了这种生离死别，情绪波动会更剧烈一些，我们所谓的临终关怀并不仅限于患者本身，有时候辐射的范围要更广泛，甚至会大到你根本想象不到的程度。”

“比如？”

“这个啊……”周慧卖了个关子，“这个要你自己去经历去体会了，我能告诉你的是，无论付出多少辛苦，都是值得的。”

两个人走进电梯，按下餐厅所在的三楼键。叶千江：“怎么样，今天的演出看得开心吗？”

“当然。”周慧的眼中泛起一丝不忍，“可是我能看出来，小月儿很羡慕台上的小朋友，跳天鹅湖的时候，她的眼睛都快要掉出来了。”

“小月儿真的没机会了吗？”叶千江隐忍地问道，“毕竟，她还那么小。”

“如果你能读懂小月儿的检测报告就会知道，她身体的各项数值已经到了不可挽回的程度，她也一直没有等到配型合格的骨髓。不过她现在这个程度，就算有合适的骨髓，她的身体状况也无法承受手术了，今天能去看演出也是医院特批的。小月儿……”周慧顿了一下，“留给她和我们的时间都不多了。”

周慧用饭卡打包了两个清淡的菜，准备送回病房就下班，两人刚回到八层就看见病房外一脸焦急的林魏征。

“怎么了？”周慧下意识地脱口而出，“是小月儿……”

正说着，一个淡黄色的小脑袋从林魏征身后笑嘻嘻地冒出来，林魏征也是一脸惭愧：“周姐，单位刚刚来电话，工程出现问题，我必须马上赶过去……”

“那你快去吧，小月儿交给我。”周慧拉起月儿的小手。

“您下班的时间早过了。”林魏征搓着手，惭愧地说，“月底结算的时候我会把加班费补给您的。”

“到时候再说，工作重要，快去吧，”周慧摇摇小月儿的手，“来，跟爸爸说再见。”

活泼灵动的小月儿此刻却出奇地安静，她睁着圆溜溜的大眼睛看着林魏征的电梯下到一楼后，一溜烟跑回病房里，费力地把椅子搬到窗台前，爬上去半跪在凳子上往下望。

叶千江站在她身后，天色渐晚，只看见隐隐约约的黑影，小月儿忽然指着一个黑点说："爸爸，爸爸。"

赶赴工作岗位的父亲自然没有听到女儿的呼唤，直到那个身影消失，小月儿坐回来，脸颊上挂着两颗大大的泪珠："爸爸走了，爸爸走了。"

叶千江帮她擦掉泪水，在她身边坐下："月儿乖，爸爸是去工作啊，爸爸辛苦工作赚钱我们才能买到食物，我们来吃饭好吗？"

小月儿抽抽鼻子，认真地点点头："月儿知道，所以月儿不在爸爸面前哭，可是……"大颗的泪珠连成串掉下来，"可是月儿想爸爸，月儿害怕，呜呜，我好怕……"

"不怕不怕，小姨在啊，我跟你说啊，小姨知道好多好多故事，我给你讲故事，然后一起等爸爸好不好？"

童稚的声音里带着哭腔，拉出一个尾音长长的"好"字。

安抚完小月儿，叶千江走到周慧的身后："周姐，你怎么了？"

回到病房周慧就单手倚在床头柜上，小月儿哭得那么惨也没有安慰一下，叶千江觉得不对劲儿，一只手搭在她微微颤抖的后背上："周姐？"

周慧勉强支起身子，挂着虚汗的脸上惨白一片，说话声跟呼吸声差不多："千江，不好意思，今晚可以请你帮我照看下小月儿吗？"

叶千江迟疑了一下，看了眼小月儿又看了看周慧："好的。"

周慧看出她的勉强，说："你要是有事情……"

"没有事情，我不急的。"

"这本来就是我的工作。"周慧强调着。

"我真的没事，要我帮你叫医生吗？"

"不用，我自己可以的。"她拒绝了叶千江的帮助，拎着外套和手包离开了。

趁着小月儿吃饭的空当，叶千江给父亲打了个电话："喂，爸爸，我是叶千江，今天我会晚点……"

电话那头骤然而起的忙音让叶千江失落不已，然而在小月儿的注视下，她还是继续说：“哦，会晚一点点，我这边有点事情，很快就好了，你不用担心我，我正在吃饭呢，你们也要按时吃饭哦……”

放下电话，她和小月儿相视而笑，因为挑食的小月儿把胡萝卜都夹进她的碗里了。

叶千江假装没发现月儿的小动作，吃过饭，两个人闹了一会儿，其间，小月儿告诉她，自己最大的梦想就是能和小朋友一起跳小天鹅。

小月儿睡了之后，叶千江用林魏征留下的平板电脑查看小月儿母亲留给她的影像。

“月儿月儿，我是妈妈呀，今天月儿四岁啦，三岁的生日是我们一家三口去游乐场过的，四岁的生日，妈妈在这里给你过，你有没有好好地上幼儿园啊？还跟小男生打架吗？”姜琳叹了口气，抓抓稀疏的头发，“怎么办，这点好像是遗传我的基因了。”她笑了一会儿，正色道，“打架不好，你要听老师的话，要乖哦，我们在这里拉钩钩好不好？只要你乖乖的，五岁的时候，让爸爸送你去学舞蹈好不好……”

视频在带着哭腔的生日歌里结束。

叶千江打开下一段视频：“小月儿，我是妈妈呀，时间好快哦，一转眼我的月儿已经是五岁的大姑娘了，去年生日我们说好的，今年送你去学舞蹈的，你有没有乖啊？”视频里的姜琳取出一条粉红色的裙子，“怎么样，好看吗？这是妈妈送给你的礼物，让爸爸保管着，他要是忘记拿给你了，记着提醒爸爸呀。一年没见了，你有没有乖乖的？”眼泪从姜琳眼里流出来，被迅速擦去，“你一定长高了也长壮了，妈妈好开心好高兴，我的宝贝，让妈妈抱一下好不好……”视频里的人张开双臂拥抱那虚无的空间，泪水和笑容在虚弱的脸上一齐绽放，“我的宝宝真乖，你有没有想妈妈呀，妈妈也好想你的……”

叶千江抱着平板电脑哭了好久，视频里的母亲把生日歌唱了一遍又一遍……

十一点三十分，小月儿的爸爸拖着一身的疲惫回到病房，直到看见女儿安稳的睡颜，焦急的脸色才稍稍缓解下来：“周姐呢？”

“她有点不舒服先走了，小月儿很乖你放心。”

“好的，你也快回家吧，真的很感谢。”

“没关系的。”叶千江给他倒了一杯水，指指平板，“我刚刚看了月儿妈妈的视频。”

林魏征怅然一叹：“其实你跟内子十分相像。”

叶千江回忆着画面里温婉低泣的女人，只是笑笑并未作答。

“把你和亡妻放在一起可能不是很礼貌。”林魏征说。

叶千江摆摆手，示意他不必放在心上。

林魏征望着床上的小女儿：“有时候我也会想，如果姜琳没有走，能陪在小月儿身边是个什么样子，今天下午看见你们一起玩耍的样子，真的恍如隔世。”

林魏征摘下眼镜，用手捂住脸，泪水从指缝里流出来。叶千江不知道该说些什么，只能静静地坐在他旁边，左手食指下意识地抠着椅子。

没多久，放下手停止无声哭泣的林魏征接过叶千江递来的纸巾并按在眼睛上：“我是不是很丢人？”

“怎么会，俗话说男儿有泪不轻弹，但是这句话还有下一句，只是未到伤心处。”叶千江看着他说。

“其实我是个特别没用的人，妻子在的时候我没有好好照顾她，我不是好丈夫，现在，我也不是好父亲。”

“你做得已经很好了。”叶千江说，“真的，小月儿今天能蹦能笑都是你的功劳。”

林魏征别开脸，看着窗外黑洞洞的街口：“其实，月儿妈妈走后，月儿是我唯一的希望。当我知道她也要离我而去的时候，有一天我跟公司请假出来，带小月儿去了和她妈妈一起去过的游乐场，之后我带她回家，我……”

反光的玻璃上，照出男人悲伤的侧脸，他说：“那天，我准备自杀，带着小月儿一起。”

叶千江震惊于自己听到的内容，甚至没有反应过来。

"那之前我尝试过自杀，可是我死了，小月儿怎么办？我下定决心带她一起走，我们一家人一起走，可是她还那么小，那么小，她叫我爸爸，身为爸爸的我怎么能那么做呢……"

夜凉如许，淡漠的月光洒在城市的各个角落里，挽不住行色匆匆的路人。

告别林家父女时已经过了午夜，叶千江并没有回家，而是马不停蹄地赶去城市另一头的盛琪医院，七楼，703 住着她的双胞胎姐姐。

叶千江轻手轻脚地推开房门，姐姐还在一如既往地沉睡着，病床旁是打着瞌睡的老父母。听见她的脚步声，父亲最先醒过来，看见是她，两眼一瞪，说了一个"滚"字。

"爸，是我千江……"

"你给我滚！"父亲拍着大腿厉声道。

咒骂声吵醒了一旁的母亲，她看清楚眼前的状况，跑过来拉着叶千江往房门口走去，直到将叶千江推出病房也没跟她说上一句话。

叶千江拍打着上锁的房门："爸，妈，你们让我进去啊，让我进去啊，我是你们的女儿啊，我是千江啊……"

她没等到房门打开，没有等到父母，等来的是前来维持秩序的护士。

"你怎么又来了？快走吧，这么多病人和家属都在休息，你别再闹了。"

叶千江被"请"出七楼，左手拇指的指甲在食指的伤口处不停地摩擦："对不起，对不起，我不是故意的，我真的不是故意的……"

她不停重复着这句话，拾级而上，来到了十一楼，1118 病房里住着她的男朋友。

叶千江蹑手蹑脚地靠近 1118，站在病房门口，她透过门上的玻璃看着爱人的睡颜，当她的手轻轻握在门把上想要推门而进的时候，身后突然响起一声暴喝："住手！"

叶千江悚然一惊，像木头一样愣在当场，唯有左手食指在门上划出暗红色的血痕：“阿……阿姨？！”

“不要叫我阿姨，我受不起。”一双有力的手将她推出老远，那个头发花白的老妇人指着叶千江，“你害我儿子一次还不够吗？还要害他第二次？他说了，他不想见你，更不想原谅你，赶紧滚！”

“怎么回事，吵吵什么呢？！”

“还让不让人睡觉了，把这儿当大街啦？”

“还有没有点公德心了，这是公共场所……”

各种斥责声从四面八方响起来，叶千江赶在护士来撵人之前逃似的跑开了，没想到在医生值班室门口和一个人撞了个满怀。“对不起，对不起。”她连忙道歉，一抬眼却愣在当场。

“叶千江？”

“周……周姐。”

身后看热闹的人越来越多，周慧揽着叶千江快步离开。

医院花园的椅子上，周慧脱下外套搭在叶千江的肩膀上。

“周姐，这么晚了，你怎么会在这儿？”

“我啊……”周慧把两条腿伸直，两脚尖搭在一起，“我有个朋友病了，托我找认识的大夫帮忙问问情况，正好今天他值班我就过来了。”

“嗯。”叶千江点点头，并没有深究周慧这番漏洞百出的说辞，什么朋友病了自己不来，偏要托朋友问大夫，还是大半夜的，可是每个人都有秘密，既然对方不愿意说，她自然也不想勉强，尤其在今天这样的晚上。

“那你呢，你为什么在这儿？”周慧问道。

叶千江学着她，把两脚尖抵在一起：“我呀，我是因为……”

“如果不想，可以不说的。”

“不。”叶千江说，“其实我是找不到人说话，我跟你说过，一个月前我姐姐出了车祸，大脑皮层受损，陷入深度昏迷。医生诊断为植物人。其实，那天她和姐夫是从外地赶回来领结婚证的，我爸妈等这一天等很久了……”

“他们一定很伤心。”

叶千江想起父亲愤怒的脸和母亲驱赶自己时的态度，点头：“伤心，特别伤心。”

“那刚刚……”

“其实，我和男朋友也在同一辆车上。”叶千江回忆着说，“我们约好了四个人一起回家庆祝，结果路上出了车祸，姐姐成了植物人，我男朋友也……”叶千江咬了咬嘴唇，“我男朋友失去了一条腿。”

“这么严重……”周慧看着叶千江，“那你呢？”

“我没事。”叶千江苦笑着说。

“真是万幸……”

“才不是万幸。”叶千江回答，“这才是痛苦的根源。”她看着周慧不解的眼神，补充道，“因为，当时是我开的车。”

“是意外事故，不能全怪你的。”周慧劝道。

“很多事我记不清了，医生说是心理原因，”叶千江轻声说，“不过我确定不是事故，因为我喝酒了。因为我酒驾出了车祸，姐姐成了植物人，男友截肢，姐夫天天以泪洗面，爸妈不认我，男朋友也不肯原谅我，我是孤家寡人了。”

“这就是你要做临终关怀师的理由？”

“我在和男朋友共用的邮箱里发现了他预约临终关怀师的邮件，”眼泪流下来，叶千江哭着说，“我只想见见他，周姐，我真的只是想见他而已……”

周慧用力地抱住瘦弱的叶千江，喃喃自语道：“会好起来的，会好起来的。”像是说给叶千江，也像是说给自己听的。

天微微亮的时候，周慧送叶千江回家，叮嘱她好好补一觉。

叶千江醒来的时候已近正午，她简单地梳洗一下，打车来到最近的舞蹈学校。说明来意后，她终于说动了一名舞蹈老师，对方愿意用午休的时间教小月儿跳舞。

叶千江带着老师兴冲冲地赶去医院，想要给小月儿一个惊喜，可是空荡荡的病房让她和老师面面相觑。

叶千江找了好久都没有小月儿和周慧的影子，只好硬着头皮去护士站，刚巧是那个高壮的护士当班。

“你好，请问 819 号病房 20 床的病人去哪里了？”

护士看着她欲言又止，最后从护士站拐出来：“跟我走吧。”

紧跟着护士的脚步，叶千江紧张不已。站在十三楼隔离室的门牌下，叶千江犹豫了好久。

“进去吧，小月儿就在里面。”

“这是……什么意思？”

“今天早上小月儿持续低烧，以她现在的各项指标，发烧就是致命的，现在只能让她待在隔离区，试试看这样能不能缓解她的病情。”

叶千江推开门，周慧正隔着玻璃跟小月儿说话。

“小姨，小姨。”玻璃上的传音器里传来小月儿开朗的声音，她倚坐在床上，看起来比前一天瘦弱不少的样子，穿着无菌服的林魏征守在女儿床边，向叶千江点点头算是打招呼。

“小月儿好呀，你有没有很乖呀？”

“我一直很乖的。”小小的眼睛笑成月牙状，小月儿的目光绕过叶千江落到她身后的人身上，老师 T 恤上大大的“舞”字让小月儿兴奋得直接跳起来了，“小姨，小姨，这是你跟我讲的舞蹈老师吗？”

小月儿跳起来问，因为虚弱又跌回到床上，但这并不能影响她的热情，两只小眼睛冒着星星。

“哦，是，是小姨请来的老师。”

趁着小月儿跟老师打招呼的时候，叶千江悄悄问护士，能不能让舞蹈老师穿上无菌服进去教小月儿跳舞。

护士无奈地摇摇头，让在场的人唏嘘不已。

“如果我去找医生说说呢？”林魏征走到窗边问护士，他知道，这大概是女儿最后一个心愿了。

“不行。”护士拒绝道，“医院不可能拿患者的生命开玩笑。”

在场的人只有小月儿还沉浸在初见老师的快乐中，她兴奋地向老师展示着她的基础，上次看四小天鹅偷学的本领，一时间原本压抑的隔离室被她的笑声填满。

“如果不能进去，那能隔着玻璃教吗？”

周慧的这一提议很快被否决，隔离室的玻璃太高，不借助外力小月儿根本看不到外面，老师也不能站在桌子上教，可是看着小月儿兴奋的小脸儿，谁也不忍心戳破她的美梦。

小月儿抻开胳膊腿儿，天真地问道：“老师老师，你什么时候教我跳舞啊？”

“明天。”叶千江说，“明天，老师今天下午还有事，明天才能来教小月儿。”

“对，明天。”老师和一干大人顺着叶千江往下说。

“好的，明天月儿等你。”玻璃那头的小月儿伸出粉嫩的小指头，“明天哦，我们拉钩了，我们说好了，你一定要来哦。”

“好啦，小月儿乖，老师有事情要走了，小姨替你送老师好不好？”

“嗯，老师再见。”小月儿乖巧地说。

舞蹈老师随着叶千江和周慧走出隔离室：“怎么办，这种条件下根本没办法教舞蹈，可是，我们怎么跟孩子说？”

几个大人面面相觑，叶千江说：“是我考虑不周，你先回去，等我电话。”

没有勇气面对隔离室里的小月儿天真烂漫的脸，叶千江和周慧选择回病房帮忙整理东西，结果撞到了前来巡视的洛琛。

“你怎么在这里？”镜片后的眼神一凛，定在叶千江的脸上。

周慧见状连忙把他推开，吩咐叶千江整理房间。

费了九牛二虎之力收拾到差不多了的时候，叶千江找到了遗落在角落里的平板电脑。

“小月儿，小月儿今天十二岁了，长成大姑娘了吧，怎么样，有没有想妈妈呀？”视频里的女人，一头乌黑亮丽的长发不知在何时被剪去，脸色青黄，还泛着微微的浮肿，唯有熟悉的笑容和对小月儿的爱始终不变，“今年妈妈送你什么礼物呢？”姜琳晃晃手里的东西，“送你一块画板吧，把你看到的和想到的画下来，妈妈在天堂，也能看到，妈妈……妈妈爱你，一直都很爱，我很抱歉不能守在你身边跟你一起长大，可是，妈妈的爱会一直在，一直……”

“今天我的小月儿十五岁了，长成大姑娘了，你一定很美，人家都说女大十八变，你长得更像爸爸还是像我呢？一定有好多小男生追你吧，可要擦亮眼睛哦。妈妈可不是老古板，不反对你恋爱，但是女孩子要懂得保护自己，真正用心爱着你的人，是不会忍心伤害你的，真正爱着你的人，会等你长大，等你爱上他。根据中国的传统，女孩子十五岁及笄，妈妈给你准备了楠木梳子，希望你能喜欢，也希望你能找到那个为你绾发的人……”

周慧回来的时候，视频刚好放完。叶千江问：“那个人……”

“公司的事情你不用操心，做你的事就可以了。”

叶千江轻轻地倚着周慧：“姐，我今天是不是太鲁莽了？”

周慧轻轻搂住她的肩膀：“你也是好心，不要想太多，小月儿是很懂事的孩子，可能是经历过母亲的离丧，她比我们想象得更成熟，她会理解的。”

“就是因为懂事才让人心疼啊。”叶千江拭去眼角的泪水，“像她这么大的孩子，应该无忧无虑地任性疯闹，在父母身边撒娇耍泼，她不应该懂事。”

“是啊，生活夺走了她的童年，让一个只有四岁的孩子懂事成熟，体谅别人。”

“她的愿望，不过是跳支舞啊！”叶千江说，“上天真是吝啬，连这点微末的愿望都不肯满足。”

“是啊……”周慧忽然俯下身，蜷缩起来，大口大口地喘着粗气，冷汗不断从额头上冒出来。

“周姐，周姐！”叶千江跪在她身边，按着床头的紧急呼叫按钮，“护士，护士！”

赶来的护士跟叶千江合力把周慧抬到床上：“她有慢性病史吗？”

面对护士的问题，叶千江只能摇头："我不知道。"

此时，面色渐渐舒缓下来的周慧轻轻拉着她的手："千江，去照顾小月儿吧。"

"可是……"

"我没事，月儿的爸爸一会儿要去公司交接工作，你去陪月儿，我歇一会儿就好了。"

"真的？"

经过再三确认，叶千江才走出病房，她看得出来周慧有事情想要隐瞒自己，她自己又何尝没有呢，毕竟人生路漫漫，谁没有一点事情想要独有呢？

十三层隔离室内，林魏征正在陪小月儿念《冰雪奇缘》的漫画书，见到叶千江，熟悉的歉意回到脸上："不好意思，我去跟同事交接下工作，很快就会回来，可以再请你帮忙照看下小月儿吗？"

"当然可以。"叶千江看着朝自己挤眉弄眼的小月儿，"我们玩得好着呢。"

"好的。"从隔离室出来的林魏征将备用手机交给叶千江，"我的号码在里面，有事情或者月儿想我了，随时联系我。"

"这里交给我了，放心去吧。"叶千江接过手机。

"谢谢。"简单的两个字，此刻从林魏征口中说出来却似有千言万语。

按照惯例，小月儿要目送父亲离开，可惜隔离室没有对外的窗户，她只能看着父亲的身影消失在门口。

"爸爸走了，小月儿会哭鼻子吗？"叶千江打趣道。

小月儿抽抽酸胀的鼻子："才不会呢，那是刘宇航才做的事儿呢。"

"谁是刘宇航？"

"幼儿园坐在我后面的家伙，每天早上他妈妈送他去幼儿园都要抱着门柱子哭好久，有一次哭了一整节早课呢！"

"所以，我们小月儿更坚强喽。"叶千江笑着说，没想到小月儿接下来的话却让笑容冻结在她脸上。

只见小月儿摇晃着小脑袋，一字一句地说："不是，刘宇航有妈妈送他，小月儿的妈妈死了，爸爸要去上班，我不能吵他……"委屈的泪水夺眶而出。

不知道如何安慰的叶千江，只能静静地看着小月儿。

哭泣间，小月儿抬起脸，圆圆的眼睛里溢满了泪水，用稚嫩的童音问她："小姨，小月儿也要死了吗？"

"谁跟你说的？"

"我自己猜的。刚住院的时候，爸爸每次跟医生聊完，半夜哄我睡着以后都会自己偷偷流泪，跟妈妈死的时候一样。"

实在不知道该如何回答，叶千江只有岔开话题："那你为什么不睡呢？"

"我睡不着，这里的床好硬，硌得腰好痛哦。"说着，小月儿像模像样地揉着屁股。

"你个小屁孩还长腰了。"叶千江笑着说，在心里祈祷着让刚刚的话题过去，或者周慧或者是哪个护士赶紧来救救她。

然而老天似乎认定了要跟她作对似的，小月儿点着小脑袋，做出认真思考的样子来。"其实我倒是不怕死。"她用稚嫩的童音一本正经地说着自己的忧虑，"妈妈在天堂了，她会接我的，以后我就跟妈妈一起过了，是不是？"

"哦。"叶千江只能含混地回应。

"是吧。"小月儿沉溺在自己对世界的认知里，"这么久没看到月儿，其实妈妈也很孤单，我去陪陪她也没什么不好，可是爸爸他……虽然他辫子扎得不好，衣服搭配得很糟糕，总给我把鞋子穿错左右脚，还总是很忙没空陪我，但是月儿还是好爱他，我舍不得他。"

"爸爸也很爱你的。"回忆着林魏征陪伴月儿时的情形，叶千江脱口而出。

"我知道，所以那个……"小月儿背着手突然扭捏起来，"小姨，你觉得我爸爸怎么样？"

"什么？"

"月儿死了以后，你替月儿陪我爸爸好不好？"

叶千江哭笑不得："你叫我小姨，替我解围，就是为了让我顶替你？"

"嗯嗯。"小月儿瞪着一双大眼睛，无比认真地点了点头。

"真是个小人精。"叶千江隔着玻璃点了点她的小鼻子，"你呀，就只管吃好睡好，听医生护士的话，好好配合治疗就好了。"

"月儿很听话的。"小月儿不好意思地摸着头上的套帽，"小姨，你会讲故事吗？"

"会啊，你想听《冰雪奇缘》还是《白雪公主》？"

"啊？"小月儿的脸瞬间垮下来。

"怎么了，你不喜欢听小公主的故事吗？"

"才不要呢。"小月儿把膝盖上的童话书合上，"谁要听小公主，小姨，你会讲大灰狼的故事吗？"

"吃掉小红帽的那只大灰狼吗？"

"嗯嗯。"小脑袋点头如捣蒜一样，眼睛里面精光四射。

"那是一只西伯利亚平原狼，它有好大好大的一个家族，这个家族里的每一只狼都有尖尖的獠牙和锋利的狼爪……"

小月儿被叶千江从动物世界扒下来的故事唬得一愣一愣的，时不时地学着狼叫，在床上打滚，跟听《冰雪奇缘》时判若两人，她的反应结结实实地给叶千江上了一课，谁说女孩子都有一个公主梦的？眼前柔柔弱弱的小姑娘，倒是有一个变成狼人的伟大梦想。

大概是习惯使然，林魏征离开的这段时间里，小月儿倒是没什么不开心的，要说唯一的一点不如意，大概是晚餐是由穿着无菌服的护士照顾她吃的。

好不容易吃完饭，打发走"唠叨"的护士，小月儿挺着圆溜溜的小肚皮："小姨，小姨，我们玩点什么呢？"

由于没有照顾孩子的经验，叶千江只能反问她："月儿想玩什么呢？"

小眼珠在眼眶里转了两转，小月儿神神秘秘地说："在我之前睡觉的床上有一个平板电脑，里面有妈妈。”

“月儿想妈妈了是吗？”叶千江准备下楼拿电脑，她也放心不下周慧的情况，可是一时间找不到可以帮忙照看的护士。

小月儿懂事地说：“小姨，月儿可以自己在这里的，月儿不怕。”

叶千江又等了一会儿，实在找不到人，用自己的手机连上林魏征留下的备用手机，开启视频通话功能，摄像头正对着月儿的床，仔细地叮嘱过后，飞快地跑下楼。

手机屏幕上小月儿对着镜头龇牙咧嘴，做着各种怪动作。

可是819病房里并没有周慧的影子，叶千江到护士站问了一圈也没人知道她的去向，情急之下，叶千江只好拿起平板电脑往楼上跑。

她赶回隔离室的时候，小月儿正对着镜头学小猪佩奇。叶千江擦掉额头上的汗，打开平板电脑，将屏幕贴到玻璃上。

“妈妈，妈妈！”小月儿冲过来，爬到隔离窗下的椅子上，隔着玻璃用手指画着母亲的轮廓……

“十七岁，我的小月儿已经长成大姑娘了，应该跟妈妈一样高了吧？是胖是瘦，是长头发还是短头发呢？”录像里已经是光头的母亲幻想着女儿的模样，满脸的幸福，“你现在在青春期，对好多事情都有自己独到的见解，那很好，可是遇到事情，妈妈还是希望你能跟爸爸商量一下，或许你会觉得他脱离时代了，你说的好些话他都听不懂，是个顽固不化的老古板，可是当你再长大一点就会发现，他的见识和经历都会给你启发的。我很抱歉，在这个时候没有陪在你身边，好多事情都要让你自己面对，可是妈妈想告诉你，不管你是什么样子，妈妈都爱你，妈妈和爸爸对你的爱是永远都不会变的……”

“恭喜你，我的小公主成年了，”影像里的姜琳在笑，一直在笑，笑着笑着就哭了，“我的女儿今年十八岁了，是个大人了，妈妈好想看着你长大，看着你结婚生子，可是妈妈做不到，对不起，对不起，这是妈妈给你录的最后一段视频了，因为生活好难好难，都要靠你自己去闯荡，别人的妈妈可以去替孩子遮风挡雨，而你的妈妈只能存于这录像里，我也好想抱着你，在你开心的时候陪你笑，伤心的时候陪你哭，我也好想看你带着男孩子回来对我说‘妈，这就是我男朋友’。可是我等不到了，你能原谅我吗？我等不到了，请一定一定要好好长大，做你想做的事情，自由自在地过你的人生，是妈妈对不起你，对不起，真的……真的对不起……”

画面转黑的一瞬间，哭声也戛然而止，此时的小月儿显然还不能理解母亲话中的含义，只是看见妈妈在哭，她也跟着难过。

“我很抱歉。”

叶千江说，她并不知道视频中小月儿的母亲会流这么多泪。

小月儿抱着膝盖缩在椅子上，盯着自己短短的小脚趾：“我妈妈哭了。”

“是的，妈妈想你。”

“我妈妈哭起来也很美，”小月儿晃着缺了门牙的嘴，说，“对不对？”

“妈妈是天底下最美的人。”

叶千江说，想起母亲推开自己时的决绝，心里一酸。

这会儿空当，小月儿已经跳下椅子，在隔离室仅有的空间里凭借记忆跳起芭蕾舞：“小姨，月儿美吗？”

空调扇静静地运作着，叶千江看着灯光下翩翩起舞的小月儿，始终无法将真实情况如实告知，可是随着月儿的舞蹈，一个想法在她脑海里渐渐成形。林魏征一身风尘地赶回来的时候，她正盯着小月儿的影子出神。

“谢谢你陪月儿这么久，公司临时有事……”

叶千江兴奋地抓住林魏征的手：“我想到了，我想到了！”

“什么？”对方一时摸不着头脑。

“或许，小月儿可以学跳舞了。”叶千江头也不回地跑出病房，“等我的消息。”

没人知道这一夜叶千江跑了多少地方，打了多少电话，只知道早上她回到医院的时候，带着市展览馆的技术员。

舞蹈老师应约前来的时候，设备已经架好。

“这是？”

“最新的全息投影设备，通过虚拟技术再现物体的三维图像技术。”叶千江解释道。

“太好了，也就是说……”舞蹈老师看着隔离室内的小月儿，“我可以教小月儿跳舞了！”

“当然。”

“小月儿你好，我是你的舞蹈老师，你可以叫我宋老师。”小月儿看着凭空出现在自己面前的老师惊讶地捂住嘴，仔细地看了看身边的人，又望了望窗外，窗外的宋老师保持着打招呼的姿势，“怎么样，神奇吧？”

“嗯。”小月儿认真地点了点头，伸出手指头在虚拟的老师身上点了下，又迅速地缩回手，看着全息影像笑个不停。

“好啦，小月儿，我们开始学跳小天鹅好吗？”

“好！”

音乐响起来的时候，小月儿像只笨拙的小鸭子，跟在老师身后，她的笑声透过声孔传出来，林魏征悄悄转过脸拭去泪水。

“对对很好，转圈，慢一点慢一点，嗯，很好，这只手要再高一点……”虚拟影像的宋老师尽职尽责地纠正着学生的动作，小月儿一只手高举，认真听着老师讲课，表情认真又严谨，“很不错很不错，是这样，再来一遍。”

合着节拍，小月儿的舞步越来越娴熟，旋转，跳跃，像轻盈的蝴蝶一样穿梭在狭窄的病房间，欢快的笑声让人暂时忘却身在何处。

“好了，月儿跳得很棒了，歇一会儿吧。”

老师劝说着，赶来看月儿跳舞的护士们也连连点头。

“就一遍，求求你了，再一遍就好了。”小月儿双手合十，期期艾艾地祈求着。

“好吧，再跳最后一遍，小月儿就休息好吗？”

“嗯，我保证。”

音乐再度响起，踮脚，弹腿，转圈……动作一气呵成，小月儿像精灵一样奔跑跳跃，让人几乎忘记了她身上的伤病，欢快灵动，这才是一个四岁孩子应有的样子。可是，就在一个连接动作间，小月儿的身形忽然定住，她下意识地望向窗口，呕吐物从她口中涌出来。

众人大惊失色，为首的护士立即冲进隔离区采取措施。

经过检查，发现小月儿是由于持续低烧引起的综合征。这个坚强乐观的孩子再度醒来时，发现自己身上插着管子，只能靠流食维持的时候，闷闷地不肯说话。

无论林魏征怎么努力，小月儿都紧闭着嘴，一个人伤心，一个人流泪。

只有在林魏征被医生叫去办公室的时候，小月儿才支起上半身，哇哇大哭起来。

“月儿不怕，月儿不怕，小姨在呢。”叶千江敲着玻璃隔层，安抚道，“小月儿不是一个人，爸爸一会儿就回来了。”

“呜呜，我知道……”

“那你为什么哭呢？”

“我难受。”

叶千江看着插在她身上的各种仪器：“很难受吗？小姨一会儿让护士阿姨来给你按摩下好吗？”

小月儿摇摇头：“不是。”

“那是什么？”

小月儿的眼泪在眼眶里打转儿。“小姨，我想跳舞。”她说，“我想跟小朋友一起跳舞。”

“刚刚爸爸在的时候，你怎么不说话呢？”

“我怕爸爸伤心。”小月儿哭着说。

林魏征回来的时候，叶千江问他要了周慧的电话，用给她打电话的借口走出病房。

叶千江先后联络了几家拥有全息投影技术的公司，得到的答复是现阶段的技术，只能提供单点衍射，也就是说，无法将多个小朋友的影像投射到病房里。

苦恼间，叶千江拨通周慧的电话，小月儿病重期间周慧竟然请假没来，所以她问的第一句话是：“周姐，你怎么样了？”

“小月儿还好吗？”

叶千江简单阐述了小月儿的现状，周慧懊悔不已：“这时候，我竟然不在。”

“我会守在小月儿身边的。周姐，你的身体怎么样？”

“没事，一点小毛病，真是老了。”电话那头周慧感慨着，“年轻的时候可不会这样，只要有委托人，我就像铁打的一样。”

“关怀师也是人啊，也会生病的，这话说得好像大夫永远不会生病一样……”

关怀师也是人，大夫也会生病，叶千江反复琢磨这两句，脑中灵光一现，对电话那头的周慧说：“姐你好好养病，等我去看你，现在我这有点事儿，先不跟你说了啊。”

通话结束后，叶千江打电话通知林魏征，要他把小月儿母亲送给她的那条小芭蕾裙找出来，然后联络了之前展览馆的技术人员，自己则马不停蹄地跑到社区幼儿园园长的办公室里。

叶千江是这么想的，既然他们没办法把小朋友们的影像投射进去，那么为什么不能把小月儿的影像投射出来呢？

当叶千江说服园长，做通小朋友们的工作，带上穿着小天鹅服的小朋友赶到隔离室的时候，小月儿也穿好了那条粉红色的芭蕾裙，她好奇地扒着窗看自己投在外面的影像，小朋友们和她打着招呼。

林魏征站在玻璃窗口，举着平板电脑录下小朋友们的舞蹈，这样，隔离室内的小月儿也看得见自己的样子。

先导音乐响起，小月儿站得笔直笔直的，随着韵律，四只小天鹅在病房的方寸之地辗转腾跃，门口挤满了被音乐吸引来的医生护士。

林魏征含着泪看着女儿，他知道自己录下的可能是女儿最后的舞蹈，曾经他就这样举着机器，录下妻子最后的影像，其中的心酸苦楚，不足为外人道。

他的女儿本应该像这几个孩子一样，无忧无虑地在父母身边度过自己的童年。可是他的女儿再也没有长大的机会了，孩子的青春期，叛逆期，他都没有机会去经历。

他更不知道怎么跟早逝的妻子交代，他更加不知道失去妻子、孩子，他的未来在哪里。一切的一切，在他胸口郁成一个死结。

叶千江伸出手，帮他扶住机器，屏幕上的画面稳定下来。

画面里，小月儿的笑容清晰明朗，她踩着不甚熟悉的舞步，终于跟小朋友站在一处。唯独在这个时刻，她才不是一个处处需要小心照顾的病小孩儿，唯独此刻，她是一个四岁的顽童，跳着笑着，享受着本应属于她的欢快时光。

可快乐总是短暂的，一曲结束后，小月儿倒在地上，小天鹅永远停留在她最美的时刻……

“这里好冷啊，月儿会不会冷？”

林魏征问出这句话的时候，叶千江正咬着后槽牙，为了不让自己昏过去，指甲都快被她抠掉了，她抖着肩膀大气都不敢喘。

毕竟太平间这种地方她只在鬼片里看到过，跟电影里的阴森幽暗相比，宽敞明亮的地方并不能给她安全感。小月儿正躺在冒着冷气的医疗床上，林魏征拼命抚摸她没有血色的脸，想让她恢复一点生气。

这里的一切都让叶千江害怕不已，此时一脸严肃推门而入的周慧几乎是她全部的寄托。

她像抓住救命稻草一样抓住周慧的胳膊：“周姐……”

周慧洞悉了她的心里话，走到小月儿床前，鞠了一躬，扶住林魏征的肩膀：“节哀。”

林魏征却还是哭，仿佛他的世界里只剩下哭泣。

周慧在他耳边轻言轻语。“小月儿已经去了，她一直很懂事，即使再难过也不会吵你。”说着，用力把男人的手拉回来，“你不想她走得不安心吧。”

安抚完林魏征，周慧带叶千江回病房收拾东西的时候，叶千江长舒了一口气。“周姐，刚刚吓死我了。”她拍着自己的胸口，“幸好你回来啦，不然我根本不知道该怎么办了。”

“这是我的工作，这种时候不在，是我的失误，谢谢你及时打电话通知我。”周慧说，“可是，你今天的处理方式也很不专业。”

“你是说太平间里？”叶千江抓着发麻的头皮，“当时我吓得要死……”

“我不是这个意思，我的意思是，你根本不应该让病患家属去那个地方。”周慧接着说，“自己的亲人是绝对受不了的。即使是家属本人要求的，在这个时候，除却办理相关手续，你也不能同意他们去那里瞻仰遗容。刚刚失去亲人，他们很容易精神崩溃甚至是做出不理智的事情，做最大的努力确保家属度过缓冲期、确保家属的安稳也是工作的一部分；什么事情能做、什么时候不能做要心里有数，这就是底线。”

“好的，我记住了。”叶千江认真地说。

“没关系，慢慢来，其实没有什么难的，重要的是不仅要看到患者，更要看到他身上的伤痛和伤痛带来的东西。其实人是最脆弱的生物，比自然界任何生物都要脆弱，因为我们有感情，会爱会恨会感伤，所以你在这种极端环境下处理事情就要更加谨慎小心。因为，一个关怀师出错，很有可能你的患者就会带着遗憾离世，这是一个不容你后悔的职业。”周慧问她，“你确定要做临终关怀师吗，即使每天面对这样的生离死别，你确定自己承受得住吗？”

叶千江看着她，点了点头。

“你一会儿要去哪儿？”

想着家人和男友，叶千江无奈地笑着。

“方便的话，跟我回趟公司吧。”周慧说。

“可是我觉得上次面试的人不是很欣赏我。”叶千江犹豫着说。

她的预感很快得到验证，因为人事部拒绝接受她的资料，理由是需要总经理的批准。

周慧带着叶千江直接闯进经理办公室，单刀直入地说：“我带她来办入职手续，算是跟您打过招呼了。”

洛琛愣了三秒钟，拒绝道：“我不能招一个强迫症来公司。”他指着叶千江不停抽动的食指说，“这对患者也不负责任。”

叶千江下意识地握拳，把手藏到身后。

“我已经考察过，她的症状不会影响患者，甚至在某种程度上能够为病患提供更加周到、耐心的服务。”

“我不能拿任何一个患者冒这个险。”洛琛看着周慧，试图说服她，“你很清楚我们这份工作的特殊性，生与死之间，没有后悔的余地。”

“不招也得招，我占有公司百分之三十的股份，有人事任免权，我已经决定辞职，她就是我的接班人。”周慧断然道。

“就算你招她进来，公司也没有业务委托给她。”洛琛坚持着。

“谁说她没有委托对象？”周慧说，“她的第一个委托对象，是我。”

说着，她把自己的病理诊断丢到洛琛的面前，上面用粗体字标注着：乳腺癌晚期。

Chapter 2

经世之谅

“慧姐，你不要休息一下吗？”叶千江扛着老人用的拐棍式便携座椅，气喘吁吁地跟在后面，前头穿着病号服的周慧在病区里健步如飞。

十多分钟后，叶千江终于忍不住展开椅子自己坐下来，经过的人纷纷对她侧目，还有路过的家长拿她当反面教材：“看吧，这就是不运动的结果。”

叶千江已经对这些鄙视视而不见了，她看着绕着自己竞走的周慧，下巴倚在手把上：“慧姐，我现在有种强烈的预感。”

“什么？”

“我觉得，我好像得死在你前面了。”

“说话能不能有点顾及？我可是癌症晚期的病人。”周慧瞟了叶千江一眼，“我说你起来运动运动，年纪轻轻，走这么两步道就不行了，身体素质太弱。你们年轻人平常就知道玩手机打游戏，地上掉钱都懒得弯腰去捡，在群里抢个几分钱的红包都能打破头。”

叶千江咧嘴一笑，不怀好意地问：“周姐，你怎么知道得这么清楚呢？”

“因为我也年轻过。”周慧的目光越过远处绵延的山峦和苍翠的树木，“等你到了我这个年纪，把该经历过的都经历一遍，就会知道其实那些过往的快乐和痛苦都不重要，时间会把一切冲淡，最后究竟是什么东西能够留在生命里，终究是你自己的选择。”

“慧姐。”叶千江轻声问，“你的选择是什么呢？”

“周慧患者，周慧患者……”抱着记事板的小护士追过来，“可算找到你了，没有一天是在病房里老实待着的，你们家属也不管管。”

莫名担了家属名号的叶千江耸耸肩，懒得狡辩。

“是我自己要出来的，有事吗？”周慧捏了捏叶千江的肩膀，以示安慰。

“家属去一下办公室，医生找你。”

护士交代完就去忙别的事了，当主治医生看见周慧的时候颇为意外，打电话到护士站斥责传话的小护士：“怎么搞的，不是让你通知家属来吗，怎么能让病患到处走呢？”

“跟她没关系，是我自己来的，”周慧赶紧说，“别冤枉孩子了。”

“其实今天哪，我主要是想找家属来确认一下接下来的治疗方针，你回去等着就好，让家属在这儿……”

“对不起，医生。”周慧打断他，指着叶千江说，“这位是我同事。”

“那……你的丈夫呢？”

“走了，有十年了，”周慧平静地说，“孩子十五岁的时候因病也走了。”

“对不起，那你有其他家人吗？”

“父母年纪大了，常年卧病在床，一个哥哥一个姐姐轮流照顾着，”叶千江从未听周慧说过她的家人，没想到第一次听说竟是在病房里，穿着病号服的周慧云淡风轻地介绍着家里的情况，“我的事情，我可以自己做主。”

医生不再多问，翻看着病例：“根据检查结果发现你现在肿瘤属于 N3 期，你确诊是在两年前，但是这两年间都没有就诊记录。”

“是的。”周慧回答。

“为什么没有治疗呢？在早期对肿瘤进行干预，效果比现在好很多。”医生摆弄着手里的签字笔，状似随意般问道。

“我在工作，我不想把时间花费在没有意义的事情上。”

“你认为治疗身上的病痛没有意义？”镜片后面的眼神变得异样认真。

“我的意思是，一个注定的结果，又何必绕路去走？”

“你的职业是？”

“临终关怀师。”

医生放下在手指间飞转的笔，好像终于为她这种释然的态度找到了合理的解释："那么下面我们来讨论你接下来的治疗方案。"

"不用商量了，我决定采用姑息疗法。"从周慧口中轻轻吐出的几个字像大锤一样砸在叶千江胸口。

所谓的姑息疗法并非以根治疾病为目的，旨在暂时减轻患者的症状，延长患者的生命。

"你真的想好了吗？"医生的手指在病历上敲了敲。

她身后的叶千江也是满脸的忧虑，而她缓慢而坚定地点了点头。

医生还在试图劝解周慧改变主意，叶千江因为一时间接受不了她的选择决定一个人出去静一静，没想到在病房门口碰到来探病的洛琛。

"周姐呢？"

叶千江沉浸在周慧选择姑息疗法的情绪里，加上前一天男人坚持不肯招收自己的话言犹在耳，没什么兴趣搭理抱着果篮的洛琛，自顾自地在窗口旁的椅子上坐下来，不说不笑，不搭理人。

洛琛跟在她身后："喂，听不到吗？我问你话呢。"

叶千江一动不动地看着窗外，没好气儿地回了一句："我不叫喂。"

虽然感觉到自己刚刚的做法很不妥，但是某些事情上洛琛不愿意让步："我还是你的老板，就这个态度跟我说话吗？"

叶千江嗤笑一声："你不是来辞退我的吗？"

洛琛摸着口袋里的文件，犹豫半晌，拿出来递给她："离职申请书，还是你自己填比较好。"

保持着背对着他的姿势，不看不接的叶千江纹丝不动地欣赏着窗外川流不息的街道。

洛琛把文件放在窗台上："这件事已成定局，我不希望做得太难看。"

叶千江转过身直视他："那我再提醒你一遍，我现在是慧姐的关怀师，你不能无视病患的意愿。"

"我希望你无论何时做什么事情，都要考虑公司的名誉。"洛琛提醒她。

“我不会让公司的名誉受损。”

叶千江笃定的回答让洛琛气不打一处来，他放下果篮转身就走。脚步在走廊里转了一小圈又折了回来，他站在叶千江身后问：“周姐在哪儿呢？”

玻璃窗上映着他明显的怒意，右下角的女孩仍旧是一脸平静：“谁知道呢。”

“你！”洛琛几乎气结，质问道，“你是周姐的关怀师，你到底知不知道自己要负什么样的责任？”

“如果一个人对自己不负责呢？”叶千江追问道。

“你的意思是，周姐她放弃治疗了？”和周慧相交数十年的洛琛瞬间明白她话中的意思，不过他并没有露出意外的神色，反而有些意料之中的平静。

这个人到底是专业的关怀师，即便叶千江再讨厌他，却还是想从他这里得到些建议，于是她把刚刚在办公室听来的情况跟他简单介绍了一番。当然，她的食指按照惯例飞速抽动着。只是没想到，他在听完后继续保持沉默，一个字也没说。

“你……没有意见吗？”叶千江不安地问道，好像完全忘记刚刚摆脸色的是谁了。

洛琛哑然失笑：“你是她的关怀师，我的意见很重要吗？”

“很重要啊。”叶千江梗着脖子回答，“说来听听嘛，你不希望周姐受到不标准的照顾吧？”

“如果周姐想要的是专业的护理，我公司里的人一抓一大把。”

“那她想要的是什么？”叶千江反问着，殷切地期待一个答案。

像是看穿她的内心所想，洛琛镜片后的目光闪了下，狡猾地转移话题：“你是她的关怀师，这个问题应该是你来回答我。”

这次轮到伶牙俐齿的叶千江哑口无言了。作为周慧的关怀师，这确实是她应当独立面对并且解决的问题，她不应该心存侥幸将责任转嫁他人。

叶千江起身离开，在周慧的推荐下，她参加的由病患自发组织的唱诗班正在花园里组织活动。

不久，虚弱的周慧从办公室出来，看到等待自己的洛琛，颇为欣慰。

“你怎么有空来了？”

洛琛将投向窗外的目光收回来，空气里还回荡着音符的旋律，他背着手笑着，初晨的阳光从窗口斜刺里照进来，纤毫毕现，他的轮廓被日光镀上一层淡淡的金黄，一如初见般澄澈。他说：“经过公司研讨决定，撤销叶千江的外勤活动，转为组内培训，即日起由我接任你的关怀师。”

“我拒绝。”

这是意料之中的回答，洛琛也不急，一点一点地摆事实讲道理：“叶千江没有经过专业的培训，她根本就不知道怎么照顾别人，更别说是提供专业的服务。你看，她现在就没有陪在关怀对象的身边。况且她来公司的目的原本就不单纯，我不能让这样来路不明的人待在你身边。”

即使他嘴上说着反驳周慧的话，手上仍旧扶着她在床上坐好，拉起枕头帮她垫腰，将床摇到合适的位置上。

周慧坦然接受了他说的这些，她也承认，叶千江不会这么做。

“但是我做了几十年的关怀师，其实越到后来越发现所谓的专业技术并没有那么重要，在这个行业里，所谓的技是最末流的。就像刚刚这种周到的护理，可能恰恰是病人不需要的。”周慧伸出手敲打自己肿胀的腿，“你也知道，我们护理对象的病情大多是从医学角度无法治愈的程度，人生迈出的每一步都是倒计时，吃的每一口饭，看的每一个日落都有可能是最后一次，医生、护士、家人，甚至是病患自己也将自己看成废人。但恰恰是这个叶千江，她不会周到的护理，却会用尽全力帮助别人，即便是鲁莽的，失误的，却可以让人看到她那颗真诚的心。”

“周姐，恕我直言，做我们这行空有一腔热忱是不够的。”洛琛抿紧嘴唇，显然对叶千江的偏见颇深。

“是。”周慧肯定他的说法，“你还记得小月儿吧？我的上一个关怀对象，那个五岁的白血病患儿。那单结束一周左右，她的爸爸曾经打电话跟我说谢谢，他发现了小月儿学她妈妈录下的视频信，视频上小月儿说自己特别幸福，因为她所有的愿望天使都帮她完成了。”

洛琛静静地听着，他能推测出来所谓的天使是谁，小月儿的事他有所耳闻，但是远没有听周慧讲的这么详细。考虑到周慧的身体，他后悔不应该将这一单交给她。

“你知道叶千江做了什么吗？她去展览馆借机器，去说服舞蹈老师，去跟幼儿园谈，这一切都没有人教她，也没人让她去做，但是几乎是一夜之间，她就做到了。”周慧看着熟悉的洛琛，“难道这份赤诚和这份热情不足以弥补技巧上的缺失吗？护理知识可以学，技术可以补，唯独一颗向善、为别人着想的心，是无论如何也学不来的。”

“她有强迫症，而且你看到她的手了，很可能有自残倾向，我不能把客户交给这样的人看护，绝对不行。但是如果你要留她在公司也可以……”顾及和周慧多年的情分，洛琛决定后退一步，“我同意让她专做行政工作，不能在一线接触客户。等到培训结束，考核通过，或许可以考虑……”

“不可以……”这场争执最终以临床老奶奶的回归告罄。

让洛琛意外的是，在得知他的身份后，临床的老奶奶竟然主动预约了临终关怀的服务，并且指定的关怀师正是他千方百计要开除的叶千江。

当他询问理由的时候，老奶奶眯着眼睛，笑吟吟地答道：“那小丫头啊，歌唱得太好了。”

洛琛也是极其无语了，向周慧控诉：“你看见没有，一个关怀师不是靠着专业吸引人，竟然是靠歌喉，这不是开玩笑吗？我们的公司难道要以这种形象示人？”

周慧只好转向隔壁床：“陈奶奶，光说唱歌是有点不客观了，再说叶千江已经是我的专属客服，您对关怀师还有没有其他的要求？这是我们老板，有什么想法尽管跟他说。”

不管周慧怎么劝，陈奶奶岿然不动，坚持着自己的要求：“唱歌好听的。”

洛琛也是无语了，他总不能让公司里的关怀师每人录一段音频给她听啊，总之这真是太不顺心了，自叶千江来面试那天起，事情就朝着怪异的方向发展，以往哪有用歌喉选择关怀师的客户？

这更坚定了他辞退叶千江的决心。

洛琛建议道：“要不然这样吧，就让叶千江做陈奶奶的关怀师……”

“那不行。”周慧提出抗议，“她是我的，公司规定为每一个客户配专属的关怀师，只要我活着，没有换人的意愿你就不能把她分给别人，我们可是签了合同的。”

“周姐，你一定要做到这样吗？”

“难道我的决心还不够明显吗？”

正当两个人大眼瞪小眼的时候，陈奶奶毫不客气地插进来：“我说，你们要不要尊重下客户的意见？”

两人暂时从斗鸡眼的状态抽身出来：“您说。”

“我要叶千江。”

正赶上叶千江抱着词谱本回来：“谁找我？”

见到她，陈奶奶立刻乐开了花：“是我呀，我说要你做我的关怀师。”

看着洛琛酱色的脸，叶千江悄悄地朝陈奶奶眨了眨眼：“我是很珍贵的员工，恐怕我的老板不会轻易放我去的。”

随即，房间里的人乐成一团，当然，除了洛琛。

最后靠陈奶奶和周慧的坚持才达成协议，叶千江兼做陈奶奶的关怀师，但是因为她并没有经过公司的培训，为了更好地照顾病患，同时也为了贯彻公司一个客户一个关怀师的宗旨，洛琛作为两人共同的关怀师签下协议。只是他没想到陈奶奶对自己提的第一个要求就是：“唱首歌听听。”

当洛琛忍受着刁难，用公鸭嗓子唱《大王叫我来巡山》的时候，叶千江的手机响起来，是盛琪医院传来消息，她姐姐病危。

“你快去吧。”了解情况后，周慧帮叶千江把包收好递给她。

洛琛一脸不赞同地看着这两个人，也不好说什么。他的表情精准地落到周慧眼里，后者一拍脑门：“你是开车过来的吧，快送送小江。”

“我是你们两个的关怀师……”

洛琛没说完的话被陈奶奶一巴掌打了回去，握紧的拳头在半空中挥舞：“人命关天的大事儿，还不快去！”

被两个女人威胁着，即使不情愿，洛琛还是麻利地提车，接上叶千江往盛琪医院奔去。

即便姐妹俩有过隔阂，但是听到这种消息，叶千江一时间根本无法接受，不管家人怎样误解，她都应该守在姐姐床前陪伴姐姐，她恨不得自己长出翅膀下一秒就飞到姐姐床前。

“能快一点吗？”她问，顾不得自己的形象，也顾不得拭去满眼的泪水。

再快就要超速了。

本想这么回答的洛琛从收纳箱里抽出纸巾递给她：“我尽量。”

只是没想到这种温馨的局面并没有维持多久，等红灯的时候右侧车道的司机特地摇下车窗问副驾驶上满脸泪痕的叶千江：“姑娘你哭什么呢？”然后用口型问她要不要替她报警，说话间一直用警惕的眼神看着驾驶位上的洛琛，防止他做出进一步伤害叶千江的举动。

直到叶千江再三表示自己没事，将信将疑的司机才肯放过两人。

经过那个尴尬的路口，叶千江主动关上自己一侧的车窗，随即又被洛琛打开。

“你干吗？”

“大姐，你都哭成这样了，再把车窗关上就好像我真的欺负你了。”

“对不起。”叶千江抽着鼻子说。

“真觉得对不起我，你就辞职吧。”洛琛对她是自己员工这件事很是介怀。

“对不起，真的对不起……”眼泪不受控制地涌出来，想到生死未卜的姐姐，想到拒绝见自己的男友，叶千江一时悲从中来，哭得不能自已。

“好了好了，别哭了，就是一份工作，你至于吗？”洛琛拍着方向盘，“我给你转成行政岗好不好？”

在叶千江哭得更厉害之前，洛琛主动结束话题：“你不开心就不说这个了，盛琪医院到了。”

洛琛车还没停稳，叶千江已经打开车门像箭一样冲了出去。

洛琛看着副驾驶位上的包和手机，叹了口气：“你是竞争对手派来挑战我极限的吗？”他拿着包和手机跑进了她消失的住院部。

本想请护士转交的洛琛因为不知道病患的信息只能作罢。跟周慧通过电话简单了解了叶千江姐姐的病情后，他决定去神经外科碰碰运气，没想真的碰到了在询问病情的叶千江，她身边跟着一个三十岁左右的男人。男人一边听医生说病情，一边不时回头看叶千江的脸色。

“是这样的，车祸后患者的情况一直不是很乐观，深度昏迷也一直伴有高血压高血糖的状况，但是呢这种状况持续偏高，昨天经过你父母的同意我们加了检查项目，发现患者孕酮偏高，这种情况考虑宫外孕、畸形、多胞胎等原因，具体情况妇科正在会诊，随后会给出具体的意见。”

“你是说我姐姐怀孕了？”叶千江睁大眼睛，不敢相信自己的耳朵，“我姐姐已经在病床上躺了一个月了，你现在告诉我她怀孕了？”

“怀孕初期很多症状不明显，何况很多症状跟车祸后遗症重叠，我们确实没有考虑到这种情况。”

“那……怎么办，怎么办？”叶千江将目光转向身边的男人，“怎么办，姐夫，你说话啊？”

被她称作姐夫的男人明显一愣：“你让我说什么？”

“你是孩子的父亲，当然要你说啊。”

“那孩子……”他长长地叹了口气，“那孩子不是我的。”

“陈锦年。”叶千江上前一步，“你是跟我姐姐回来办婚礼的，你不能因为她成了植物人就连孩子都不要了，你不能那么做。”

陈锦年抓住叶千江的肩膀，直视着她的眼睛，想要看到大脑深处的那份记忆："都过去这么久了，你还没醒吗？"

叶千江甩开他的手："我姐姐还躺在病床上，请自重，姐夫。"后面两个字咬得很重。

"好，你叫我姐夫，那你就继续把我当成不相干的人吧。"陈锦年说完，转身出了办公室，跟站在门口的洛琛撞了个满怀。

"那可是你们的孩子，你这样会后悔的！"叶千江纠结于陈锦年的不负责任，根本没注意到洛琛的存在。

新消息的提示音响起，医生打开信息栏："妇科的诊断结果发过来了，是先兆性流产，这种状况下，我作为主治医生不建议继续妊娠。"

"可是，这是我姐姐的孩子，她如果有意识的话，一定会想要留下孩子的。而且，这有可能是她唯一的孩子了。"叶千江忍痛说出来，这意味着她承认她的姐姐可能永远也醒不过来了。

"依照她现在的状况，继续妊娠对她和胎儿都没有好处，甚至随时可能引发危及生命的并发症，为了她的生命安全着想，我建议你跟你的父母商量一下……"

"不用商量了，请尽快安排手术，"叶千江说，"我来签字。"

然而所有的决绝和所有的坚强，在走出办公室的一刹那被抽干，瘫倒的叶千江被眼明手快的洛琛抱住，请路过的护士给叶千江做了紧急的处理后，他抱着昏迷不醒的叶千江将其安置在门诊提供的简易床上。

给叶千江检查的医生恰巧是洛琛的同学："初步诊断是精神紧张引起的突发性昏厥，依照现在的状况看不用特别处置，静脉注射葡萄糖补充体液，她醒了以后要是有任何不舒服的地方随时找我。"

"谢谢。"洛琛替叶千江回答。

"你女朋友吗？回家以后可以口服谷维素片、维生素 B1 片、安神补脑液，避免劳累。"

医生说完，根本不给洛琛反驳的机会，转身忙别的患者去了。

这一觉，叶千江睡得好不安稳，先是车祸现场的大灯晃了她的眼，而后是父母冷漠的拒绝和男友家人呵斥她离开的话，还有车祸现场色彩浓重的残肢……

她好不容易睁开眼，面前正是洛琛那张扑克脸。

叶千江伸手捂住眼睛，忍不住呻吟出声："噩梦还没结束吗？"

洛琛被她的反应逗乐了："这么讨厌我吗？"

叶千江从指缝里偷看他："你不是假的？"

"你觉得呢？"

叶千江麻利地把手上正在输液的针头拔掉，直接往病房外跑去。

洛琛也不知道自己为什么要跟在那个背影身后，不过，他猜想此刻的叶千江不会想让人跟着她的。因为，她正被人从病房里赶出来，跌坐在走廊里。

"你滚，你害我们失去两个女儿，现在还来害我们的外孙！"疾声厉色的父亲冲进走廊里指着叶千江的鼻子骂道，"你给我滚！"

母亲护住发怒的父亲，不让他靠近女儿，既是对她的保护也是对她的拒绝，关上门的前一刻，母亲含着泪对她说："你走吧，我们不想再见到你。"

"爸，妈……"

叶千江还要冲上去敲门，而叶家父母已经用呼叫器叫来了保安，面对这势如水火的一家人，保安也颇为头疼。

见状，洛琛拖着不情不愿的叶千江离开了是非之地。

"你干什么？我不要你的怜悯！"走在走廊上，叶千江想要甩开洛琛的手，被后者死死抓住的她红着眼睛照着抓住自己的手的手腕狠狠地咬了下去。

鲜血从嘴角淌下去，口腔里弥漫着血腥味儿，保持着这个姿势的叶千江泪如雨下。

忍受着手腕上的剧痛，洛琛始终没有收回手，喉头滚动吞下疼痛的回响，用另一只手抹掉她脸上的泪水："心里很痛吧，疼就哭出来。"

叶千江抱着他的一只手，呜呜地哭起来。

"大声点哭。"洛琛说道，帮她理了理凌乱的头发。

叶千江放开被她咬着的手，站在原地泪如雨下。

刚刚帮叶千江处置的医生刚巧经过，看见这一幕以为是小情侣吵架，半开玩笑地从她身后推了一把。

哭泣中的叶千江直接扑进了洛琛怀里，脑袋撞在他胸口，发出好大一声响,他吃疼地闷哼一声,强忍着疼痛,并没有把怀里的人推出去。

被突如其来的冲击力撞昏的叶千江发现自己身在何处之时，后退两步：“你的手……”

洛琛看着站在一米开外的安全距离里的叶千江：“你的选择是对的，也给他们一点接受、理解和反省的时间，你还要回去吗？”

站在原地的叶千江此刻也理不清心中所想，一时间放不下家人却也无法抽身离去。

洛琛看着她犹豫不决的样子，帮她做了决定，轻轻牵起她的手腕，带领着她顺着楼梯一级一级向下去。

叶千江还想挣扎，然而当眼神触碰到从他手腕上滴下的猩红血渍时，便放弃了所有抵抗。

洛琛是那种司机，你坐上他的车，永远不用担心他会闯红灯、违规变线，偶尔有行人不遵守交通规则，他也会礼貌让行。你永远不用担心他会变成“路怒族”，但是有暴躁的司机在他跟前时也绝对不敢造次。

他的稳重中有让人不敢轻视的气场。

然而让叶千江发出嘘声的并不是这些凡俗的种种，只是他手腕上的伤。

回程的路上仍旧遇到了之前的热心司机，看见他们的车特地靠近发现这次叶千江没哭，吹了个口哨走了。

告别了热心的司机，叶千江说：“在前面找个地方稍稍停一下吧。”

“怎么了，哪儿不舒服吗？”洛琛减慢车速，打开转向灯。

“没有，我看前面有药店，想买点药把你手上的伤口处理一下。”

“这点小伤口，没事的。”洛琛把转向灯的拨盘转正，不过在叶千江的坚持下，还是任她买了药水和纱布。

不过，当叶千江为他清理伤口的时候，他觉得叶千江可能不只是愧对自己这么简单。

“你是来报复我的吗？”

“很疼吗？”叶千江看看标签，“是医用酒精啊，消毒用，你就忍着点。”

“你就不能买碘伏吗？”

“颜色深，不好看。”叶千江认真地说。

“伤成这样，你觉得我会计较好看不好看吗？”

“那我再去买点？”

“你是不是已经放弃留在公司的想法，干脆破罐子破摔了？”

“你会留我吗？”叶千江手上使劲儿，疼得洛琛直吸冷气。

洛琛抖着受伤的手腕：“不光这辈子别想，你下辈子都别想了。”

叶千江把用过的棉签丢到垃圾袋里，仔细地用纱布把伤口包上：“这辈子碰到你就够倒霉了。”

“这句话也正是我想说的。”用新的棉签蘸了酒精，拉过叶千江的手，处理她刚刚跌倒时的擦伤。

棉签轻轻滚过伤口，洛琛问她：“疼不疼？”

“不疼。”叶千江如实作答。

起初洛琛以为叶千江在取笑他刚刚的表现，随后悄悄捏了捏被她抓得伤痕累累的指尖，叶千江毫无波澜的表情让他确定了内心的猜想。

“这就是我不能录取你的原因之一，一个没有痛感的人，怎么能照顾好别人呢？”

叶千江看着洛琛手腕上包好的伤口，伸出手指按了一下，疼得他差点跳起来，握着手腕：“你要干吗？”

“我感觉不到痛，可是我知道什么是痛，我也知道伤口在别人身上的反应，我只是失去自身的痛感，并没有失去共情性，所以你的这个论点站不住脚。”

“的确，我承认你的问题不在于失去痛感，而在于你为什么失去痛感，你想过吗？”说话间，洛琛死死地护住伤口，以免再度受到她的攻击。

叶千江沉默下来，那场夺走了亲情和爱情的车祸，是她心底不能触碰的刺。

见叶千江失去攻击性，洛琛放开自己的伤处，仔细地为她包好伤口。

洛琛带着叶千江回到病房的时候，周慧和陈奶奶正沉浸在一盘军棋的厮杀中，直到分出胜负才注意到两人的存在。

“你们两个怎么回来这么早？”周慧一边收拾棋盘一边问，“家里的事处理完了？”

“差不多了。”叶千江回答，“周姐，我记得你今天下午有一个检查，刚刚上来之前我在检查室那里已经拿到号了。”

因为乳腺彩超检查要完全暴露乳房，如果是男医生的话会要求一名护士或者家属在场，所以由叶千江陪同去检查，陪陈奶奶下棋的重任自然就落在洛琛的肩上。

坐在检查室外的椅子上，等待叫号的时候叶千江问周慧：“姐，你真的不害怕吗？多少病人怕医院说治不了，而你居然主动选择姑息疗法，在你的心里，就没有一点点的犹豫吗？”

“当然有，可是在对医生说出这番话之前，我已经犹豫了几十年，终于有机会把那些话说出口了。”

“周姐，你为什么这么消极？”

“不是消极，你看过杨绛先生的《我们仨》吗？再珍贵再想留住的人终究也会走失，‘世间好物不坚牢，彩云易散琉璃脆’，我的孩子、我的丈夫先一步离我而去，余下孤身一人的岁月，每一天对我来说都是煎熬。”周慧说，“他们爷俩都是因为癌症去世的，如今，终于轮到我了。”

“周姐你别这么说。”叶千江握住周慧的手，“你这么说我害怕，我们好好活着不好吗？那些你的丈夫和孩子没来得及看的风景，没用过的东西，难道你不想帮他们看看吗？你要替他们活着啊！”

"你知道我的孩子最后对我说的话是什么吗？他对我说，他太疼了，太疼了，那些管子扎得他好难受好难受，他想要去看看天，他只想去天空下晒晒太阳，可是，就这点要求我都没能满足他。因为，我想把他留在我的生命里，哪怕只多一秒钟，我都愿意用任何代价去换，"泪水从周慧的眼中流出来，那是属于母亲的悔恨，"可是我忽略了最重要的事情，我的孩子好痛好痛，他每天睁开眼睛面临的不是蓝天白云，而是成堆成堆的药和各种治疗方案，我们忘记了任何手段都不能还给我一个健康的孩子。我跟他爸爸就像着魔一样，只要有人说能治我儿子的病，上天入地我们两个人都会弄来药，各种祖传偏方，各种土办法。现在想想，我儿子他心里都清楚，他知道自己治不好，那些药根本没有用，他是为了配合我们两个人，为了我和他爸爸心里好过些，各种治疗他都配合，每天吃的药、吊的水比吃的饭都多，可是那一切都没能挽回我儿子的生命，那太疼了，太折磨人了，我儿子曾经那么漂亮……"

叶千江默默地替周慧擦去泪水。

一丝坚强的笑意在周慧的脸上浮现："儿子走后，很长一段时间，我们夫妻俩都在悔恨中度过，如果上天只给我们这么短的时间，我们为什么要让儿子吃那么多苦，受那么多的罪？为什么不能珍惜在一起的时间，看蓝天白云，看草长莺飞？于是，我们两个互相约定，任何一个人患了不治之症，对方都要尊重病患的想法，给他最体面的走法。所以，在我丈夫确诊为胃癌的时候，我就知道我将要面对的是什么。"周慧一字一句地说，"我从未后悔在我丈夫的放弃治疗同意书上签字。"

"天哪，周姐，你真的……"叶千江惊讶地捂住嘴，说不出话来。

"怎么，觉得我很残忍吗？"

"不会。"

叶千江心虚的回答引得周慧苦笑连连："没关系的，你没经历过，不理解也很正常。我和我的丈夫都认为与其没有尊严地徒增寿命，不如高质量地度过人生的每一分钟。"

"太坦然了。"叶千江直言，"我做不到。"

“你不用做到这个程度，我需要你接受我的委托，以监护人的身份在我的治疗书上签署放弃治疗的协议。”

叶千江慌忙地甩开她的手：“周姐，这件事情开不得玩笑，我怎么能帮你签字呢？再说了，你的父母家人都还在啊。”

“我的亲人和他的亲人在我丈夫死后都不来往了，他们恨我，他们说是我亲手杀了我的丈夫。”

“怎么能这么说呢？”叶千江激动地站起来，没等她说完，广播里叫了周慧的名字，轮到周慧检查了。

直到检查完，两个人都默契地没有提起刚才的话题。叶千江没想到周慧曾经面临那么残忍的人生，更没有想到她做过那么决绝的决定。但无论她怎样故作坚强，叶千江还是看得出来，亲手送丈夫离开的事情是她心头的一根刺，鲜血淋漓，根本没有拔除，亲人的误解更是令她痛苦不已，这些年寄情于工作，恐怕与家人的态度不无关系。

叶千江不明白，世事艰难，人生有这么多的不得已，本应该是最亲近的人相互取暖，为什么还要为难彼此呢？

很快，这个问题的答案被她抛在脑后，因为回到病房的时候，几个小护士正围着洛琛，给他拆了绷带重新处理伤口。

“哎呀天哪，这是咬的吗？！”一个护士叫起来。

另一个更夸张：“这是牙齿印啊。”

“真是的，谁这么过分？”其他几个护士摩拳擦掌，像是要杀人一样。

“有没有那么夸张啊。”叶千江嘟囔了一句，扶着周慧往里走。

听见她说话的护士无不对她怒目而视，其中一个抓着洛琛的手问：“是谁弄伤你的？”

洛琛朝叶千江的方向看了一眼：“是狗咬的。”

叶千江想要回嘴，考虑到他身边的莺莺燕燕，还是忍了下来。

“瞎说，看这齿痕明明是人嘛。”

洛琛似笑非笑地回瞪着叶千江：“是一只吉娃娃。”

尽管心里的怒火翻江倒海，叶千江还是对洛琛回以微笑，作为周慧的关怀师，她实在不敢惹这些护士。

“哎呀，伤口这么重，要不要打一针破伤风啊？”一个护士提议，其他的护士都表示赞同，还有的后悔自己怎么没早说呢。

就这样，盛情难却的洛琛被一堆护士拥着去处置室，叶千江的脸色喜忧参半，看他扎针好爽，又觉得扎这种针对自己是一种侮辱。

不管怎么样，看见洛琛揉着臀部一瘸一拐地走回来的时候，正为周慧和陈奶奶准备晚饭的叶千江心情出奇的好，还特地分给他一双筷子。

天色渐暗，远处的天空中如撕裂般腾起一道闪电，滚滚的雷声呼啸而至，很快台风带来的疾雨席卷了整个城市。

周慧看着挂在墙上的电视，新闻里记者正在对台风做现场播报，忧心忡忡地望了一眼面色不善的洛琛，对叶千江说：“麻烦你帮我送他回去。”

“他开车了。”叶千江不以为意地回答，对洛琛说，“你走吧，我在这儿陪着。”

“天黑雨急，路况不好，你替我送他。”周慧紧紧地握住她的手。

原本吃过饭躺在病床上打瞌睡的陈奶奶被雷声吵醒，看见这个情形，虽然不明所以，但还是帮着周慧一起劝叶千江：“你送他走吧，刚扎了破伤风，开车很容易出危险的。”

洛琛还想拒绝，被周慧一眼瞪了回去。

两人走后，陈奶奶悄悄地对周慧说：“这丫头，怎么能咬这么重呢？”

“你开车还是我开车？”

洛琛没想叫叶千江送自己，原本打算让她在楼下转一圈回病房陪护的，结果在地下室看见她一脸嫌弃的模样，直接把车钥匙递给她。

叶千江不情不愿地坐上驾驶位，系安全带的时候嘴里也不闲着：“真是娇气，被小护士爱护了一下，连车都开不了了，这么娇嫩吗？”

“纠正一下，是手腕被咬了好疼。”他给自己扣好安全带，对叶千江说，“你还等什么呢？可以走了，司机。”

握着方向盘的叶千江努力保持着微笑：“走之前，先告诉我你家在哪儿吧。”

“你认路吗？”洛琛反问，直接给她打开了导航。

虽然生气，但此刻的叶千江也根本无力反驳。

“手腕还疼吗？”叶千江注意到出了灯火通明的地下室后，洛琛不安地转动着受伤的手腕。

“还好吧。”洛琛说，“扎那针破伤风比较疼。”说着，整个人在座位上扭了扭。

“喂，差不多就行了，一个小伤口而已，至于扎破伤风吗？你把我当狗吗？”叶千江一脚刹车停在红灯底下，把心中的苦闷倾泻而出，“你说清楚，吉娃娃是什么？”

“绿灯了。”洛琛提醒她变换的交通标志，“还是你觉得我不说狗咬的，说你咬的比较好吗？”

叶千江认真地想了一下，说：“吉娃娃就吉娃娃吧，还挺可爱的，眼睛挺大的。”

叶千江腹诽了一会儿，顺手把车内的顶灯关掉，洛琛在座位上挪了一下，什么都没有说。

“怎么了？”感觉旁边的人有些不安，叶千江问道，“要我把空调开大一点吗？”

洛琛摆摆手，将目光转向车窗外灯火通明的广告牌。

叶千江顺手打开车载音乐，放的正是中孝介的*One*。

“周姐的事情你全知道吗？”

雨水打在车窗上，留下长长的、蜿蜒的痕迹，洛琛的声音伴随着音乐的旋律响起：“你想知道什么？”

“关于姐夫和孩子你知道多少？”

“叶千江，你到底想干吗？”洛琛忍无可忍直呼其名。

“我想干吗？我想了解周姐啊，我是她的关怀师。”叶千江反驳着，“有什么不对吗？”

“当然不对。”洛琛说，“你以为关怀师是什么？简单地把客户的人生翻一遍吗？什么事都打听，什么事都问，抓到一个线头就不撒手，你当自己是狗仔队吗？”

“我是关心周姐嘛。”

“打着关心的旗号就可以肆无忌惮吗？人生没有那么简单，不是关心就可以没有伤害。你偏要打着关心的旗号把那些已经结痂的伤口揭开，有什么意义呢？”

“你这是讳疾忌医，害怕确认自己生病就不去看医生，害怕伤害她就选择对那些事情视而不见。”

“我是慈爱关怀的老板，周姐的治疗方案我说了算。”

“我是她的关怀师，我会遵循她的意见看着办的。”叶千江也是寸步不让。

“你被解雇了，立刻。”

“招我进来的也不是你，就算你辞掉我，只要周姐认可，我就是她的关怀师。”

小小的车厢里回荡着介怀、仇视和焦虑，没有一丝一毫的融洽，所谓话不投机半句多，接下来的行程里，两个人默契得不发一语。

把车开进小区地下停车场的时候，叶千江坏心眼儿地占了两个车位，想让别的车主找他的麻烦。

洛琛把这一切看在眼里，并没有提醒她那两个车位都是自己的，是他为了方便朋友来看自己而买下的。

“外面下着雨呢，你开我的车走吧。”

叶千江根本不听他的建议，她不想跟他有更多的往来，况且还要留着占车位的东西给他找麻烦。

“要不然你跟我上楼，我拿把伞给你吧，雨真的好大。”

“谢了。”那时候，叶千江还没发现自己的选择有多坏，直到两人发现直通的电梯出现问题停止使用，在洛琛的提议之下，两人只好冒着雨从外面绕到住宅楼的正门口进去。

反正也淋湿了，叶千江决定放弃去他家拿伞的主意，一个人往小区门口走去，却听见背后传来重物跌倒的声音，回头一看，是洛琛坐在雨水里。

小区里的路灯被这场突如其来的大雨毁了一半，借着停车场窗口发出的微弱灯光，叶千江发现洛琛的表现有些奇怪，赶紧过去扶着他。

“你怎么了？”

“我……还好。”

“才怪。”叶千江看着嘴上说着还好，却紧紧地抓着自己的手的洛琛，“你的表情可不是还好的样子，腿受伤了吗，你可以站起来吗？”

“可以。”说着，在叶千江的搀扶下，洛琛勉强站了起来。可是叶千江很快就发现重新站起来的洛琛似乎没有自己走的意愿，只是紧紧地抓着她，茫然地站在原地。

无奈之下，她只好问道：“你家是哪栋楼？”

“出了停车场右拐，第三栋，中间的门。”

“好，走吧。”瘦削的叶千江牵着一米八几的洛琛一步一步地挪着，几百米的距离走了好久，最让叶千江心急的是，此时的洛琛似乎完全失去了视力一般，根本看不见脚下的石子跟砖块，有几次险些摔倒。

叶千江不得不帮他踢走那些障碍物，随时提醒他面前有台阶之类的。

好不容易找到洛琛所说的楼口，叶千江感觉自己半条命都搭进去了。

站在大厅里的洛琛恢复了视力和一如既往的平静，却对刚刚黑暗中的异样闭口不提。他不说，叶千江自然也不便问，她本想直接走人，顾忌着他刚刚的表现，觉得送他上楼再走比较妥当。

洛琛自然也不能让一个为了照顾自己而浑身湿透的女生独自离开。

到了他家，由于两人的手机都进水了，洛琛先用座机给周慧报了平安，安排叶千江去洗澡，自己换了干净衣服，拿着吹风机吹手机，吹到一半灯忽然暗下来。

刚洗完头的叶千江只好套上洛琛准备的宽宽大大的 T 恤走出来：

"怎么了，停电了吗？"

叶千江听不到洛琛的回答，空气中只有短粗的抽气声，便问："你怎么了？"

逐渐适应黑暗的叶千江慢慢地朝洛琛的方向走去，他似乎只是坐在那里一动不动，和刚刚在停车场外的情形一模一样。"你哪里不舒服吗？"她摸到他的肩膀，发现他的筋骨紧绷，像石头一样，"你还好吗，说句话好吗？"

"我……我没事。"

"你的表现可不是没事的样子。"叶千江一点也不相信他的话，但是他的回答还是让她宽心不少，她抓起座机，心中希望暴雨并没有切断城市的通信系统。她先打电话给周慧，才知道是台风刮断了电缆导致这一区停电，周慧所在的医院并没有事，姐姐和男友住的盛琪医院也没有被波及。

这个消息让叶千江稍稍放下心来："可是周姐，洛琛的状态有点不对。"叶千江看着身边像石头一样的黑影说，整个房间只有电话机上的小灯一闪一闪的。

听着周慧的解释，叶千江两条眉毛都快拧到一起了。"什么，黑暗恐惧症？"她放下电话，拍了拍自己身边快要石化的影子，"黑暗恐惧症是什么鬼？夜盲症又是什么鬼？要不要得这么高级的病？"

此刻的洛琛没有跟她斗嘴的心情，独自在黑暗中平复情绪。

"手机还湿着呢，开机会爆的，你家有没有别的能照明的东西？"

"有手电筒，在门口的柜子里，但是我好久没充电了。"

"死马当活马医吧。"叶千江摸着黑打开柜子摸了好久，在角落里找到落满灰尘的手电筒，打开开关，灯泡象征性地闪了一下，重新回归黑暗。

"有你还不如没有呢。"叶千江气哼哼地把手电筒丢回去，借用声音掩盖内心的不安。因为刚刚灯泡闪烁的一瞬间，她看见坐在黑暗里的洛琛面色惨白，一副颓然无助的模样。

听见叶千江努力翻找的声音，洛琛如线一般的声音传来："没用的，没有其他能照明的东西。”

叶千江并不理会他，顾不上做客的礼节，在他家上下翻找，最后用实力证明，男人根本不知道自己家里有什么。

她翻出一包生日蛋糕上用的长线蜡烛和一包火柴，乐颠颠地跑回洛琛身边，点上一根蜡烛，微弱的火光照在他苍白的脸上，终于有了些许温度。

叶千江抓着洛琛的手指，让他抓好蜡烛，然后自己再次进入翻找的状态，他劝她：“没有了，这根蜡烛一定是同事帮我收起来的，再也没有了。”

与其说她不相信，不如说她期待着冒出来什么东西能为他照亮整个房间，但是最终事与愿违。

叶千江带着一身挫败回来的时候，发现洛琛乖乖地坐在原地，一动不动。他左手捏着一根烧到一半的粉色蜡烛，右手捏着一根蓝色的蜡烛，当前一根烧尽的时候，还一副严阵以待，随时准备点燃另一根蜡烛的样子。

如果是平时，叶千江一定会放肆地嘲笑他，可是看到所剩无几的蜡烛，她也笑不出来了。

她蹲在洛琛面前，戳了戳他干裂的嘴唇：“很害怕吗，有多害怕？”

“你能不逗我吗？”

“不能。”叶千江笑着说，“从面试那天起你就看我不顺眼，周姐带着我，照顾我，你呢，每次看见我就是劝退，还特地给我送离职申请书。”叶千江伸了伸有点发麻的腿，“从来都是你欺负我，好不容易有个报仇的机会，不把握住的话，我还是人吗？”

“我欺负你？”洛琛抬了抬手腕，“你确定？”

“纱布都湿了，你没换吗？”叶千江抓住他的手腕，声音里满是焦急，“淋了雨水不知道滋生了多少细菌，怎么都不拆掉？”说着，她手忙脚乱地帮他拆绷带，又怕动作大了弄灭火苗。

“没事，打了破伤风的。”洛琛说着，一副没什么所谓的样子。

“那也不行，留疤也不好。”叶千江固执地继续手上的动作，“治跌打损伤的药你家里总有吧。”

让她失望的是，这个也没有，她只好凭借记忆摸回厨房，拎出一瓶白酒倒在他的伤口上消毒。

洛琛看着被打开的酒，肉疼心也疼：“你知道这酒多贵吗？”

叶千江拍了下他吊在半空中的手掌：“比手腕贵吗？”

“小心点，别把蜡烛弄灭了。”洛琛态度强硬地护住仅存的火苗，因为只有在光亮里他才觉得自己是个人。

叶千江看着仅剩的蜡烛，凑到他的身边：“你这个病好像挺高级的，我都没听过。”

“你这样的奇葩我也没见过，拿着。”他把蜡烛推到叶千江手里，学着她的样子为她处理手臂上的伤口。

此刻的叶千江根本不在乎身上不痛不痒的伤口，她急需在蜡烛耗尽之前为洛琛找到解决之道：“你睡觉不闭眼的吗？闭眼会黑怎么办？”

“我不会开灯吗？十九世纪爱迪生发明了电灯，从此，新的光源让世界焕然一新。”

“你焕然一个给我看看。”叶千江蹲着有气无力地说，“活该黑死你。”

鉴于对方没回嘴，叶千江在心里反思了一下自己刚刚是不是太过分了，于是软了下来：“那做什么事会让你舒服一点，不会那么紧张？”

洛琛想了一下，说：“光。”

“你这不是废话吗，这不是快没有了吗？”叶千江歪着脑袋蹲着，也想不出什么好办法。

蜡烛有烧完的时候，连那点些微的光线都熄灭的时候，叶千江明显感觉黑暗中的洛琛呼吸一窒，她点燃火柴，烛火般的光芒让他的脸恢复灵动，可是很快，火柴便熄灭了。

叶千江不停地点着火柴：“真是的，你先考虑你能不能活着看到明天早上的太阳，再辞退我不迟。”

“放心吧，我一定活到辞退你的那一天。”

“还真是勇气可嘉，要不然我们走楼梯吧，只是区域停电而已。”叶千江建议道。

洛琛毫不客气地否定她的灵光一闪：“我家在十六楼。”

“懂了，还没下去你就死在半道上了。”叶千江看着空荡荡的火柴盒，“真是的，你怎么不抽烟呢？这可是最后一根火柴了啊。”

叶千江看着洛琛脸上忽明忽暗的光影，也跟着紧张起来：“说说你害怕什么吧，除了黑。”

“你要干吗？”

“聊聊天嘛。”

洛琛抱紧自己：“我什么都不怕。”

“你怕鬼吗？”火光熄灭的前一秒，叶千江看见洛琛的肩膀抖了一下。

“现在，我们开始以毒攻毒的疗法。”黑暗中叶千江的声音幽幽响起，带着三分颤音和七分惊惧，“我们先讲一双绣花鞋的故事，然后是饺子的故事……”

“你放过我吧，以毒攻毒，攻死我了怎么办？”洛琛期期艾艾地恳求着说。

“来不及了，午夜惊魂栏目正式开始，那是一双绣着团凤的蓝色绣花鞋……”

天光大亮，第一缕阳光照进房间里，照在洛琛眼底两个大大的黑眼圈上。叶千江抱着腿，倚在沙发上沉沉地睡去了，嘴角挂着晶莹的口水。

洛琛悄悄地把叶千江支在下巴上的手拨开，然后躲在一旁幸灾乐祸地看着她被吓醒的样子，笑得合不拢嘴。

叶千江揉着头发，抹掉嘴角的口水：“活过来啦，还能使坏。”

洛琛拿起沙发上的毛巾盖在她头上：“来电了，去洗澡，太难看了。”

“又不是为了给你看的。”看在那两个大黑眼圈的份上，叶千江也懒得跟他计较，直接去了卫生间，两秒钟后又跑了回来，把毛巾丢在他头上，“是来电了，但停水了，怎么洗？”

洛琛把毛巾系在脖子上：“你别后悔啊，热水器里有的是水。”说着，装作起身抢热水的样子。

他绝对没料到叶千江抢毛巾的决心是多么强大，差点把他的脖子勒断。

收拾妥当的叶千江对身上的装束很是介意：“你家没有女装吗？”

“我家怎么会有女装？”洛琛差点从沙发上跳下去，“有的穿就不错了，今天你有什么安排？”

叶千江抽了抽鼻子：“这么快就下逐客令啦？昨天晚上可是穷尽我毕生功力给你讲了一宿的鬼故事。”

“那我得谢谢你呗。”

“那倒不用了，你考不考虑给我转正，我还会讲很多故事……”

“我想我的公司不需要会讲鬼故事的关怀师，喂，你去哪儿？”洛琛看着拉开门就走的叶千江，追到楼道里。

“你又不聘用我，你管我呢？”叶千江专心致志地等电梯。

“你跟我一起出来的，周姐那儿我总得有个交代。”

叶千江想了想，用机械一般的腔调说：“我先回家换衣服，然后去周姐的父母家碰碰运气。”

“怎么还没完了，我不是让你别管周姐的事？”

“我是她的关怀师，我怎么做，不用你批准。”这时，电梯来了，叶千江毫不犹豫地离开，留下挂着黑眼圈一脸无奈的洛琛。

原本合上的电梯门再度开启，叶千江伸出脑袋：“哦，对了，我的衣服干洗完还给我，还有我的手机。”

叶千江颓然地走在街上，初升的太阳却并不能使她高兴起来。

出车祸以后，她回家的次数屈指可数，大多是取换洗的衣服。

车祸以后，姐姐昏迷不醒，父母也一直在医院照顾。叶千江看着空空荡荡的家，想着在医院的一家三口，有种莫名的辛酸。她没有想到，从车祸发生的那一刻起，她会同时失去爱情和亲情。

她本能地不愿意在这个被称作家却没有半点温存的房间里多待一分钟，门口方形地毯底下的地板上有两条深深的沟，是姐妹俩以溜冰鞋上的冰刀铲出来的。厨房的柱子上用彩笔画着一道道短线，粉色线是叶千江的身高，蓝色线是姐姐叶千羽的身高。餐桌的四个角包着四个颜色各异的布幔，那是她和姐姐的家庭作业，餐桌下面摆着四个凳子，有三个完全一样，另一个被姐妹合伙拆了，正赶上那批家具刚好卖完，爸爸只好订了一个完全不一样的凳子填进来。还有桌台上现在空荡荡的花瓶，姐妹俩曾经争先恐后地将收到的玫瑰插进去，用来标榜自己比双胞胎中的另一个更受欢迎。

姐妹俩的成长在互相扶持中总带着微妙的竞争精神，但是当一方有难的时候，另一个总能做出意外的举动。

叶千江记得自己高中在排球队不小心摔断腿的那一次，叶千羽请假照顾自己，每天背着她在卧室和卫生间来回穿梭，结果不小心摔倒了，害得她另一条好腿也骨折了。

还有两个人起水痘的那次，看见对方就像照镜子一样，除了右侧鬓角她比叶千羽多了两颗痣，两个人从发型到身材几乎一样，连起水痘的位置都一样，那时候两个小姑娘整天抱在一起商量，万一毁了容变成两个大麻脸可怎么办……

这个房子里承担了太多，这里几乎有上大学以前她所有的人生记忆，或许她们的孩子也会在这里出生，在这里打打闹闹地成长，可是这一切，都不复存在了。

叶千江回到自己的房间，把衣服换好，姐姐的房间就在她的左手边，或许是因为想起小时候一起长大一起捣蛋的事，或许是因为她刚刚做了一个决定，让姐姐失去了孩子，她鬼使神差地推开姐姐的房门。

姐妹俩的房间完全不同，她的房间冷淡疏离，以白、棕色为主，而叶千羽始终保持着小公主的梦想，粉红色的窗帘，同色系的床罩，连床头和衣柜都是欧式的，在转角处画着描金边的郁金香。

叶千江坐在姐姐的梳妆台前，上面摆满了琳琅满目的化妆品，这些都是她没有的，她看着镜子里的人，仿佛姐姐正坐在对面，笑吟吟地回望着自己。

“你会好起来吗？你什么时候醒来？”

她问镜中的人，却久久没有回音，就在她起身准备离开的时候，梳妆台下的抽屉里露出记事本的一角，好奇心驱使她抽了出来。她抱着姐姐的日记本半倚在那张公主床上，带着窥伺的快感和愧疚翻开了笔记本。

让她大吃一惊的是，本子里满满当当的是叶千羽画的简笔画，而画面的主角永远只有一个人，那就是叶千江。

“9月28日，8℃，叶千江今天穿着乳白色的针织衫，淡绿色的麂皮外套，深蓝色的窄筒牛仔裤，脚上穿着黄棕色的系带靴。”

文字旁边是和她装扮相符的简笔画，连鬓角上的两颗痣都画得很可爱。

“10月5日，3℃，叶千江今天穿着暗红色套头衫，外搭深棕色风衣，灰色九分阔腿裤，脚上穿着黑色的马丁靴。”

“10月17日，0℃，叶千江穿着蓝色羊毛衬衫，藏蓝色海澜绒针织过膝外套同色系的宽脚裤，脚上穿着米白色中筒马丁靴……”

叶千江翻着姐姐的日记，从开始的惊喜慢慢变了脸色，日记本里从开始到结尾每一页都细细记录着叶千江的着装变化，还有专门的区域记录了她每天读的书、看的报、用的化妆品和对食物的喜好。

像这种事无巨细的记录，似乎已经超出了普通家人间的关心，小疙瘩一粒一粒在她皮肤上竖起来，记事本里的每一笔、每一画都让她感到不舒服，这么细致地记录自己的每一天，叶千羽到底要做什么？难道这一切仅仅是姐妹间的关注吗？

带着满心的困惑，叶千江重新审视起这个房间，她拉开床头柜上的首饰盒，一层一层翻着，前几层是叶千羽喜欢的亮晶晶、粉嫩的装饰，底下几层是简单的几何风格，最下面一层的骷髅吊坠，和她房间里的几乎一模一样。

不仅如此，叶千江依次拉开叶千羽的衣柜和书柜，总有一个角落里堆着和自己一样的衣服，书柜也总有一块码着她从小到大钟爱的宫部美幸的作品。

“叶千羽，你到底要做什么？”

叶千江几乎逃似的离开了姐姐的房间，二十几年朝夕相处的姐妹，她实在想不出来姐姐这么做的目的。

那些衣服、首饰，如果姐姐喜欢，大可以朝妹妹要，姐妹俩没有什么是不可以分享的，可是她为何要将那些自己不会穿戴的东西藏在自己的柜子里？

这一切的一切，大概只有等待叶千羽醒来的那天才能得到答案了。叶千江跑去橱柜里找口袋装换下来的男款T恤，突然看见台几上随意堆着的几封信件。

通常是百货公司或者信用卡的还款账单，被母亲随意地堆在那里，其中一封樱花粉色的封皮引起叶千江的注意，上面的收件人明晃晃写着姐姐的名字。

虽然偷拆别人信件是违法的，但是姐妹之间应该没那么多忌讳，等叶千羽醒来跟她说就好了。叶千江抱着这样的心态拆开那封来自美容院的回访信件，信上没说什么，尽是些对客户整容后殷切说明的注意事项。

可是姐姐什么时候做过整形呢？叶千江将信件翻来覆去看了几遍也没看出端倪，她拿起门口的电话机，索性照着信上服务专员的电话打过去。

电话接通的一瞬间，叶千江鬼使神差地给自己虚构了一个叶千羽主治医生的身份，对电话那头说叶千羽车祸重伤，现在恢复得很不好，询问对方是否有整容后遗症。

“请稍等。”话筒里传来翻找文件的声音，很快，那个甜美的声音再度响起，“对叶千羽小姐经历的事情本中心深表遗憾，但是经过调查，叶小姐只在我处做了点痣的服务，应该不会有后遗症……”

“点痣？”

“不好意思，是我口误，因为这种情况实在太少了，叶小姐做的不是点痣的服务，而是增加痣的服务。”

“增痣，在哪儿？”

“左边鬓角后面，两颗。”甜美的声音在叶千江沉默的时候补充道，“如果叶小姐需要其他的整形项目，本中心可以提供专业的手术团队保证手术质量，如果还有……”

话筒里的接线员还在不知疲倦地介绍着整容项目，叶千江一句也听不进去，她摸着鬓角下凸起的地方，震惊不已。

“叶千羽，你到底想干什么？”

叶千江像游魂一样从家里出来，对上来打招呼的老邻居视而不见，不是她刻意忽略，而是她实在没有心情去理会那些。

如果说记录下她每天的穿着、她对食物的偏好都可以理解为姐妹之间的爱护，那特意去美容院在自己的鬓角上添上和她一模一样的两颗痣就怎么也说不过去了。

可是当下叶千羽昏迷不醒，父母对自己拒之千里的状态下，也不可能了解更多了，一切只有等待姐姐醒来了。

这么想着，叶千江暂时压下心头的疑问，翻出前一天向公司同事要来的员工登记表复印件，在上面找到了周慧家人的住址。

只是她没有想到，当她打车赶到的时候，穿戴整齐的洛琛正抱着肩膀等在小区门口。

“你怎么来了？”

面对叶千江满是戒备的表情，洛琛摘下眼镜，揉了揉酸疼的眼角，眼睛下面两个乌青的黑眼圈明晃晃地昭示着他的状态，他用疲惫至极的语调说：“周姐是我的员工、客户，同时也是我的朋友，你是公司挂名的关怀师，总不能放任你想做什么就做什么吧，既然管不了，说什么都不听，我在旁边保驾护航比较好，免得你做了什么出格的事儿，最后还得公司出面擦屁股。”

“就是怕我闯祸这么简单？”

“昨天晚上我想了一下，或许你说得对，我和周姐做了太多年的同事跟朋友，面对她的时候我掺杂了太多个人感情，不客观了。”他把眼镜戴回去，“或许把她当作一个普通客户，我会同意你的做法。”

“那你站着干吗？耍帅给鬼看吗？”叶千江往小区里走，头也不回地说。

长手长脚的洛琛没走两步便追上了她，不安地嘱咐道：“在进门前有些事情你必须要知道，周姐的父母长期卧床，精神状态都不是很好，你……”

“安啦，我当然不会进门就讲周姐得病的事，你当我傻啊？”

当一贯一马当先的叶千江真正站在周慧父母家门前的时候，也有瞬间的犹豫。

洛琛将那份犹豫看在眼里，抓紧时机游说道：“你看要不然今天就算了吧，你昨天晚上讲了一夜的鬼故事也该累了……”

叶千江推开挡在自己跟前的洛琛，直接按下门铃。

没过多久门开了，开门的是一个五六十岁的男人，长相跟周慧颇为相似，应该是她的大哥周泽。叶千江说：“你好，我们是周慧的同事。”

话没说完，大门“砰”的一声被关上，剩下门外的两个人面面相觑。

“什么情况？”叶千江还要敲门，被洛琛拦下来。

“你来的时间短，这样的情形我看过很多次了。”

叶千江甩开洛琛的手，固执地敲门，可是无论她怎样，门内的人再没有一点回应。

终于看不下去的洛琛，拉着叶千江的手带她下楼，一边走一边劝：“你跟周姐认识的时间短，这个情形我每年都会经历几回，逢年过节周姐都会来给老人送东西，每次都这样。”

“都是你陪她来？”

“当然，我怕她一个人受不了，每次从这走出来她都得哭好久，”洛琛指着小区里葡萄架下的凉棚说，“她每次都坐在那儿哭。”

叶千江看见凉棚下面趴着一只黑白花的小猫，孤孤单单的样子好让人心疼。叶千江挣开洛琛的手，缩进凉棚里逗弄小猫。

洛琛跟上来，挠着猫耳朵：“上次来的时候，这个小家伙还在它妈妈的肚子里呢。”

“周姐每次都会哭吗？”

洛琛想了一下：“不哭也差不多吧，她每次都会站在这里望着家的方向。她说她小时候常常玩野了，就躺在这个亭子里睡着了，爸爸或者哥哥会把她抱回家，一觉醒来一定睡在她专属的小床上。”

叶千江望着那扇紧闭的窗，多年前，年轻的父母就这样在窗口眺望自己晚归的孩子。多年后，他们不再年轻的孩子，站在这方小小的庭院里，回望着拒绝朝自己敞开的家门，又是怎样的心情？

说话间，一个五十多岁、神似周慧的女人拎着菜篮子出现在小区里。

不等洛琛发话，叶千江直接冲上去：“您好，请问是周姐吗？”

女人愣了一下，刚想点头说是，看见从叶千江身后赶来的洛琛瞬间明白了她的身份，转身就要往楼道里走。

“等一下，请等一下。”叶千江追过去，呈大字形拦在楼口，“五分钟，不不不，只要给我两分钟就好了，不然你们可能永远看不到慧姐了。”

“你说什么？”周慧的姐姐周岚和洛琛脱口而出，周岚是关切，而后者是怕她说走嘴。

“因……因……因……”叶千江一边说一边想，“因为公司发展，慧姐负责海外业务要出国了。”

周岚明显松了一口气，同时也将那份亲人间的关心收起来，恢复那张冷漠脸：“请让开。”

“我不，请你相信我，如果我离开了，你会后悔的。”叶千江上前抓住周岚的手，“她真的要去很远很远的地方，哪怕一面也好，在她走之前，一家人见上一面吧。”叶千江恳切地求着。

见妹妹许久未回，怕她被叶千江等人缠上，下来查看的大哥正好赶上妹妹被拦着不让进门的场景，登时怒从心头起，从背后一把推开叶千江，拉着自己的妹妹上楼，临走前不忘对叶千江和洛琛发出警告。

洛琛也不好说什么，只得将摔倒在地的叶千江扶起来，此刻她右臂上的擦伤可谓是伤上加伤，碎石和沙土被血液浸满了，黏在皮肤跟血肉里。

洛琛立刻找到最近的药店对她的伤口进行紧急处理，可是因为条件有限，还有许多沙砾黏在伤口里，他一言不发地带着她往医院赶。

却没想到，穿着病号服的周慧早就等在医院门口。

那是叶千江第一次也是最后一次看周慧发火，她把叶千江和洛琛连人带车堵在医院外："你是什么人？凭什么不经过我的同意擅自去我家里骚扰我的家人？"

"我……我……"此刻，叶千江像是犯了错的小学生，嗫嚅着说不出话来。

"我什么我，你以为你是我的关怀师就可以为所欲为了？你对关怀师到底有没有一点概念，我们是签过合同的，你凭什么不经过我的允许擅自做主？"

洛琛想去解围，结果被周慧一个眼神定住："还有你，她是业余的，可是你是专业的关怀师，怎么可以跟她一起胡闹？"

"周姐，是我不好，洛琛是去拦着我的，这件事跟他没有关系。"

"你给我走，从现在开始，你不再是我的关怀师，我会给你发解约书。"说完，周慧转身往医院里走。

叶千江轻唤着周慧的名字，两脚在原地止步不前。这是她头一次见温婉的周慧发火，而对于自己的鲁莽行为，她亦没有理由请求原谅。

"周姐。"洛琛去追周慧时不忘回头嘱咐叶千江，"你别乱跑啊，千万别乱跑，就在这儿等着。"

洛琛终于在门诊和住院部的交界处追上周慧，可是盛怒之下的周慧根本不听他的解释，还呵斥他离开。护理经验丰富的洛琛看出她状况不对，请求她坐下来平复情绪，可是她哪里听得进去，执意要离开的她就这样昏倒在去往住院部的走廊里。

洛琛连忙找到医生、护士对周慧做了紧急处置，确定她只是一时间急火攻心，等她状态平稳下来，被送回病房安置妥当后，才想起来医院门口还有一个瑟瑟发抖的人。

当洛琛赶去接叶千江的时候，只剩下他的车在医院门口，哪里还有人。

他在医院周围找了一圈，询问安保人员无果，正准备放弃的时候接到盛琪医院老友的电话，对方劈头盖脸就是一句："你小女朋友怎么回事？"

洛琛赶到的时候，护士正在处理叶千江身上的新老伤口。老同学则把他拉到一旁，悄声问："怎么回事，她说十一楼有她男朋友！"在老同学的眼里，早把他俩当成一对了。

"她是个成年人，有男朋友很奇怪吗？"洛琛的反问让老同学吃了瘪，连同其他八卦的问题一齐吞进肚子里。

"她是我的员工，仅此而已。"洛琛简单地介绍了两人的关系，接叶千江离开。

他认识叶千江的时间并不算久，初识是面试那次，几乎是第一眼他就确定不要聘用这个有强迫症的女人，而后是周慧带她来公司办入职，再之后是他想尽办法劝她离职，包括现在，如果她肯提交离职申请，他会第一时间签上自己的名字。

可是，几乎在同一时间，他看到叶千江为了患者拼尽全力的样子，也看到她被父母拒之门外的狼狈，同样的，他的弱点也暴露在她的面前。这让他在同情中又生出几分感激，但是这一点点私人感情并不足以影响他的专业判断，无论是她的精神状态或是过分执着的热情都不适合做临终关怀师。

"走吧。"洛琛带着叶千江离开的时候，她难得的温顺，只是在1118病房门口徘徊许久。

"你男友在里面？"洛琛刚想劝她进去看看，病房里响起的脚步声吓得她一个激灵，转身疾走。

进了电梯她躲在洛琛身后，探头探脑地望着18号病房里的动静，见有人推门又急忙缩回去。

“好了，你可以出来了。”此刻，电梯门合上，只剩下他们两个人，钢制电梯门上映着叶千江几乎被纱布缠成木乃伊的手臂，洛琛问，“疼吗？”

叶千江想了好一会儿，才意识到他问的是什么：“不疼。”

两人顺利地来到地下车库提车，如果说到现在为止一切顺利的话，那么接下来的事情才够让洛琛头疼。“送你去哪儿呢？”他抓着方向盘问，车子正缓缓驶出车库，被乍泄的光线刺激，叶千江下意识地挡住眼。

她没有立刻回答这个问题，因为连她也不知道答案。

“回家吗？”洛琛试探着问。

家这个词已然变了味儿，想起姐姐房间里关于自己的信息，过往二十几年的姐妹情直让她感觉毛骨悚然。

见她默不作声，洛琛换了问法：“那去你朋友家？”

此提议同样被叶千江否定：“车祸以后，以前的事儿想不太起来了。”

“那……你有什么地方可去呢？”

叶千江一时语塞，她本想说周慧所在的医院，又想到周慧要与自己解约的事情，只好作罢。她坐在车上，看街边车水马龙，看着高楼林立的商厦，有种悲伤涌上心头。

这座城市这么大，这么多高楼，竟然没有一扇房门是向自己敞开的。

“我……好像没地方去。”

叶千江轻描淡写的七个字落在洛琛耳中，从小父母双亡、孑然一身的他怎会不理解其中的落寞。他换上略显轻快的语气，斜睨着副驾驶位上的人：“那么，你是准备赖在我车上不走了？”

叶千江笑了好一会儿，悄悄拭去乐出来的泪水，随便指了个路口说：“把我放那儿就行。”

洛琛质疑着问：“你知道这是哪儿吗？”

“哪儿都无所谓。”叶千江回答，反正她是不被需要、不被爱惜的人，去哪里有什么区别呢？或者说，现在的她，活着跟死了又有什么区别呢？

“要不，回公司吧？”洛琛向她发出邀请，“你还是公司的人。”

“不了。”叶千江坚持要下车，洛琛拗不过她，只得把她放在沿江的街上。

叶千江背对着太阳走了好一会儿，直到脚腕酸疼才找了张长椅坐下来，椅子上还有晨练的人拿来喂鸽子剩下的花生。叶千江捡了几粒花生拢在手心里，被喂惯了的鸽子也不怕人，有两三只轮流落在她手上。

很快，叶千江几乎把座椅上遗留的食物都捡起来了，正当她跟夹缝里最后半粒花生米较劲的时候，从远处呼啸而来的黑影一下就吓跑了围着她啄食的鸽子。

叶千江不悦地抬头，撞见拎着咖啡汉堡的洛琛，他也臭着一张脸。

“你来干吗？”

不理会叶千江的问话，洛琛一脸嫌弃地俯视她：“多脏啊，你知道禽类身上有多少细菌吗？何况你身上还有伤，感染之后的并发症有多严重你懂不懂？”

“不懂。”叶千江顶撞回去，“如果你是来说教的，说完你可以走了。”

“我……”洛琛将两杯咖啡放在一只手里，又小心用手肘夹住汉堡的袋子，腾出一只手从裤袋里取出纸巾在公共长椅上擦了又擦。

“再擦就掉漆了。”叶千江忍不住调侃，“你这算是毁坏公共财物吧。”

“真是没见过这么脏的女人。”

一直擦到满意为止，他重新抽出一张新的纸巾，展开垫好后才肯把食物放下，自己则坐在另一边。

“你来干吗？”叶千江抓起靠近自己的汉堡吃起来，噎着之后，不客气地喝光了一整杯咖啡。

洛琛看着吃好喝好胃口超级棒的女人，拍着额头叹气：“我也弄不清楚了。”

“这个……”叶千江抓起另一杯咖啡，“你还喝吗？”

“不了，你的吃相已经成功击退了我的食欲。”看着狼吞虎咽的叶千江洛，琛忽然想到，“还有，你喂完鸽子是不是没洗手？”

洛琛朝长椅另一头挪了挪，自觉地远离这个看起来很清爽实际邋遢的女人。

正在他悄悄远离的时候，叶千江吞掉汉堡，喝光了第二杯咖啡，打了个响亮的嗝儿。

洛琛侧过身，躲避着她呼出来的空气，受不了地问：“你是不拿我当男人，还是不把自己当女人？”

“有区别吗？”吃饱喝足的叶千江望着绑在孩子手上的气球，试图分享自己的快乐。

见她恢复情绪，洛琛决定不在这个问题上纠结，直接问：“他得了什么病？”

“脑瘤。”叶千江把两只手插进膝盖里，尽量缩小自己，“发现的时候就是晚期。”

“你是因为他才想做临终关怀师吗？”

得到肯定的答复，洛琛再一次劝她：“在亲人身边，陪伴就是最好的，你不需要学习任何技巧。”

“不是的，不是这样的。”叶千江把头埋得很低很低，用如蚊子嗡嗡般的声音说，“他是车祸才查出的脑瘤。”

洛琛刚想问那有什么问题呢，叶千江自己给出了答案：“是我开的车，我的男友在车祸里失去一条腿……”

“我很抱歉。”洛琛说，“或许我不该提起你的伤心事。”

叶千江瑟缩地耸了耸肩膀：“车祸之后，他拒绝见我，伯父伯母守着他，我连病房都进不去。”

“那你还……”洛琛想问她，既然如此，那她来应聘临终关怀师还有什么意义？可惜，话到嘴边他又咽了回去。

叶千江明白了他的意思，回答："我通过我们共用的邮箱发现他申请关怀师的记录,所以才想到公司应聘,想用关怀师的身份照顾他。"

"虽然你的做法很让我感动，但是恕我直言。"洛琛目视前方的江水，"你应该想别的办法取得男友和他家人的谅解，你抱着这样的目的来做关怀师，完全是为了一己之私，你觉得你能做好吗？你这样的做法不仅对公司不负责，对他也不负责。"

"我不知道，我真的不知道该怎么办了，对不起，真的对不起。"叶千江伸出一只手捂住眼睛，泪水从手指缝里落下来，"那场车祸让我失去了爱情和亲情，我真的不知道该怎么办了。"

"你是说，你的姐姐也在那场事故中……"

叶千江点头，单薄的身体随之晃动，紧绷的身体像是头脑里绷紧的神经，随时会崩溃一般。

接下来，洛琛什么也没有说，只是陪在她身边静静地坐着，因为此刻任何言语都是苍白的。良久，直到叶千江哭声渐歇，洛琛才把属于自己的汉堡递过去。

"谢谢，我饱了。"叶千江带着浓重的鼻音回答。

"真是惊奇。"

"什么？"叶千江回过头来，用两只哭成桃仁的眼睛看着他，顺便抽了抽鼻子。

"哭那么久应该挺费体力的。"洛琛轻快的声音很快沉下来，"天哪，你就不能用纸巾清理一下你的分泌物吗？"

当叶千江用洛琛带的纸巾整理仪表的时候，她的手机响起来，想要挂掉的一瞬间，忽然觉得号码很熟悉。

她按下接听键，听筒里传来周岚的声音时，她想起来自己调取周慧家人资料的时候看到过这个号码。

"喂，大姐好。"她拘谨地对着话筒那头问好，下意识地以为周岚也是找自己兴师问罪的。出乎意料的，周岚在电话中要求和叶千江见上一面。

"啊……"叶千江犹豫着要不要把周慧辞退她的事说出来，考虑再三还是先问对方，“有什么事吗？”

“早上你们走后，我左思右想还是觉得不对劲儿，于是给她打了个电话。”周岚在电话那头的呼吸急促起来，“其实我们姐妹俩私底下是有联络的，通常她每次讲起电话都是滔滔不绝的，家里的事，老人的事，工作上的事，可是这次我问她出了什么事，要去哪里，她却很反常地挂掉了电话，之后就打不通了。我只有求助她公司的同事要到了你的电话，我想请你务必和我见上一面。”

叶千江思忖再三，还是没能下定决心，只是对电话那头的周岚说：“好的，我知道了，我很期待跟您见上一面，可是在见面前有些事情我必须确认，请给我一点时间。”

叶千江静静地听着电话那头一个姐姐的恳求，安慰道：“我知道，我理解的，也请您理解我，一旦事情确定下来，无论结果与否，我都会在第一时间给您答复。”

挂掉电话的第一时间，她站起来四处打量：“你的车停在那儿？”

叶千江顺着洛琛指的方向赶过去，他赶紧收拾好垃圾丢进沿途的垃圾桶里再追上去。

“你要干吗？”洛琛拉住闷头往前走的人，“刚刚打电话的是谁？”

“是周岚。”

“你还没吸取教训吗？”洛琛耐心地给她解释，“每个家庭都有自己的特殊情况，周姐既然已经说得这么明白，你还要插手就不是鲁莽的问题了。”

“我是她的关怀师。”叶千江一字一句地说。

“拜托，傻也得有个限度，你就要被解约了，况且我以为你应该了解一个关怀师最应该注重的就是所负责的患者的状况，你永远不能坚持你认为对的事情，你要做的是对她好的事。”

“嗯，有道理。”叶千江说，反手招来在路边等活的出租车。

洛琛示意司机离开，认命地为叶千江拉开自己的车门，确认她坐好后自己绕到驾驶位上，一言不发地启动车子。

坐了一会儿叶千江发觉方向不对，问道：“你往哪儿开？”

"你不是要见周岚？"洛琛面无表情地说，表面上不赞同她的做法，却又肯为她保驾护航。

叶千江差点笑出声："你傻呀，我是要见周岚，但是在那之前我要征求慧姐的同意啊。"

洛琛无语地找了个路口掉转车头："那你不早说。"

"我知道我不是个合格的关怀师，很多时候凭鲁莽和直觉办事是我的问题，慧姐说得对，做关怀师不能仅凭着一腔热血，不应该光看到问题，更应该看到问题背后的人。"她的两只手不安地交握在一起，"因为我的失误，家人和爱人误解我，远离我，我太知道那种滋味儿了，所以我不想慧姐带着遗憾离开。她打我也好，骂我也好，我想再试一次，请求她，请求她让我帮助她。"

洛琛看着她的侧影，说："或许我知道慧姐坚持要招你进公司的理由了。"

不管在车里说了多少豪言壮语，站在病房门口的叶千江小心翼翼地探出半个头，试探着叫慧姐的样子还是让洛琛大跌眼镜。

在得到同病房的陈奶奶的暗示后，叶千江轻快地跳进病房里，站在正在看书的周慧床边，怯怯地喊了一声："姐。"

她刚想道歉，没料到周慧合上书先跟她说："对不起。"

"之前是我不好，接到家里的电话我一时间口不择言了。"周慧拉起她的手，"是我不对，请你原谅我好吗？"

"慧姐。"叶千江忍着眼泪，"我以为……我以为你真的不要我做你的关怀师了，我以为你真的不要我了，我男朋友不要我了，爸爸、妈妈和姐姐也不要我了，我以为你也不要我了……"

周慧替她拭去脸上的泪水："傻孩子，姐怎么会不要你呢？"

旁边的陈奶奶插进来，安慰她，说："孩子你放心，她不要你，你就做奶奶的私人关怀师。"

病房里的气氛轻松起来，可是很快这一丝轻快又被打断，因为叶千江向周慧正式提出会见其家人的请求。

周慧脸上的笑容逐渐消失："我让你做我的关怀师，并不意味着给你权力继续打扰我的家人。"

"周姐，我不是想要干扰他们的生活，既然是一家人，那他们就有资格了解你的情况，因为你们是一家人啊，你选择了姑息疗法，这是你对自己生命的规划，可这也不代表就要放弃你的家人，你应该给他们机会了解你的选择，你不想让他们每天生活在愧疚中吧。"

周慧缓慢地摇着头："他们不会原谅我的，十几年都过去了，就这样过吧，何必再去扰乱他们的生活。"

"怎么会是扰乱呢，一家人不就是同舟共济的吗？就像我男友的父母护着他，就像我的父母每天去照顾我的姐姐，虽然他们现在一时间不能接受我，但是我相信，总有一天他们会重新接受我的，因为我们是一家人，你的家人也一样，十年了，什么样的心结还会解不开呢？"

陈奶奶也在旁边帮忙劝周慧。"人老了，对很多事没有那么在意了，但是有一件事是谁都承受不来的，那就是白发人送黑发人。"说到这儿，她叹了口气，"我经历过那样的心碎，天底下没有哪对父母承受得了，或许你觉得只要待在他们看不到的地方就可以了，但是相信我，他们会察觉到的，父母和孩子之间的亲缘关系是不会因为时间跟距离消失的，给这个孩子一个机会，也给你自己一个机会。"

"是的。"叶千江伸出手做起誓状，"慧姐，我向你保证，对你的病我绝对不会说半个字的，我只跟你的家人说你要去国外出差，我保证，我绝对不会说漏的。"

"我会在旁边监督她的。"洛琛为叶千江的承诺上了一层保险。

约定的地点就在周岚家楼下的凉亭里，这一次，没有躲避，没有驱逐，反而有洗好的葡萄和切块的哈密瓜，连上次见到的小猫咪也拖家带口来蹭水果吃。

"上次见面让你们就那么走了，真是失礼了。"周岚周到地为叶千江递上纸巾，"你的伤怎么样了？我代我哥哥给你道歉，上次让你们那么走了，真的很抱歉，他一直内疚，只是不好意思说。"

叶千江顺着周岚的指引，望向三楼的窗口，窗口上的男人见她望过来愣了一下，她向他摆摆手示意自己很好，对方亦向她抱拳致歉。

寒暄过后，进入正题以前的气氛有点尴尬，还是小猫咪跳出来找吃的为他们解了围，只是可惜了洛琛的裤子，沾上了猫咪的口水令他很是介怀。

周岚抚平裤子上不存在的褶皱，好像闲话家常一般："我妹妹……怎么样了？"

"她……"叶千江意识到自己既不能说实话也不能说谎话，只好答非所问，"她很想念你们。"

"这个我知道。"周岚用和周慧极相似的眼睛望着她，"我想知道，我的妹妹，她还好吗？"

"在我回答以前，你心里已经有答案了，不是吗？"

"是啊。"周岚表情落寞，如同自言自语般说，"什么病？"

"那不重要，请你告诉我这个家将慧姐拒之门外的理由。"

"不，那很重要。"周岚强调，"对我很重要。"

叶千江明白，有些话不应该从她嘴里说出来，但是面对殷切的姐姐，就像看到自己受伤时保护自己的姐姐，心中有不忍，但更多的是身为关怀师守护委托人的决心。

"抱歉，这个我不能说。"叶千江直白地拒绝了一个姐姐的期盼，不过她立刻补上一句，"见了面，你可以自己问她。"好让周岚不至于太过失望。

岂料周岚摆摆手，她太了解自己的妹妹，禁不住苦笑连连。"周慧的性格，从小到大她要做的事就没有办不成的，同样的，她不想做的事和说的话，打死她都不会做的，其实，我心里大概有预感的。"她拍拍自己的胸口，"我是前年查出来的，我的母亲也是因为这个病去世的。"

"你们姐妹俩真是像。"叶千江说，"我想你的病也一个字没有告诉慧姐。"

"何必呢。"周岚用手指逗弄着吃足了趴在栏杆上打盹儿的猫咪，感叹着，“她一个人在外面已经够辛苦了。”

“一家人不就是为了甘苦与共吗？”

周岚发现叶千江低垂着眼睛并不敢看自己，便知道连这个说话者也不相信这句话，她只是想做出尽力安慰的样子。

洛琛自然也发现了这一点，主动引出话题：“说说慧姐的事吧，多年的同事，我对她的事情也不是很了解。”

“这一切都是因为鲁浩。”根据两人的表情，周岚知道自己的判断完全正确，“慧儿果然什么都没跟你们说过，鲁浩是我的妹夫，一切从他们两人见面的时候开始。”

“鲁浩出生在美国，他是美籍华人，十九岁的时候申请到了中国的大学来进修。我的父母跟鲁浩父母曾经是很好的朋友，所以远在海外的家长委托我父母照顾他。其实鲁浩是自理能力很强的人，家里对他最大的帮助就是每逢周末专程为他做顿地道的中国菜。”不知是不是回想起青葱岁月的缘故，周岚给人的感觉年轻很多。

回忆里的日子，那么远，也那么美。

“那时候周慧也在上大学，不过并不在北京，她自己偷偷修改了志愿，选择了去离家很远的南方城市读书。为了这个，我父母一直想劝她重新参加高考，可是他们哪里拗得过我这个妹妹。她跟父母斗气，整整一个寒假都没回家，连过年都只是寄了张明信片。大二的那年暑假，是她在上大学以后头一回回家。那时候，鲁浩也在家里暂住，她一回来便发现自己的房间被他占了，直接把他的脸挠破了。”

“什么，慧姐年轻时竟然是这样的？”叶千江捂住脸，一副难以置信的样子，“完全看不出来。”

“何止呢，烫头、穿露脐装，没有她不敢干的事儿。”说起闯祸的妹妹时，周岚也是连连摇头，“你是不知道，我们这对哥哥姐姐替她挨了多少打。可是自家孩子打错了就打错了，鲁浩是别人家的孩子，寄宿在这儿被慧儿打了，我父亲一气之下把一年多没见，刚到家没过半小时的周慧逐出家门。”

“嗯，我有个姐姐，小时候我们也经常打架，我能想象那个场面有多混乱。”

“无论你怎么想的，我敢保证，那场面比你的想象混乱上一百倍。从小周慧就是个倔脾气，她拎着还没开封的行李就跑了，任凭我母亲怎么劝也不好使，父亲也在气头上，怎么说也得给朋友个交代，不许我们去找。这样的场景我们是见惯的，这个慧儿从小比男孩子还淘气，经常把家里闹得鸡飞狗跳的，可是过来做客的鲁浩没见过啊，再加上他是独生子，没有过和兄弟姐妹相处的机会，他很愿意在我们家里玩，这件事又是因他而起的，所以那个星期他每天吃完饭就骑着那辆凤凰牌自行车满北京城地溜。终于，一个星期以后，他找到了周慧，你们猜那时周慧在干吗呢？”

“夜店？酒吧？夜总会？”

“她要是去夜店还好了呢！”提起这事儿，周岚气得牙痒痒，“鲁浩找到她的时候，她正挑着鸡蛋走街串巷贩卖呢。”

“那不是很好吗？自食其力。”叶千江说，“没想到慧姐还挺靠谱的。”

“哪里靠谱了？她那鸡蛋是从朝鲜贩来的，那个年代公私合营，她干的那叫投机倒把，是犯法，要坐牢的。”

“真没看出来慧姐胆子那么大！”

“可不是吗，鲁浩要带她走，她还不干呢，在胡同里跟人家拉扯起来。正赶上公安打击投机倒把，慧儿差点就被人家抓个现行了，是鲁浩骑着当时还是稀罕物件的自行车，七弯八拐把她从抓捕的人手里救出来。”

“这算不算英雄救美？”叶千江说，“这么听起来还挺浪漫的。”

“还浪漫？”周岚直接翻了个大大的白眼儿，“这两个不知天高地厚的家伙，如果当时被逮到了，周慧的大学也别上了，鲁浩他的外籍身份不仅学没得上，甚至可能引起更大的争端。结果呢，没想到经此一遭，两个人倒是建立起了革命般的情谊，慧儿提出跟我住，主动把房间让给鲁浩。鲁浩呢，借着学校科研的借口搬回学校，仍是周末来吃饭。我们当时也没多想，都是小毛孩子。寒假的时候两个人都没回来，慧儿跑来跑去的也习惯了，后来我们才知道，是鲁浩跟教授去了慧儿所在的城市实习。那时候沿海城市贸易比较繁荣，两个人练摊练了一个寒假，第二年的学费都赚出来了。开学回来的鲁浩给家里捎回来慧儿让带的年货，我们才知道这事儿。”

“这回，又挨骂了吧？”叶千江问。

“那不是意料之中的吗？本着不能骂别人孩子的家风，我父亲头一回不吝啬长途电话费骂了慧儿半个小时。本来以为这事儿就这么了了，谁想到两个孩子毕业以后领证结婚了。慧儿当时骗我父亲说是办工作的事儿把户口骗出去的，这谁能想到呢。鲁浩也是瞒着父母自己办的手续，远在美国的父母还等着他回去继承家业呢。这托付给你家照看，照看成了你家上门女婿，还留在国内不走了。那些年，双方父母祖上传下来的交情都被这俩孩子磨没了。不过呢，日子长了，没有真能忍下心来不联系孩子的父母，舟儿出生的时候，两家父母借着这个喜事儿恢复了来往，鲁浩也带着慧儿和孩子去美国陪父母住了一段时间。不过后来小夫妻俩还是觉得国内的教育对舟儿比较好，仍旧决定把生活跟工作的重心留在国内。”

“那是刚刚改革开放，国内百废待兴，年轻人纷纷投身祖国建设，争做有为青年的时代。”说起当时国内形势，洛琛的崇拜之情溢于言表。

“放弃现成的家业留在国内打拼，就算放在现在，我也觉得我妹妹没选错人。可惜的是，舟儿走得早，鲁浩的父母一致认为是因为他们夫妻俩固执不肯去美国生活，孩子才会这样的，当时美国的医疗条件确实比国内好很多，但是舟儿的情况绝不是在哪里治疗的问题。只是鲁浩的父母亲在情绪里把一切归结于鲁浩不肯回美国。当时，初尝丧子之痛的鲁浩没控制住跟父母拌了几句嘴，两家人好久不来往。也因为此，鲁浩错过了父亲的葬礼，连最后一面都没见到，鲁浩的父亲是在养老院里孤零零去世的。从那以后，鲁浩和母亲的关系虽有所缓和，但是老太太仍旧留在美国不肯回来，而鲁浩也不肯过去生活。”

“再之后，鲁浩也因病去世了。”叶千江把在医生办公室听来的，轻描淡写的故事说出来。

“是啊，虽然时间平复了情感上的伤痕，两个人过了几年好日子，一直想要个孩子，可是鲁浩却先病倒了。那时候癌症的知识不像现在普及度那么高，鲁浩的状态很不好，后来夫妻俩去了瑞士，我们都以为是去治病的，只是回天乏术而已。谁想到鲁浩刚走的那一年，几十年没有回国的鲁浩妈妈突然出现在我家，质问我妹妹她的儿子是怎么死的。那时候我们才知道，原来他们夫妻二人去瑞士并不是为了治病，是去申请安乐死的。”

“鲁浩很勇敢，慧姐更勇敢。”叶千江说，初听闻的时候是挺不解的，但是听周慧解释完后，她由衷地佩服那个看起来柔柔弱弱的女人。承受了丧子、丧夫之痛后再站起来，在苦难中坚强着的女人。

“那时候还是 2000 年初，在美国生活的鲁浩母亲尚且不能接受安乐死，何况我的父母呢？从我妹妹和鲁浩结婚开始，他们一直觉得对不起鲁浩的父母，一气之下也不给慧儿解释的机会，在那个大年夜跟她断绝了关系。一晃就是这么多年，母亲走的时候，父亲都不许慧儿来守灵，可是那是他自己的女儿啊，他怎么会不心疼？我们都劝他，鲁浩的母亲多少年没有联系了，说不定人都没有了，何必这么对自己的骨肉？可是父亲却守着对鲁浩母亲的承诺，至今不肯见慧儿一面。”

周慧的哥哥不知何时下楼来，接过妹妹周岚的话：“其实我们也劝过，可是父亲固执地守着自己对老友许下的誓言，其实父亲的状况也很不乐观，其中一部分原因也是因为思念小女儿所致，如果你们有办法的话，希望你们能让这对几十年没见过的父女重聚吧。”说着，对两人深鞠一躬。

叶千江连忙去扶他，看到她手臂上的纱布，周慧的哥哥又是一阵愧疚。

“那你们后来有没有找过鲁浩的母亲？”叶千江问，“我觉得经过这么多年，他的母亲很可能理解了当年儿子和慧姐的做法呢，我觉得只要他的母亲原谅了慧姐，那么老人家自然没有不见慧姐的理由了。”

“我们也想过，先后向美国当地的华人组织发过信函，可是回复都是没有找到她，这么多年过去了，我们甚至不知道她是不是还在世。”

叶千江向周岚兄妹俩仔细询问了鲁浩父母亲的信息，无论如何，她要再努力一把。

最开始，洛琛并未觉得叶千江和别人有何不同，不过是一边照顾周慧，一边根据现有信息向相关的团体组织发函问询。

只是结果不尽如人意，发出去的信函大多石沉大海，偶尔有回复的也都是查无此人。叶千江平常也不敢表现出来，只有趁着周慧去检查的工夫唉声叹气。

“这么快就放弃了？”洛琛打趣道，做了这么多年职业关怀师的他太知道这世上，希望落空的概率比梦想成真大太多。

人世间不如意之事十之八九，剩下的一二成，大多数也是苦中作乐而已。

所以无论什么结果，他都很坦然。

叶千江却会质疑他这种不符合年龄的坦然：“你都没出力，说什么风凉话？”

洛琛动了动嘴唇，却没有反驳她。在她四处发函的时候，他也发动在美国的同学朋友帮忙寻找，但是既然没有结果，又何必说出来呢？

“对不起，你跟慧姐的感情比我深，我不该这么说你的。”

在相处过程中他发现了叶千江另一个优点，虽然说起话来口无遮拦，但是就勇于承认错误这一点还是可圈可点的。

“会不会这个人已经……”

“不会的，如果她出事的话会发讣告的，我们查过的，没有。”一有时间叶千江就抱着电脑查信息、发邮件。

洛琛把房间里的卫生打扫完，把床调整到合适的角度，等周慧和陈奶奶检查回来，可以直接休息。

按下发送键，当一封封邮件发往世界各地的时候，叶千江只觉得一阵阵虚脱，她知道这些邮件大概率是没有回音的：“唉，你说鲁浩的妈妈会在哪儿呢？”

“在她应该在的地方。”对于这方面，洛琛明显比叶千江坦然许多。在他看来，鲁浩的妈妈能找到是好事，但是就算找到，事情也不见得会如他们预期一样发展。

虽然丧子之痛会被时光冲淡，但是心中的芥蒂不会因为时光而减少。

“应该在的地方……”叶千江一只手托腮，另一只手漫无目的地点着鼠标，“应该在的地方……”

“你该不是在消极怠工，为了逃避打扫房间吧？”蹲在地上的洛琛犀利地指出来，“从慧姐去检查开始，你就一直抱着电脑不放。”

“那我也没别的办法呀……”叶千江反驳道，一时间火花闪现，有什么东西撞进她的脑子里，她兴奋地合上电脑，跳过去抓起洛琛的手，“我想到了，我想到了，你帮我分析一下对不对？”

洛琛费劲儿抽出被叶千江抓疼的手，双手护在自己胸前，以防她做出什么对自己不利的事情。“你冷静下来，好好说。保持这个距离就可以。”他伸出手臂丈量着两人之间的距离，“我听得到。”

叶千江才没空理这些，向他迈进一步：“我是没有别的办法，所以天天在这里发收不到回复的邮件，可是对鲁浩的母亲来说呢，孙子走了，丈夫走了，最后连唯一的儿子都死了，她的人生有什么指望呢？她怎么办呢？你想想，你快想想？”

洛琛已经想到了，但是看到叶千江兴奋的样子，他左猜右猜，假装猜不中。

“哎呀笨蛋！”叶千江气得直跺脚，“你这脑袋真是个榆木疙瘩，丈夫、儿子都没有了，她还有娘家人啊，她可能跟家人有联系，甚至有可能回国呢！”

洛琛做出恍然大悟的样子来，装模作样地摸着自己的下巴：“你这么讲的话，听起来还有点道理。”

“什么叫有点道理？”叶千江气得嘴歪眼斜，“我可是看了八百多集《名侦探柯南》的人，现实中的推理之神。”

“别吹了推理之神，验证你能力的时候到了。”

虽然推理的时候觉得自己是天下第一，但是真正办起事儿，还得一步一步来。

叶千江先找到周岚拿到老人家的授权书，然后到鲁浩家户口所在地的公安局备案，申请寻找亲人。

过程是漫长而消磨人的，然而办案的民警给了他们最大的协助。

消息传回来的时候，叶千江正伙同周慧和陈奶奶逼迫洛琛跳草裙舞。警方的电话像是一纸特赦令，解救了水火之中的洛琛。

原来，鲁浩母亲娄筝的姐姐娄淑早年间嫁去日本札幌，父母相继去世后，便再也没有回国。

“所以娄筝有没有可能去日本投奔唯一的姐姐？”

面对洛琛的问题，叶千江的解决方式是：“打个电话问问就知道了。”

她满怀希望地拨号，号码错误的提示音却一再响起。

叶千江反复查证过拨出的电话号码，甚至跟提供信息的警方核实过，确认娄淑 2000 年初回国后在户口普查时留下的通讯记录就是这个，而她留下的地址，经过查证也在几年前拆掉了。

“她会不会跟亲戚还有联系？”

抱着一丝希望，叶千江和洛琛走访了娄家所有可以查到的亲戚朋友，得到的答案却让最初的希望越来越渺茫。

“怎么会这样？”走访完娄家的最后一个亲戚朋友，累极的叶千江找了最近的隔离墩坐下，看着车水马龙发出绝望的叹息。

“怎么，这就放弃了？”洛琛看着她微驼的背影调侃道。

“嗯呢，对，是的，”叶千江索性颓废地回答，“根本一点线索都没有，只知道娄淑当年是嫁给一家做园艺的人家，剩下什么都不知道，嫁给谁也不知道，活不活着也不知道，明明什么都没查到嘛，也不知道娄筝有没有去找她，我们又不能去……”

洛琛敏锐地后退一步，叶千江的抱怨声越来越小，他直觉这并不是什么好预兆。

果然，叶千江的眼睛越来越亮："谁说我不能去？我有线索啊，我可以去札幌找老园艺社……"

"你说真的？"洛琛开始发现叶千江的可怕之处，做起事来百无禁忌，但凡她想做的就没有不敢的。

叶千江自然不知道他的心理活动，她这么想的，就这样做了。

等周慧和陈奶奶检查完回到病房，叶千江简单和她们汇报了自己的想法后，着手给自己订了时间最近的机票。

洛琛本以为陈奶奶和周慧会对叶千江的做法颇有微词，却没想到两个人积极为叶千江的出行出谋划策，陈奶奶更是翻出了跟孩子去日本生活的老邻居的联络方式，在叶千江需要的时候提供帮助。

这样一来，叶千江就不得不回家收拾行李，一想到要回家，她整个人都很低落。想要去医院看看家人和男友，但一想起上次看见姐姐房间里自己穿衣打扮的详尽信息就让她感觉不舒服，再加上父母对她的态度，她决定给自己一点时间，等回来的时候再去看自己的家人和爱人。

只是她没想到，自己打开房门正碰到在厨房里煮咖啡的父亲，几天没见，父亲似乎更憔悴了，头发花白，目露疲惫。

"爸，你还好吗？"

叶父看着女儿消瘦的脸庞，眼睛里也满是不舍，然而当他的目光看到叶千江鬓角里的痣时，脸色阴沉下来，无视叶千江的示好，抓起搭在椅背上的外套就走了，留下孤零零的女儿一个人在空荡荡的房间里。

叶千江追到门口，看着父亲蹒跚的背影，看着父亲在花坛上一处地砖歪斜的地方一个趔趄，她差点冲出去，然而几乎摔倒的父亲竟然奇迹般地站稳了，她迈出家门的脚也跟着缩回来。

她想父亲此刻一定不想见到自己吧，不然怎么会走得这么急。

不过对于人生，她始终抱有希望，她相信父母终有一天会重新接纳自己，因为他们是一家人。

叶千江鼓起勇气上了二楼，在路过姐姐房间的时候，她克制着自己不要过于颤抖，每次想起房间里的东西，她都觉得毛骨悚然。

她走进自己的房间，翻出自己的护照放进兜里，从床下拖出旅行包，胡乱地塞了几件衣服进去，一种悲凉的感觉忽然从心底升起。

她很想放肆地哭一场，然而她也知道，这不是能哭的时候，这里也不是她想多待的地方。她扛着行李准备离开的时候，手机响起来，是洛琛打来的，他请求她带自己同去，理由是他也是周慧的关怀师。

“那陈奶奶和慧姐这边谁来照顾？”

其实叶千江知道洛琛这通电话就是陈奶奶和周慧让他打的，因为他打心底里不认可这个做法，他想着的仍旧是发邮件、打电话问询。可是在叶千江看来，他们只有这个线索了，发邮件、打电话是可以的，但是那太费时间，他们现在最缺少的就是时间，与其坐着等待，不如自己去看去问来得快。

“陈奶奶和慧姐向我展示了强大的自理能力，公司也会派专人在这段时间照顾，机票买了吗？”在得到叶千江肯定的回答后，洛琛对她说，“你把票退了吧，我已经让公司的同事买了，这趟算公差。”

没给叶千江拒绝的时间，明确她所在的位置后，洛琛交代说：“飞机三个小时后起飞，半个小时内我到你家接你。”说完，他自顾自地挂掉电话。

“呀，这人真是的！”叶千江放下手机，传来电量过低的提示音，没过多久响起了关机铃声。

叶千江放弃了给洛琛回拨过去的想法，如果可以，她想尽量避免跟洛琛的接触。她想起姐姐常用的笔记本电脑，姐姐应该不会介意她借用一下吧。这么想着，她走回姐姐的房门前，尽管抓着门把手的时候犹豫了好久，她仍下了狠心推开门。

仍旧是那个粉嫩的公主房，此刻在她眼里却尽是讽刺。

她小心地避开房间里的摆设，好像那粉色有病毒一般。

叶千江记得姐姐新换了一款玫红色的笔记本电脑，平常抱着它打游戏跟闺密视频。她没费什么工夫，在书桌的隔层里找到笔记本电脑。“希望还有电。”她说，因为她不认为自己有能力在这个房间里翻到充电器。

笔记本电脑有电是有电，难倒她的是开机界面上输入密码的提示。

这件事并没有困扰她太久，一串字符自动浮现在她的脑海里。然而她并不记得姐姐什么时候把电脑的密码告诉过她。

叶千江甩甩头，甩掉这些细枝末节的问题，她只想快点退好票，然后赶紧离开这里。

根据洛琛发来的信息，叶千江发现航班的起飞时间就在今天下午。

就在叶千江以为退好票大功告成的时候，屏幕右下角跳出提示，××课程中心提醒她，距离上次学习课程已经离开三十六天了。她随手关掉广告，却不小心点开了页面，她看看课程表上写着国家二级公共营养师精讲班。

叶千江急匆匆地关掉电脑，她不敢想象身为理财师的姐姐报名学习营养师的课程是为了什么，加上上次发现的对她穿衣和喜好的详细记录，她简直不敢想姐姐这么做是为了什么。

就在震惊中的叶千江准备离开的时候，房门口一颗奶白色的珠子吸引了她的注意。

她下意识地把珠子握在手里，想起来这颗珠子一直戴在自己的脖子上，车祸的时候自己狠狠地抓着，车祸醒来的时候就没再看见了。这珠子怎么会在这里？绝对不是上次进姐姐房间时掉的，因为那时她已经遗失了这颗珠子，奇怪的是，她的脑袋里又没有车祸后进过姐姐房间的其他记忆。

响起的门铃声打断了叶千江的思绪，她随手把珠子放进兜里。

“我不觉得这是个好主意。”在车上，洛琛再一次表达了自己的想法。

“你不想去可以不去，又没有人逼你。”坐在副驾驶位子上的叶千江面无表情地说，对于洛琛的存在，她也觉得不是很舒服。

洛琛在心里叹了口气，这次去日本确实是慧姐和陈奶奶的建议，但是回过头说，这也算公司的业务，所以他不应该把情绪转嫁给叶千江，只告诉她把在日本的各种票据收好，到时候回公司交到财务部。

叶千江也并未对他的话做出反应，一路上两人基本上都是这个气氛，尽可能远离彼此，相互之间避免不必要的对话，当对方不存在。

洛琛在飞机上睡了三个小时，叶千江利用飞机上提供的平板电脑做了三个小时的行程攻略。

到达日本后，洛琛原本想展现下自己多年前跟日本客户交流时学的日语，没想到叶千江举着手机靠着翻译软件一路把他带到预定的酒店。放好行李后，她又举着手机出门了。如果不是他发现在飞机上拿错了她的数据线去还给她，根本发现不了她夜间的行动。

叶千江上了酒店帮忙叫到的出租车后，流利地用翻译软件跟司机攀谈起来。因为怕从中文翻译过去的地址不准，叶千江再三跟司机确认，原来娄淑十几年前留下的地址已经变成商业街了，又因为司机也是近两年才来到札幌市的，所以很遗憾无法提供更多的信息。

到这个时候，洛琛才真正发现身边这个女人的可怕之处。

她真的就这样举着手机，靠着翻译软件一家商铺一家商铺地询问，从街这头到街那头，仿佛不知疲倦一般。

他真的有点后悔发现她的行踪并且跟过来了，他就应该装作什么都不知道在酒店里睡大觉。

更加恐怖的是，在问询无果的情况下，她还记下了几间没有开门的店铺，准备第二天继续询问，仿佛真的不知疲倦一般。

洛琛望着悬挂中天的月亮，开始思念家乡。他发现之前周慧和陈奶奶的担心根本就是多余的，叶千江的生存能力甚至比他这个大老爷们更加强悍，坐车订票，连对最细小的数字都很敏感，绝对不会出错。

这在他们结束了问询，在小吃街补充体力的时候尤为明显，当洛琛指出这点的时候，叶千江不以为意地说：“这些数字很简单啊。”她从小到大都觉得数学很简单。

身为文科生的洛琛决定不和她辩论这个话题。

他们回到酒店的时候，已经是凌晨。两个人各自回房休息，洛琛胡乱地洗了一把脸倒头就睡，睡前他设置好了八点的闹钟，便陷入了深度的睡眠。谁想到叫醒他的不是闹钟，而是敲门声。

洛琛带着一脸的睡意打开门，门口站的是穿戴整齐的叶千江，他揪着头发："现在是北京时间六点，日本时间七点而已，你都不用休息、不用睡觉的吗？"

洛琛不得不感叹叶千江是机器人，不过还是很快洗漱好，换了衣服和她出门。

让他意外的是，几乎是一夜之间，叶千江联系了所有札幌市的华人团体，准备进行亲切而友好的"访问"。

"你不会是人工智能吧，效率这么高？"

"还是多亏了陈奶奶的老朋友，他在当地的华人团体中很有号召力，也为华侨组织了不少的活动，因为他我才能联络到这些人。"

"一晚上时间你做了这些？"

"有问题吗？"

洛琛揉着自己的黑眼圈："公司不用付你加班费吧？"

按照约定，到达了华人社团的聚集地，洛琛的日文终于派上用场，他和叶千江两个人分别向当地的华人打听娄筝的姐姐在日本的情况。

经过一上午的问询，终于有人记起来，娄淑当年嫁给做园艺的柳生家，可惜几十年前便与柳生离婚了，离婚后也没有再与当地的华人团体有更多的往来。

洛琛跟叶千江了解到柳生家现在仍在做园艺，问了住址，便一路风尘仆仆地赶过去。

最开始柳生家以为二人是中国来的客户，礼遇有加，谁想到说明来意后，他们被客气而又坚定地请出门去。那时，叶千江的手机里还在播放着翻译过去的日语："我真的找娄淑有急事，你没有她的消息吗，哪怕是一点点？"

正当两人一筹莫展，准备无功而返之际，从柳生家门内溜出来一个六七十岁的老妇人，给叶千江塞了一张字条，在他们面前关上了房门。

叶千江和洛琛把字条给出租车司机看，司机把他们俩拉到了一家叫作万寿菊的介护中心，也就是国内的养老院。

院方听说他们是来寻找亲人的，颇为上心，只是对娄淑这个名字没什么印象。

就在两人再一次准备无功而返的时候，在一旁晒太阳的老人接了一句话，叶千江问洛琛老人说了什么。

洛琛道：“他问娄淑是不是美和子。”

两人均不能确定。在经过院长同意后，经由老人指路，叶千江和洛琛来到二层靠里面的一间房，两个单人床上并排躺着两个老人，叶千江一眼就认出其中的一位老者正是周岚提供的照片上，同鲁浩合照的母亲。

谨慎起见，叶千江取出照片问老人家：“请问哪位是娄筝？”

在异国他乡听到熟悉的乡音，两位老人也是颇为激动，但是当叶千江说明来意后，娄筝先是否认自己的身份，而后呵斥两人离开。

“我不会原谅那个女人，这辈子都不会原谅她，是她抢走了我的儿子，是她不让儿子回美国和我们团聚，是她害我的孙子生病得不到医治，是她害得我丈夫临死前连儿子都见不到，我的老伴死不瞑目啊，最后那个女人还害死了我的儿子！”

“您的儿子当年得了胃癌，生不如死，那是他自己的决定啊！”叶千江把周慧后来亲口对她说的话转述给老人听，“他们夫妻俩左思右想，把最艰难的选择留给了自己，留给了周慧，就是不想您受伤害。”

“你胡说，那年他才多大，怎么会治不了呢？是她，一定是她处心积虑来害我们全家！”

“求您别这样说，鲁浩就是怕刺激您，才拜托医生在他离世的那天把他亲手写的信邮给您，难道您就不能理解儿子的一片苦心吗？”

“信？哪儿有信？自从我儿子生病，我再也没接到关于我儿子的只字片语，都是那个女人的借口，我不会原谅她的，你们回去告诉她，我是不会放过她的，变成厉鬼我也会缠着她，我要她永世不得安宁！”

叶千江还想再分辩，洛琛一直关注着老人病床前检测仪器上的数字变化，在数值进一步恶化前，拉着叶千江离开了。

他们走的时候跟检测到数据异常赶来查看的护士擦肩而过。

之后的日子里，被介护中心认为不适宜与老人单独相处的叶千江和洛琛曾偷偷潜入过病房几次，试图与更名为美和了与美香子的姐妹俩交流，可是娄筝的状况明显越来越差，根本听不进两个人的劝，嘴里只会反复念叨着："那年他才多大啊，怎么会治不好呢……"

无奈之下，两人只好踏上了返程的飞机。

不知是因为任务失败，还是因为别的什么，飞机上的叶千江情绪很不好，甚至主动讲起了姐姐的事。

"从小我就是别人家的孩子，门门功课第一，经常拿回来各种竞赛的奖杯和奖状。在学校里，她总是离我远远的。有一次我阑尾炎手术，奥数竞赛颁奖的时候是姐姐代我领的，可是当我回到家才发现，从小到大没得过一笔奖学金的姐姐剪掉了奖状上我的名字，填上了自己的名字在父母面前要新衣服、新书包。我没有拆穿她，因为她是我姐姐，我希望她高兴，我也希望全家人开心。"

洛琛静静地听着，并没有出声打断她。

"真的，只要她好，全家好，我就好。她订婚我是真的开心，我和男友商量借了车载她和姐夫回家，我没想到会发生车祸啊，我真的没想到……我男朋友丢了一条腿，又查出脑癌，我姐姐成了植物人，一夜之间，什么都没有了，全没有了，全都没有了。"

"会好起来的。"洛琛轻抚她的头顶，希望能带给哭泣的人一点点安慰。

"不会的，不会好了，永远都不会好了，他们永远都不会原谅我了，永远都不会了。"

"他们是谁，谁不会原谅你？"

"我的男友，我的姐姐，还有……还有我的父母。"说到伤心处，叶千江像孩子一样哭起来，"我也是他们的女儿啊，我也是这个家的孩子……我经常会想，为什么，为什么，为什么出事的不是我，为什么我没成植物人？我好嫉妒她，好嫉妒她，明明什么都不用做就能得到父母的宠爱，她做什么都是对的，错的从来都是我，从出生到现在一直是这样的，我就像她的影子，像幽灵一样跟在姐姐身边，如今她躺在医院里，父母眼里、心里便只有她，从今以后，他们也只要她了……”

哭过之后，叶千江靠在洛琛肩膀上沉沉地睡去了。洛琛则对吵到飞机上其他乘客表示歉意，乘客听不懂他们说什么，以为是小情侣吵架，所以也对他们俩表示出了极大的宽容。

良久，等飞机上的乘客将注意力转移到其他事情上的时候，本应沉睡的叶千江忽然说：“你是不是不会聘用我了？”

“知道你还问？”洛琛回答，细心地帮她盖上毯子。

虽然感慨她的际遇，也心疼她的处境，但是他仍旧不肯放弃自己在选择关怀师方面的坚持。在他看来，一个充满激情，会为客户赴汤蹈火的关怀师并不合格；相反客观冷静，会同情病人，但是不为情所动的关怀师才是他的公司需要的。

他仍旧会在周慧这单结束的时候辞退叶千江。

和离开首都机场时的斗志昂扬相比，两人的状态截然不同，原本喜怒不形于色的洛琛因为连日来的操劳，此刻被深陷情绪里的叶千江传染，两个人臊眉耷眼地去机场停车场取车。

刚交完停车费，叶千江的手机响起来，看着屏幕上周慧两个字，洛琛头一次在叶千江脸上看到内疚的表情。只是，没等他多想，叶千江直接把接通的手机放到他的耳边。

“嗯，慧姐？”

听着电话那头的哭声，洛琛不确定地问道。

“你怎么了？冷静，冷静下来慢慢讲，好的好的，我在的，我一直都在，你说你说……”洛琛在心里倒吸一口冷气，他下意识以为是娄筝找周慧兴师问罪了，可是听话音又不太像，直到电话那头易主，他才听到成句子的话，“喂，哦，是陈奶奶啊，您身体怎么样？我们回来啦，从机场往回走呢，在路上，嗯嗯，慧姐怎么了？嗯嗯，好的好的，等我们回去，好的我尽量快点。”

叶千江按掉电话，像兔子一样缩在座位里，紧张地咬着指甲，怯生生地问："慧姐……怎么样了？"

洛琛斜睨了她一眼，表情颇为严肃："你也知道害怕？"

见叶千江畏缩的样子，他瞬间软化下来："好了，不吓你了，刚刚陈奶奶替慧姐告诉我，日本那边来电话了，娄筝托人传话，说她已经原谅慧姐了。"

"什么，这怎么可能？"叶千江的头摇得像拨浪鼓一样，"她的态度那么坚决，不可能软化的，我一定是在做梦，一定是！"

"你就当作在梦里吧，"洛琛帮她调整了座椅的高度，"在梦里就睡一下吧，到了我叫你。"

"我是在做梦，是在做梦……"叶千江念叨着，陷入了沉沉的睡眠，几天来的劳累一起爆发。

洛琛看着在副驾驶位子上睡到不知今夕何夕的人，如果可以，他真的不想打扰她。可是他也急切地想要知道娄筝改变主意的原因，所以，权衡之下，他在叶千江的肩膀上轻轻拍了拍："喂，到医院了。"

"嗯。"她一边擦掉嘴角的口水，一边跟他打招呼，"早啊。"

不知道怎么回答她的洛琛直接把迷迷糊糊的她从车里捞了出去。

坐电梯的时候，叶千江还是迷迷糊糊的，但是当她进到病房里，看到哭得像孩子一样的周慧时，她一下子醒了过来。

"天哪，这……"叶千江掐着自己的脸，"我不是在做梦吗？电话里说的，都是真的？"

"是真的。"周慧只会呜呜地哭，陈奶奶替她答道。

"怎么会这样？"

"怎么回事啊，你们自己看。"陈奶奶拿出房间里的遥控器，找出电视里的新闻放给他俩看。

新闻上说美国纽约市邮递员，以工作太忙为由，十多年来私扣一万七千封信件。

"这个……"叶千江指着电视，"意思是……"

"是的，没错，十几年前，我丈夫临死前亲手贴上邮票寄给他母亲的信就这样被扣下了，就在昨天，相关的负责人通过关系找到了我的婆婆，将信件的复印件以传真的方式传给了她。”周慧眼里流着泪，脸上却满是笑容，“在信里，我的丈夫解释了所有的事情，婆婆……婆婆终于原谅我了……”

就在周慧将几十年的委屈化作泪水、痛哭流涕的时候，叶千江的手机响了起来，是周岚打来的，电话那头的周岚感谢着叶千江的付出，说叶千江真的做到了，周岚说收到消息的父亲要周慧回家……

周慧的家宴上，久违家庭温暖的叶千江毫无意外地喝多了。她醒来的时候已经是第二天正午了。她捂着脑袋从周慧和鲁浩曾经为争夺所有权大打出手的床上起来，床头柜上有一封留给她的信，是周慧写的。

在信上，周慧首次坦言她从未想过有这一天，曾经的家人重新接纳她。当初，叶千江向她承诺会找到娄筝，请求娄筝的原谅时，她只是当作笑话，因为在她看来，那是不可能完成的任务。

如果没有叶千江的执着、鲁莽，可能她终其一生，都无法与自己的亲人相见了。

现在，重新回到家庭的周慧还有最后一个愿望，也是鲁浩的愿望。中国这个古老的国度，对于他这个出生在美国的孩子有太多太多的诱惑，他的梦想就是走遍祖国的山水，而她要去帮丈夫完成他的梦想。

同时周慧也让叶千江放心，说只要自己还活着，叶千江永远是自己的关怀师，洛琛无论如何都赶不走她的。

信的最后，周慧说，叶千江是她遇到过的最好的关怀师。

Chapter 3

‖ 恸天之爱 ‖

最近流传这样一个段子，为什么男人十八岁就能当兵，二十二岁才能结婚。

答案是，因为女人比战场上的敌人更可怕。

洛琛充分领教了这句话的意思，他说过，慧姐这单做完就会辞退叶千江。但是为了替丈夫完成愿望的周慧特地通过公司给他留下份声明，说在她旅行期间，与叶千江签订的合同将自动续约，直至她本人签字同意才可以解除合同。

不仅如此，与周慧同一个病房的陈奶奶也把自己同公司签的合同摆在最明显的位置上，当初她聘用叶千江的理由竟然是唱歌唱得好。

洛琛不止一次试图劝说陈奶奶换一个专业的关怀师，这样作为老板的他也可以放心。

然而在陈奶奶的坚持下，洛琛本着为病患负责任的态度，不得不亲自为公司的声誉保驾护航。

但是呢，病房里其余的两个女人，通常不能理解他的苦心。

“这里没你的事了，你走吧。”专注于五子棋，头发花白的老太太说。

“对啊对啊。”另一个不知好歹的女人附和道。

洛琛的目光落到前来探望关怀对象的梁爷爷身上，两个男人相视而笑，无声地交流着只有彼此才能理解的苦楚。

自从陈奶奶住院，梁爷爷，准确地说，是同一栋楼里姓梁的邻居总是抽时间来探望陈奶奶，而最近探望的次数越发频繁。

“你今天怎么有时间来？”陈奶奶一边下棋一边问，好像是在跟一个普通到不能再普通的邻居说话一般。

“你忘了我跟你说过，上周我孙子结婚，现在他的事办完了，带着媳妇去旅行，再也用不着我了。”他来到陈奶奶病床前，“以后我就可以天天来喽。”

“不许你来。”陈奶奶不客气地说，“我不过是个住在隔壁的老太太，你天天来算什么？”

梁爷爷一时吃瘪，也不跟她争辩，只把带来的菜放在医院为病人提供的柜子上。

叶千江抽空抬眼和梁爷爷两个人挤眉弄眼，示意他看陈奶奶胸前的胸针，那是陈奶奶特地要自己帮忙选的礼物。

表面上陈奶奶不苟言笑，但其实每次梁爷爷来的时候，她都会更细心地把烫成卷儿的头发拢在脑后，仔细地不让头发被各种检查弄乱，还会在他来的时候，尽可能地让自己更精致些。

梁爷爷看破并不说破，只是静静地坐在椅子上，看两个人下棋，准确地说，看他的意中人下棋。

每每到此时，叶千江不得不感叹，老年人的爱恋真的很不一样。年轻时候，是热烈的、绚烂的，想要昭告天下的爱，就像轰轰烈烈的烟花，不过是一场绚烂，离开的时候也是快刀斩乱麻。我们身在这样的时代，电子商务、网络通信，什么都很快，却极少有人肯慢下来，珍惜多年前车马牛都很慢的年代里，缓慢而悠长的感情。

尤其是姐姐出事后姐夫的冷血作为，更是令她齿寒。但是这几天目睹了这对老人的相处，让她对爱、对生命有了新的期盼。在分开的时间里，他们做着彼此的事情，梁爷爷为孙子的婚事操劳，陈奶奶为了慧姐竭尽全力，但是他们彼此都知道对方在做什么，也会记得与对方约定的下次见面的时间。梁爷爷会做好家常的饭菜带来，而陈奶奶也会在每个他要到来的日子里，尽可能地让自己更精致。

这样一种相互陪伴，相互珍惜的感情，比口口声声说爱，转身就能投入别人怀抱的誓言更加闪耀，毕竟每个女人都想要一个殷切的、细水长流的陪伴。

日子一天天过去，陈奶奶的身体也一天天恶化，叶千江每天陪着她唱歌、下棋、逗弄梁爷爷，她以为日子会这样缓慢又悠长地过去。

每当叶千江问陈奶奶有什么愿望，有什么自己能帮做的事，陈奶奶都会缓慢地摇头，目光深长地眺望远方，然后告诉叶千江没有，她没有愿望，就这样死掉就好。

不知道为什么，每次听陈奶奶这么说的时候，叶千江都觉得很可怜。

什么样的人活着能没有一点期望呢？陈奶奶的丈夫早年间得病，陈奶奶一边照顾生病的丈夫，一边把孩子拉扯大，过程中的艰辛绝非常人可以想象。

可惜几年前丈夫和孩子相继病逝，剩下陈奶奶孤零零的一个人。

从那儿以后，她每天的生活就是参加各种老年社团，跟梁爷爷虽说是住在隔壁的邻居，但真正认识是在社区的摄影社团里。

据说梁爷爷给陈奶奶拍了好多照片，家里的墙上都挂满了，最后陈奶奶没办法，就付费给他，他拍一张，陈奶奶就付给他一张的钱，这样才制止住了他的拍照热情。

叶千江常常被两个老人的爱情故事逗得前仰后合的，可是她自己也常常陷入沉思。

有一次，趁着陈奶奶洗漱的工夫，梁爷爷问她："丫头，你怎么总是闷闷不乐的？"

叶千江想起自己的家，想起视自己如陌路的家人，摆了摆手，对梁爷爷说："没什么，我只是觉得自己没什么用，什么也不能为陈奶奶做。"

梁爷爷被她逗笑了："你这是什么逻辑，难道这样的陪伴不是你为她做的事吗？"

"不是，我是她的关怀师嘛。"叶千江说，"我希望我能更有用处一点。"

"关怀师？"

"对呀……"

接着叶千江给梁爷爷讲了自己为数不多的两个案例，其中穿插着周慧给她讲的其他关怀师和患者之间的事情，梁爷爷听得目瞪口呆。

"手里只有那么点信息，你就敢直接去日本？"

"那点信息还少吗？"叶千江反问，下一秒拍着胸口说，"其实，我也一点把握都没有。”

“是啊，拿着一个久远的地址，万一找不到姐姐怎么办？万一姐姐过世了怎么办？退一万步说，就算找到了姐姐，她就一定知道妹妹的消息吗？”在一旁看书的洛琛补充着说。

“既然这么多担忧，你干吗跟着去日本呢？”

洛琛噎住了，表面上看是陈奶奶和周慧叫他去的，为了公司和委托人他不得不走这一趟，可是内心深处有种别样的情绪干扰着他，让他不能轻易回答这个问题。

历经世事的梁爷爷并不去点破他的困扰，毕竟好多事情应该让当事人自己去寻找答案。

“其实，你们的陈奶奶也不是没有愿望的，只是……”

陈奶奶的突然出现打断了刚起的话题，梁爷爷用眼神示意叶千江少安毋躁，然后两个老人按照惯例赶在太阳下山前，去医院后面的林荫道散步。

或许是走累了，比平常要晚一些回来的陈奶奶喊着累，把几个人赶回家休息，只留下自己在病房里。

终于等到了机会，叶千江和洛琛在医院走廊里听梁爷爷讲陈奶奶的故事。

“你们是没经历过的，那些年，是真苦啊。”在医院走廊里清冷的灯光下，梁爷爷打开了话匣子，“那时候我是个瓦工，一个月才赚十三块六毛，拉扯了一家子，东拼西凑，日子还算过得去。你陈奶奶的老伴儿啊，偻病，干不得活儿，整天抱个药罐子，陈奶奶没办法，自己去农业社做活赚工分，一个人拉扯一家子的生活。她小时候被裹过小脚，虽然后来放开了，但还是落下了残疾，家里孩子还小，她只能一瘸一拐地去上工，一天也不敢耽搁，落下了哪天，一家人就没得口粮吃喽。”

这些故事对没有经历过那个年代的洛琛和叶千江来说是新奇的，他们对那段时光的认识大多来自影视剧和书，如今听当年的亲历者说来，总觉得格外生动。

“她就用肩膀拉犁，那可是牲口拉的东西啊，农忙时节牲口不够用就用人，肩膀拉出血痕子就用粗布垫上接着拉。那时候人肉不值钱，肉破了能长上，衣裳若是破了可是不得了的。她是个差点被旧社会裹了小脚的女人，因为家庭成分不好，嫁给了家里以前的长工，家里破败了以后，自己养活丈夫和三个孩子。”

“三个？”叶千江忍不住出声提醒他，陈奶奶不止一次说过她自己有两个儿子，只是在她年过半百后，都相继离开了她。

“是三个。”梁爷爷纠正道，“你耐心听，这正是我要跟你们讲的故事。你陈奶奶年轻的时候跟第一任丈夫生了两个儿子，那人因为偻病去得早。后来社里的人看她过得苦，给她介绍了一个当兵的，人倒是好人，可惜刚结婚就东奔西跑地打仗去了，一走就是一年半载，第三个孩子是她自己在家生的，孩子生下来的时候都不知道父亲在哪儿，是不是还活着。那孩子生下来先天不足，会坐着的时候，就抱着个药罐子。你们陈奶奶没出月子就回到队里拉大车，就这样一个人拉扯三个孩子生活。”

“真不敢相信，那么柔弱的陈奶奶年轻时竟然如此刚强。”叶千江感叹着。

“女子本弱，为母则刚。那样的日子，简直没有光啊！”梁爷爷说，“我一个男人从那个年代活过来，可是那日子我连想都不敢想。就这样过了五年，最小的儿子隔三岔五生病，恰逢过年，家里实在是揭不开锅了，你陈奶奶就抱着三个儿子，把雪煮开了，兑进去树根喝烧水过的年。她不敢把孩子放下，因为那点柴火烧没了，娘仨连热水都喝不上。家里到处都是冰碴，孩子就被她抱在怀里取暖。可就是这样，腊月没过，最小的儿子得了黄疸。她哪里有钱去治啊，大家的日子都不宽裕，能借的都借了，她实在是没办法了，听了族里老人的话，三个孩子里面选一个过继给远方生活富裕却生不出孩子来的亲戚。对方呢，象征性地给点彩头钱，她好带着其余的孩子好好地过个年。”

“陈奶奶同意了？”叶千江简直不敢相信自己的耳朵。

“她同意了，她怎么能不同意呢？”梁爷爷感慨地拍打着自己不甚灵活的膝关节，“你没经历过那样的岁月，理解不了是正常的。扒树皮、吃草根，我们那代人就是这么活过来的。不过苦难的日子也有它的乐趣，单纯又青涩的乐趣。”

不管怎么样，叶千江表示自己还是不能理解这样的做法。

“那时候，这么做的人不在少数，但是哪个送走孩子的家长不是忍着剜心之痛呢？小儿子送走后，你陈奶奶生了一场大病，几乎就要过去了，可是她还有两个孩子啊。为了让剩下的孩子不饿死，她强撑着下地干活。说来可笑，也就是这时候，当兵几年的丈夫突然回来了，带着饷和粮食，可是他哪里找得到自己的孩子？他一气之下，暴打了陈奶奶一顿，丢下一份休书，就再也没回来。”

“那之后呢？”

“之后你陈奶奶拖着满是伤痕的身体继续做工呗。从那儿以后，她把每天都当成是上天对她的惩罚，惩罚她遗弃了自己的孩子。从那之后，她也没有再嫁。改革开放后，日子逐渐好起来，身边的两个孩子也逐渐长大，离开了家。有时候当你翻过一座山终于觉得可以松一口气的时候，你会发觉厄运早就跟在你身后。人到中年，陈奶奶的两个儿子相继去世，天底下流着她血脉的，只有那个被送出去就没再见过的儿子了。”

“那如果我们帮陈奶奶找到儿子呢？”这次叶千江的提议连洛琛都忍不住摇头。

“哪儿有那么容易啊。”梁爷爷说，“眼见着自己被送走，在孩子心里得留下多大的阴影。我说这些，不是想揭开陈奶奶的伤疤，是因为我想娶她，想要对她好。”

在医院的走廊里，一个耄耋老人对他们说，他要娶一个癌症晚期的病人。

“别看她表面上笑着，可是我知道，她在惩罚自己。她拒绝一切治疗，就为了给儿子赎罪。我不想看她这样，所以，我想求你们帮帮她。哪怕是听那孩子再喊一声妈，对她来说也就够了。虽然她没说过，但是我知道，只有得到那孩子的原谅，让她放下跟着她一辈子的自责，你们陈奶奶才肯嫁给我。”

让洛琛稍稍舒心的是，叶千江吸取了上次周慧事件的教训，所以她并没有承诺梁爷爷什么，只是答应他等第二天问过了陈奶奶的意思再做决定。

只要是让陈奶奶开心的事情，再难她也会去做。可是，如果陈奶奶坚持不让她去打扰小儿子平静生活的话，那么她也不会执意去做。毕竟，那是陈奶奶的人生，任何人都没有权力干涉她的选择。

从医院里出来的时候，天已经全黑了。叶千江难得关怀一下洛琛，问用不用送他回家。

洛琛简单跟她解释了一下，那天是因为暴雨加上停电导致的意外事件，像这种风和日丽的天气里，那样的事情是不会发生的。

实际上叶千江并没有仔细听他的话，礼貌性地确认他不需要自己之后，拦了辆出租车，跳上去就离开了。

洛琛在心里提醒自己从网上听到的段子是对的，女人比敌人更无情，更可怕。

叶千江并没有回家，而是打车到了盛琪医院。在七楼的走廊上踌躇良久，想起之前父亲看到自己的态度，始终没有勇气推门而入。

她在走廊里踱来踱去，同她注视着 703 病房一样，一个人影在安全门旁边静静地注视着她。

原本叶千江是无论如何也没有勇气进去的，无论给自己做多久的心理建设都不行。

可是站在门外的她又清楚地知道与自己一门之隔的一家人，将是她毕生的功课，她总有一天要去面对，明天的她不会比现在的她更有办法。

所以无论如何，她都不允许自己退却。这是学生时代的叶千江给自己定下的规矩，不管何时，不管多么困难，哪怕只是一点点进步，那么她每天都会拿出百分之百的努力。

她带着满腔孤勇，推开了那扇隔开自己与亲人的门。

病房里的一家人沉沉地睡着，父亲趴在姐姐床前，头上的白发似乎比她去日本前更多了。父亲用老烟枪的嗓子打着奇异的鼾声，像是吹哨子一样，短短长长，不时地在手肘上蹭着鼻子。父亲的两只手交握着，抓着病重的女儿的手，那手指上还夹着脉搏传感器。

这是叶千江第一次有机会这样近距离地观察姐姐，沉睡中的姐姐似乎比实际年轻了不少，苍白的侧脸看起来像极了十几岁青春期的少女。她的身材也不复当初的丰腴，消瘦下来的她好像营养不良一般，皮包着骨头，脸颊凹下去，唯有起伏的胸膛昭示着她还活着的事实。

听见叶千江的脚步声，母亲已经醒来了。

许久未见的女儿，此刻在她眼中也是那么狼狈。她捂住嘴，不让自己哭出声，大颗的眼泪却从眼睛里冒出来，止都止不住。

“妈……”叶千江轻声呼唤着母亲，上前一步想要帮她擦掉眼泪，不料小腿碰到床下的摇臂把手，一声不大的响声在寂静的病房里回荡着。

父亲悠悠转醒，看着病房里站着的诚惶诚恐的女儿，仿佛陷入了梦魇一般定住。

“爸，是我啊，我回来了……”

一时间分不清现实与梦中的老父亲涕泪横流，他站起来，想冲过去抱住女儿。

他的动作却因为女儿的一句话定格在半空中，她说：“我是千江啊……”

父亲拥抱的手放下来时在她鬓边轻轻滑过，那里，有两颗并排的痣。身后的母亲已经忍不住哭出声，此刻，父亲强忍悲痛，把她推出门去。

“爸，爸，是我啊，我不走，你让我看看姐姐，我知道错了，我不该开车，我真的知道错了，你让我看看姐姐吧……”

父亲抱着叶千江往病房外推，她的手指死死地抓着门框，被弹回来的门夹住，指甲里冒出丝丝血迹，她却毫无知觉，依旧抓着不松手。

就在父女俩争执的时候，从七楼安全门后闪出一个身影护住了叶千江，帮她把伤痕累累的手从门缝间解救出来。

叶千江回头看着抱住自己的人，倏然远离：“姐……姐夫？”

叶父看着几乎要成为自己女婿的男人：“你怎么还没走，你们害我女儿害得还不够吗？”

“伯父……”

叶父摇着头，指着叶千江问陈锦年：“我跟你说得很清楚了，你为什么还理她？”

“我……”

“罢了罢了，你们的事我不管了，也管不起，跟你说的话，都是为你好，你好自为之吧。”叶父说着再也不肯多看女儿一眼，回到病房里，插上了门闩。

“疼吗？”陈锦年指着叶千江流血的手指问。

叶千江并不作答，转身就走。

陈锦年默默地跟在她身后，她走楼梯，他走楼梯，她进电梯，他也跟进电梯里。

叶千江一只手扶住电梯门，低声对同电梯的人说：“出去。”

“别这样，我有事跟你讲。”

“我不想听，姐夫。”叶千江刻意把称谓两个字咬得很重。

“叶……”陈锦年没有再说下去，“算了，反正我决定要走了。”

“什么，你要去哪儿，你不管我姐姐了？”

面对叶千江的质问，陈锦年垂下眸子。他拉下叶千江扶住电梯门的手，拿出兜里灰蓝色的手帕仔细地帮她包上。

叶千江缩回手，看着手上染血的手帕：“你干什么？”

“回去记得上药，好好处理，不然会留疤的。”

“够了，不劳你费心。”叶千江说着，把手帕扯下来还给他。

陈锦年摆摆手。“包上吧，你的伤口还在流血，一条手帕而已，况且我们又不是陌生人，我是你……”一段不长不短的停顿，他说出那两个字，“姐夫。”

想了下，叶千江用手帕包住流血的手指，继续刚才的话题：“你要去哪儿？”

“回去，回成都，我还要工作。”

“那我姐姐呢？”

陈锦年笑了，不知为何他的笑容中夹杂着些许苍凉，说：“她有你啊。”

“她肚子里的孩子，真的不是你的？”

“难道你觉得我连自己的孩子都不肯承认？”

“不是就好，你就是来跟我说你要走吗？”

陈锦年噎住：“就是觉得，该跟你道个别。”

此时电梯到了一层，随着电梯门敞开，凉风灌了进来，陈锦年下意识地上前一步，替单薄的叶千江挡住吹进来的冷风。

叶千江却从他和电梯间的缝隙里走出去，没有跟他说再见，也没有任何嘱咐。

陈锦年站了一会儿，跟了上去。

叶千江在原地站定，看着跟在自己身后的人：“说完了，你可以走了，不要再跟着我了。”

黑暗中，陈锦年的脸看不真切：“太晚了，我不放心你。”

“省省吧。”叶千江拦下街上的出租车坐进去，按下车窗对他说，“把你的关心留给我姐姐吧。”

陈锦年目视叶千江消失的方向：“你真的，忘记我了……”

一觉睡醒，叶千江还是觉得莫名其妙，陈锦年要走，为什么要特意来跟自己道别？

可是这点小困惑并没有干扰她太久，因为他根本是不重要的人。

对现在的叶千江来说，最重要的事情是怎么跟陈奶奶沟通，她是否会允许自己和她离散的儿子接触，那段陈年往事被揭开的痛楚，她是否有能力承受。

早饭过后，到护士来扎点滴的空当时间里，以往叶千江会跟陈奶奶研究歌谱。今天，她拉着凳子坐在陈奶奶对面：“有件事，我想听听您的意见。”

“丫头，你今天怎么这么正式？好啦好啦，你说吧。”晨曦中，陈奶奶的脸上泛着淡淡的微笑。

“还是上次我们说的，您的愿望。”

“我都说了，我没有愿望了。”

在陈奶奶重复那套有叶千江陪着就很好的说辞前，叶千江握住她的手，道：“陈奶奶，我知道这很失礼，所以接下来的话我只问一次，如果您不同意，或者感觉到被冒犯了，那么我随时停止，好吗？”

陈奶奶愣了一下，很快那抹熟悉的笑容回到她的脸上，她看着叶千江的眼睛说：“好啊，想说什么，你就尽管说。”

“我……是我缠着梁爷爷问的，我是您的关怀师，但我不像洛琛有那么多专业知识，可以帮助您缓解病痛，辅助治疗，是您和慧姐帮我保住了这份工作，我也想为你们做点什么。所以，我去问梁爷爷，您还有什么牵挂。”

“他……他都告诉你什么了？”

叶千江把前一天梁爷爷说的大致重复了一遍，陈奶奶苍老的手指在她的手背上摩挲着：“不过是几十年前的事，怎么听你说起来，好像是上辈子的事一样。”

与陈奶奶的坦然不同，叶千江紧张地咽下口水，紧张地问：“您会不会介意我多事？”

“你觉得呢？”陈奶奶反问道。

“我……”叶千江想起一贯温婉的周慧唯一一次发脾气，不自信地缩了缩肩膀。

“你知道人上了年纪最怕什么吗？”陈奶奶用平淡的语调说，“是遗忘，人老了，身边的亲人朋友越来越少，能记得自己的人就更少了，有一个人记挂着我，默默地关心着我，我高兴还来不及呢，怎么会生气呢？”

“所以陈奶奶，您同意我帮您找儿子了是吗？我不保证一定会说服他，但是我会竭尽所能……”

“我……”陈奶奶伸手挡住从窗口射进来的阳光，“我也不确定，你让我想一想，好不好？”

听到两人的谈话，在门口等候多时的梁爷爷走进来，对叶千江说：“小叶，请你给我们一点空间，我有些话想单独跟你陈奶奶说。”

叶千江来到病房外，洛琛抱着肩膀等在外面。看着洛琛标志性的黑眼圈，叶千江想起什么：“上次在你家借的衣服落在干洗店了，我下次回家一定拿给你。”

“没关系。”洛琛说，在这一瞬间叶千江为他的大度生出一丝丝的好感，然而这点好感很快被他下一句话截住，他说，“太久了，我给忘了。”

也不知梁爷爷对陈奶奶说了些什么，总之陈奶奶再次叫叶千江进去的时候，握着她的手说：“拜托了。”

只是得到当事人的许可并不意味着一切顺利，因为自从孩子离开自己，心怀愧疚的陈奶奶就再也没见过自己的儿子。虽然有几次想要去寻找他，却碍于种种原因没能如愿。经过时光的流逝，许多亲戚都已经离世，还有好多去了外地外国联络不上，还在本地且健在的亲人，也因为老城区的改造作业搬离了。

了解到这个情况，叶千江抱着肿成两个大的脑袋：“什么嘛，是过继的总该有迹可循吧，怎么连点痕迹都没有呢？”

“那个年代没有记录是很正常的事，你当作是现在办领养手续查那么细吗？”洛琛说着，顺手把副驾驶位上的挡板放下来。抱着电脑整理线索的叶千江并没有注意到光线的变化，她全神贯注地投入到对线索的分析中。

光线虽然不足以扰乱叶千江的思路，但是一个急刹车，她歪着脑袋一头撞在了车前面的台面上。

当叶千江捂着脑袋对不遵守交通规则的车辆怒目而视的时候，洛琛正慢慢启动车子，从路口缓缓驶过。

叶千江越过他的手，狠狠地按着方向盘上的喇叭键。

“好了。”洛琛拿开她的手，“这样很没礼貌的。”

“怎么是我没礼貌，明明是对方不遵守交通规则。”叶千江气愤地指出来，“还有，你怎么就不生气呢？”

“我很生气啊。”洛琛说着，脸上却没有丝毫生气的痕迹，他从收纳盒里取出降温贴递给她。

见叶千江还是咬牙切齿的表情，他无奈地摇摇头：“别气了，狗咬了你一口，你还能咬回去吗？”

“真是好修养。”

洛琛假装听不懂叶千江话里的讽刺：“不过是两三分钟的事儿，早一点晚一点有什么区别呢？就好像我们的人生，既然最后的终点都在那里，那么怎么到达有什么区别呢？无非是我多绕点路而已，但是谁多绕点路又有什么区别呢？”

“嗯，有道理。”叶千江对洛琛竖起大拇指，“谁绕路不是绕，以后还是你绕路。”

讲着讲着，她的眼前忽然一亮，翻开笔记本电脑飞快地打字。

“怎么了？”洛琛好奇讽刺自己的叶千江怎么会停下来，瞄了一眼屏幕上的内容，“你在看什么？”

“谁绕路不是绕路呢。”叶千江满意地笑着，将屏幕转向洛琛，兴奋地展示她的成果。

“是什么？我开车呢，用说的。”

“用说的就是谁绕路不是绕路呢。”叶千江第三次重复着洛琛的话，见他还在专心致志地开车，自动解释起其中的讥讽，“正是你刚刚那句话启发了我，我们从陈奶奶的角度去寻找一个几十年没见过的儿子，完全不知道从哪里入手。可是，如果对方也在寻找陈奶奶呢？我试着输入陈奶奶的信息，然后交叉比对陈奶奶对儿子的记忆，就得到下面的结果啦。”

“好的，现在开始。”叶千江直接报给洛琛一个地址。

“一共有几个？”洛琛问道。

“三个。”

“那你是怎么确定排查顺序的？”

面对洛琛的问题，叶千江坦然地回答："根据距离，由近及远，降低排查难度。"

面对这样的回答，洛琛发现自己竟然无法说出反驳的话。

他们到了寻亲人家，在核对了基本情况相符合之后，向对方简单介绍了刘奶奶的身体状况，寻亲者也刚做完尿毒症手术，协商之下决定先绕过验证 DNA 的程序，率先进行视频通话。

可是当叶千江激动地把手机交给身边六十多岁依旧没有放弃寻找母亲的老人时，电话那头的陈奶奶一眼就看出来，这个人并不是自己的儿子。

叶千江从这家出来的时候，像是被霜打了的蔫茄子。

"怎么会这样，世上这么会有这么巧的事。"她抱着笔记本电脑，指着刚刚的这家人发来的照片，"长相跟陈奶奶类似，他妈妈的名字跟陈奶奶一样，连籍贯都一样，怎么会是不同的人家呢！"

没找到就继续找，洛琛对这件事看得开，但还是附和着说："是啊，真是没想到。"

"毕竟五十多年没见，你说陈奶奶有没有可能认错了？"

洛琛假装没看见叶千江期待的眼神："你觉得呢？"

"那是不可能的。"叶千江泄气地说，"一个母亲是不可能认错孩子的。"

"知道就好。"洛琛忍不住开解她，"这家不是就再找啊，不是还有两家吗？"

"哦。"

为了开导无法直面失落、陷入情绪中的叶千江，吃午饭的时候，洛琛主动讲起了他最初做关怀师时的糗事。

"什么，你居然带着病人'越狱'？"

洛琛不好意思地挠挠鼻子："我也有年少轻狂的时候嘛。"

"讲讲嘛。"

看着叶千江殷切的眼神，洛琛的心飞回过去，来到那一段不甚明朗的岁月。

不知何时，虽然他口口声声说要辞退她，但是在心里他已经把她当成搭档了。

“那年我刚刚大学毕业，一边靠着给出版社做翻译维持生活，一边注册了公司，老板和员工都只有我自己。后来租办公室遇到了慧姐，那时候她正为了照顾生病的丈夫焦头烂额，我因为交不出房租准备去解约的时候，慧姐说了她的状况，她就用那间办公室入股了公司，也成了第一位员工。不过为了那个阿尔茨海默病的患者，我挨了慧姐不少骂呢。”

“那一定是因为你该骂。”叶千江吸着灌汤包汁水的同时不忘揶揄他。

“你还有脸说我。”洛琛的思绪回到十年前，“我二十出头刚出校园，那孩子只比我小几岁而已，是大学军训的时候发病的，这原本是一个渐进性的疾病，可是因为他有先天性的肾功能发育不全，确诊后他的症状发展得很快。你知道最难过的是什么吗？”

叶千江摇摇头，那些伤痛没有亲身经历，永远不能体会。

“不是医生拿着诊断说着各种医学词汇的时候，也不是治疗中那些必须忍受的痛苦，而是同病房里全部都是七十多岁以上的老人，甚至他走在那层病房走廊里总会被认为是来探病的家人。”洛琛把自己跟前的笼屉推到胃口大好的叶千江跟前，“那时候我陪他复健，陪他接受治疗，更多的时候我们两个同龄人像朋友一样，一起玩游戏，一起聊喜欢的女生，一起看球赛，一起看美剧，那时候他最喜欢的是《越狱》。”

“因为对他来说，医院和病痛就是困住他的‘牢房’。”虽然没有亲眼所见，身体也感觉不到疼痛，但是叶千江仍然保有高度的共情能力。

“他的状况恶化得很快，无论他怎样配合治疗，那些不可逆的症状还是发生了。他能记得的事情越来越少，行动迟缓，脾气也越来越差。但是在家人面前，他会刻意地掩盖这些症状，可是有些事太明显了。我们都知道，那一天早晚要来，除却必要的陪伴，他不许家人待在医院太久。他说那是因为他知道自己会离开很久，这样的陪伴到最后会更加难割舍，他不要家人承担更多的情绪，所以大部分时间都是我陪着他。”

“你就陪着他‘越狱’？”叶千江小心地吸着属于同伴的包子。

“这么说吧，白天他是医院里最配合治疗的模范病患，可是每到半夜里，我们两个就会避开值班护士悄悄溜出医院，一定要在医院外面看太阳升起来之后，才会回到医院里。”

“你们半夜都去干吗，蹦迪吗？”

叶千江随口一问，洛琛镜片后面的眼睛却闪了一下，想了好一会儿，承认道：“有的。”

“天哪！”叶千江给包子里灌进陈醋，用筷子戳着对面的人，“你也太不靠谱了。”

“彼此彼此。”洛琛提醒她别忘记自己的所作所为，“蹦迪只去过两次，因为太吵了。”

“那你们还干吗了，大半夜的。”

“有好多事儿呢，去爬山，打篮球，去游戏厅打枪，或者去KTV，去桑拿房。”

“好丰富的夜生活啊！”叶千江感叹道。

“还好啦。”洛琛假装听不出她话中的刺，“其实不一定要做什么，更多时候我们两个就沿着马路一直走一直走，经常有流浪猫、流浪狗跟着我们，不过每天早上我们都会在医院后面临时搭的早餐店吃馄饨，一定要三碗，每人一碗半的量才能吃饱。”

“你这么做没被家长投诉吗？”叶千江揶揄地说。

“当然有，那天晚上同病房的病人发病，医生和护士处理完之后，发现他的床是空的，就打电话问他父母是不是家里接走的，那一夜可真是兵荒马乱啊……”想起往事，洛琛笑着捏自己发疼的额角，“那天晚上我们俩走得最远，搭客车去临市看雾凇的计划就这么泡汤了，一时间找不到客车，最后是打车回来的，光车费就花了两千多。”

“这不是心疼钱的时候吧。”叶千江提醒他说重点，“后来怎么样了？”

“他家里都炸开锅了，要终止合作。”

“没告你拐卖人口就不错了。”叶千江幸灾乐祸地说。

“那是我事业遭受的最大危机了，”洛琛颇为忧伤地说，“最后还是我的患者拉着，他们才没把我送去公安局的，好说歹说不追究我的责任了，但他们要求换关怀师。”

“这家人挺通情达理的，换掉你是最基本的。”

“可当时根本没人可换啊，慧姐在照顾她老公，剩下一个勉强算得上员工的就是给公寓打扫卫生的大爷，偶尔会在公司办公室里歇歇脚。最后还是慧姐拉着我去给人家赔礼道歉，写承诺书。那段时间我不在，患者也舍不得，他家人也慢慢理解了我们俩的做法。”

“真是的，面试我的时候那股严谨劲儿去哪儿了？”

“我也年轻过。”洛琛强调着。

叶千江放下手里咬了一半的包子：“那你能不能让我当我男友的关怀师，我一定会竭尽全力……”

“不能。”洛琛果断地拒绝。

“可是……”

“慧姐的案子没完，你依旧是我司的关怀师，可是等陈奶奶的案子办完后，我不会再给你指派另外的患者，如果你愿意留在公司，你可以转入行政岗位……”

“好了，吃完了，我们走吧。”叶千江拿起包就走，结束这场话不投机的交流。

再次抱着笔记本电脑从寻亲者家里走出来的时候，洛琛脸上依旧没有什么表情，叶千江却掩盖不住心里的失望。

“有没有搞错啊？又不是。”

洛琛深知这种情况下坚决不能质疑她的做法，坚定地为她打气：“别灰心，慢慢找，不是还有吗？”

"只剩下这一家了，电话打过去都是空号。"

见叶千江急得快要哭出来，洛琛安慰道："保不齐就是这家呢，电话没了，不是还有地址吗，我们直接去嘛。"

直到坐上高铁，叶千江还忧心忡忡。

洛琛选择安静，不去打扰她的情绪。沉默的旅行把窗外的风景拉得很长，她还没来得及去欣赏，动车已经把两人拉到目的地。

从高铁站出来的时候，微风浮动，已经把这个城市的温润气息吹到两人身上。

"这里有什么景点？"叶千江信口一问。

"有喀斯特地貌的石林，是《爸爸去哪儿》的取景点；大观楼，上面有一百八十个字'古今第一长联'；官渡古镇，有唐、宋、元、明、清时期的五山、六寺、七阁、八庙。"

"哦。"叶千江拉了拉背包的带子，"为什么我所知道的昆明跟你说的不一样呢？"

在洛琛一副愿闻其详的模样下，叶千江清了嗓子后拉开话匣子："过桥米线、豆花米线、汽锅鸡、饵块、豆面汤圆、官渡粑粑、泡鸡脚、泡梨、泡梅子、包浆豆腐、甜白酒、傣味菠萝抓抓粉……"

洛琛把从鼻梁上滑下来的眼镜推上去："是我考虑不周了。"

"没关系。"叶千江大方地原谅他了，"对出门和景点的理解，男生女生原本就不同。"

洛琛看着为周慧解决了问题后信心倍增，即使连续坐了几个小时的动车，精神状态也依旧饱满的叶千江，嘴角的弧度不自觉地柔和下来："有没有想吃的东西，我们可以……"

"当然有。"走在前面的叶千江从背包侧面取出一沓 A4 纸，"来之前我已经算好路线了，在不影响行程的状况下，到达目的地之前，我们可以路过这些小吃摊。"

其实洛琛想说影响下行程也没有关系，但是话未出口即被心中所想吓到。一贯以工作为重的他，怎么会有如此荒谬的想法？对象竟然还是这个以蛮横之姿"赖"在他公司不走的女人。

一时间无法接受内心情绪的他快步越过叶千江，一把取过她拿在手里研究的美食地图，丢进最近的垃圾箱里，刻意用冷淡的语气说："我们是来工作的，离开了委托人也不要忘记自己的身份，在这个时间里请完成好你的本职工作，如果你想吃美食、赏景色，随时欢迎你辞职。"

出乎意料的是，平日里伶牙俐齿、寸步不让的叶千江对他承认了自己的错误后，一言不发地跟在他身后。

路过街道拐角的时候，洛琛忍不住用眼角的余光偷看叶千江，这让他的步伐逐渐慢下来。

他刚想说他知道昆明有一家吃野生菌的店很有名，没来得及说出来的话被超过他的叶千江打断。看着站在离自己两米远外催促的叶千江，他只好放弃原定计划，追上去。

虽然昆明是个旅游城市，一年四季全国各地的游客都从四面八方赶来这里，交通上却也是颇为便捷。

没经过太多交通上的阻碍，两个人顺利抵达了目的地。核对了地址和门牌号，敲开门后两个人的心一直往下沉。

因为门内的一家人说着正宗的广东话，两拨人谁也没给谁解释明白，最后是路过的好心邻居帮忙解释，叶千江和洛琛才弄明白，这家人是新搬来的租户。

"那你们有之前的房主的联系方式吗？"

叶千江的问题让住户和邻居顿时心生警觉，看他们俩的眼神都变了。

"我们没有恶意，真的，我们是受人委托来找失散的亲人的。"叶千江准确说出寻亲网上原房主的名字，"是真的，他很可能是我们要找的人。"

"笑死个人喽，我从小看着他长大的，他怎么会不是这家的孩子呢。"

"是真的。"叶千江恨自己没把笔记本电脑拿出来，"我们是根据他发布的寻亲信息找到这里来的，不过他的电话一直不通，我们只能来找他。”

“第一，我们是邻居，我看着他从那么一点点长起来的，他不是你要找的人；第二，就算他是你们找的人，你们也找不到啦。”邻居说，“因为他去世啦，半年前的事喽，你们当然打不通他的电话，打得通才吓人喽。”

“什么，怎么会这样？”叶千江懊悔不已。

“那他还有什么亲人吗？”

对洛琛的问题，老人家更是谨慎：“这个我不能说的，谁知道你们是从哪儿找来的。”

叶千江解释的话被邻居用手势止住：“这样，我也不是不相信你们，如果你们真的是为老人找亲人，那么就走正规途径嘛，有公安局和相关部门的证明，我们一定会配合的嘛，但是你们两个光用嘴说可不行，现在骗子太多了。”

门里的一家显然对邻居这番话很是赞同，“砰”的一声关上门，好心的邻居也像完成使命一般心情愉悦地离开了。

“这可怎么办啊！”面对这紧闭的房门，叶千江抱着头，“人跟人之间这点信任都没有吗？”

“这不挺好的吗？全民的防范意识都很强。”

洛琛的话几乎让叶千江火冒三丈：“你有没有搞错，你到底知不知道我们现在的状况？”

“想不理解挺难的。”洛琛发现自己经常不自觉地想要逗身边的人。

对于叶千江执着地敲门，门里面的一家也做了亲切而友好的回应。

“他们说你再敲门就要报警了。”洛琛提醒道。

“这句你倒是听清了。”叶千江抱怨道，“刚刚你干吗了？”

洛琛也是一脸无辜：“刚刚那句他是用普通话说的。”

“真是的。”叶千江生起气来，“我长得像坏人吗？”

求生欲很强的洛琛猛地摇头：“可能因为我长得像坏人吧。”

“应该是这家吧。”自言自语的叶千江根本不需要征求旁人的意见，自顾自地说着，“我觉得应该是这家，可是这种情况怎么办，万一他没有孩子怎么办，万一……”

“先找到这家人再说吧。”洛琛说。

“喂，你去哪儿？”

在租户那儿吃了瘪的两个人在小区物业经理那里得到的是同样的说辞，被客气请出来的两个人望着昆明湛蓝的天空，忽然觉得这里的空气不是那么友好了。

“怎么办，如果像他们说的走正规途径要多久？”

“首先要陈奶奶本人向相关部门提供表格申请，然后提供相关的信息以及提取 DNA 存档……”

“哎呀，好了好了。”叶千江捂住耳朵，“一套流程走下来，陈奶奶没事，我怕我会先死掉。”

这时，叶千江的手机铃声响起来，叶千江看着屏幕上闪烁着的陈奶奶的头像，直接把手机丢给洛琛。

接起电话的洛琛也没敢细说刚刚的状况，只是推说堵车，两个人还在路上。

他们都知道，不管是与不是，这个人都是陈奶奶的希望。而他的死亡，也会对陈奶奶的精神造成不可限量的打击。所以当务之急是要找到他的家人，无论什么结果，也是对老人家的交代。

可是，怎么做才能在全民戒备的状况下找到那家人的联系方式呢？

故意离通话中的洛琛远点的叶千江一脚踩到小区地砖上松脱的砖块，眼神变得深邃起来。

眼见着叶千江拎着铺地用的大砖头气势汹汹地往楼内走，洛琛赶紧安抚了陈奶奶，挂了电话跟着冲了进去。

他伸手想要去抓叶千江，可是气势汹汹的叶千江早有防备，根本不顾他的阻拦，单手把沉重的砖块丢出去，正好砸在刚刚将两人拒之门外的大门上。

在洛琛愣神的时候，那家人已经打开门对两人破口大骂。

虽然对方情绪激动，但是叶千江明显不为所动，可能是有心理准备的缘故，也可能是因为根本就听不懂。

叶千江面无表情地走上去，从被她砸变形的门上撕下贴的福字上的一角，写了自己的电话号码递过去："让你们房东找我谈。"

然后她抓着目瞪口呆的洛琛"咚咚咚"地走下楼去，根本没给对方反驳的机会。

回到上楼前站的地方，眼看着叶千江把砸掉一角的地砖重新填回新鲜的凹槽里，洛琛难以置信地摇着头："这不是真的，告诉我这不是真的。"

叶千江抬起那张小巧的脸："什么？"

洛琛捂着胸口，发出由衷的感叹："女人，真是可怕。"

"你说什么呢？"叶千江两腿发软，直接蹲在那块立下汗马功劳的砖块上，"我都快吓死了。"

洛琛说："恕我直言，这个真没看出来。"

"别气我。"叶千江抱着头，回想着刚刚经历的种种，"天哪，我做了什么？"

"现在认尿可不是个好时机。"洛琛戳穿她，然后两个人不可抑制地笑起来。

"你不会聘用我了吧。"笑中带泪的叶千江再次确认着。

"那你也不用这样自暴自弃吧。"洛琛向她伸出手。

"干吗？"

"去吃点东西补补。"

叶千江在砖块上稍稍挪了下，尚未来得及离开，手机便响起来。

在确认对方是业主后，叶千江干净利落地承认了大门是自己砸坏的事情。电话那头的人虽然惊讶，但也没有过多地表露出来，显然不想为这件事多费口舌，直截了当地谈赔偿事宜。

叶千江则趁机跟对方核对家庭成员的信息，业主也本着快速解决问题的心态简单回应了。

"你知道你的父亲在寻找亲人的事吗？"

“你说什么呢？”电话那头的人一头雾水。

“这么讲吧，你父亲很有可能是过继的……”

“把你的地址给我，修门的账单我会寄给你，就这样。”

“等一下，等一下！”叶千江抓紧手机，“我没有说谎，我们是受一位病重的老人之托帮她找儿子的，而你的父亲曾经在寻亲网站上发布信息。不是也没关系，不是也没关系的，我们见一面吧，我当面给你结清尾款。”

电话那头是长久的沉默，直到叶千江保证时间地点都由他定，绝对不会耽误他的时间，对方的口气才稍有松动。

因为约定的时间是晚上下班后，所以下午的时间比较宽松。从小区里出来，不远处是供附近居民锻炼的公园，叶千江抱着电脑查询癌症病人晚期的护理知识，有不明白的地方会跟洛琛讨论几句，但是大多数时间还是当他不存在。

在确定好去约定地点的路线后，见叶千江抱着电脑闷闷不乐的样子，又联想到自己之前的作为，洛琛心生愧疚。

“好了，别看了，你跟别的关怀师差得也不是一点半点的。”洛琛替她合上电脑并装进背包里，“走吧。”

“去哪儿？”

“到了就知道了。”

洛琛带着她搭乘地铁，来到位于官渡区商启的美食一条街时，叶千江表面冷淡地问他：“你干吗？”

可是眼底流动的色彩已经出卖她心中的雀跃。

“吃东西呀。”洛琛理所当然地说。

叶千江当然不是那么好打发的，学着洛琛的样子板起脸来：“我们是来工作的，怎么能净想着吃吃喝喝呢？”

洛琛显然被自己之前的表现困住，想要说两句软话，一时间又放不下身段。好在叶千江并没有准备过多难为他，也可能是身后飘来的香味儿太诱惑，她转身投入美食的怀抱。

只不过没走多远，洛琛就撑得吃不下了。原因是叶千江虽然被美食吸引，但是为了品尝到更多的东西，每样食物她都只吃一点点，剩下的都丢给洛琛。

而本着不能浪费粮食的宗旨，在美食街还没走到三分之一的时候，洛琛就已经后悔自己的决定了。

毕竟让员工查资料，提升业务能力是多么合理又健康的事情啊。

他刚把手里的抓抓粉吃掉，又被叶千江塞了一份洋芋粑粑，而她自己正向着豌豆粉和罐罐脑花进军。

洛琛跟在后面哭丧着脸：“我是真的吃不下了。”然而走在前面的叶千江仍然兴味盎然。

好不容易等到了约定时间，洛琛第一时间拉着叶千江逃离恐怖的小吃街，可怕的叶千江意犹未尽地吧唧着嘴说 ：“真好吃，晚上还来吧。”

让洛琛意外的是，相比早到半个小时的他们俩，对方到得更早些。

男人见两人到来，招来服务生端上来他早已点好的菜品。

坦率地说，此刻洛琛最不想看到的就是食物，和他不同的是两眼放光的叶千江。

不过尽管此刻美食当前，叶千江还是克制着自己的好奇心，主动介绍自己和洛琛。

对方显然没有交谈的欲望，只是说了自己的名字：“马一博。”

“你知道你父亲在网上寻亲的事吗？”

马一博没有回答，而是转移话题：“我们还是来谈谈赔偿事宜吧。”

“不知道吗？不会的，你不会好奇吗？”

马一博端起茶水挡在自己面前：“抱歉，我不是来讨论这个问题的。”

“可我是。”叶千江蛮横地主导着话题，她向前探身，“我坐了好几个小时的高铁才找到你家，为了得到你的联系方式冒着被拘留的风险砸了你的门。而在这之前，我找错了好几家。你家要再不是的话，我就只能切腹谢罪了。”

大概没想到一脸严肃的叶千江最后说出“切腹谢罪”四个字，马一博一时没忍住笑了出来。

这一下明显也缓解了叶千江的紧张，她长舒一口气：“吓死我了，我还以为你不会笑呢。”

叶千江扭头看向一脸菜色的洛琛，指了指沸腾的菌锅：“不尝尝吗？”

捂着胃的洛琛虚弱地摇头：“我怕你切腹的肠子没收好掉进去。”

这次马一博没想掩饰，哈哈大笑起来：“你们两个在一起多久了？”

这一次轮到叶千江一脸菜色了。

不过让叶千江觉得美味的菜肴难以下咽的原因并不只是被人误认了她和洛琛的关系，还有马一博坚持说他的父亲没有参与寻亲活动，即便叶千江翻出电脑向他展示了网站的页面，他仍旧坚持着自己的说法。

“我知道因为你父亲去世了，这件事情我们没办法向他本人验证，可是这么多年你真的一次都没有听他提起过吗？比如他喝醉的时候，或者和老朋友聊天的时候？”

“没有。”马一博斩钉截铁地说。

“即便这样，就算是我们有可能认错了，你可不可以配合我们做些检查？我不会影响你的生活的，只需要你的一根头发，剩下所有的事情都交给我们。”叶千江说，“陈奶奶病得很严重，恐怕她真的没剩下多少时间了。”

“陈奶奶？”马一博低垂着的眼睛里闪了一下。

“对，就是她委托我们寻找五十多年前失散的儿子。”

“你有她的照片吗？”

“啊。”叶千江愣了一下，“有的，我有我们一起唱歌的视频。”说着，她把自己的手机推过去。

马一博接过手机，看着屏幕上和叶千江并排站立的老太太，听完一首歌，他礼貌地将手机还回来。

叶千江等待着他说点什么，却什么也没有。

直到这餐饭结束，他没再提起自己的父亲，也没再提起那扇被叶千江砸烂的门。

晚餐过后，他起身离开。不死心的叶千江追了上去，可是他依旧否认着叶、洛二人所提供信息的真实性。

看着他离去的背影，叶千江气得直跺脚。

“干吗这样？”洛琛抚摸着胀痛的胃，尽可能地远离她。

“他一定知道父亲的事情，不然他要看陈奶奶的照片干什么？”叶千江气愤地说，“而且我们拿出证据的时候他那么冷静，根本就没有一丝丝意外的感觉。”

洛琛试图抓住不看车直接往街上冲，险些酿成事故的叶千江：“你这是要干吗？”

“跟着他。”叶千江眼里燃烧着熊熊烈火，“他一定是跟知情人了解情况去了。”

洛琛知道自己拦不住叶千江，所以直接放弃阻拦，跟在她身侧，护卫着她的安全。谁料，吃饱喝足的叶千江浑身带劲儿，推开他，拦了辆出租车晃了晃手里的皮夹：“追上前面的车。”

惯常在影视剧里看见的东西，此刻落到了自己身上，司机从业多年，见义勇为的热情在那一刻完全被激发出来了，招呼两个人快上车。

相较于叶千江和司机的一脸兴奋，洛琛就冷静许多，看着对司机的问题对答如流的叶千江和她手里充当证件的饭卡，对她的认识更深刻了一些。

两个人跟着马一博的车来到嘉园小区，可是真的站在门口的时候，连冲劲十足的叶千江也踌躇起来：“你说，我们现在进去会不会被当作变态跟踪狂？”

“这个还用得到‘当作’吗？”洛琛说，“我们不就是嘛。”

“好像真的是哦。”叶千江犹豫着要不要敲门的时候，房间里传来脚步声。情急之下，她拉着洛琛跑到楼上一层，探头探脑地往下看。

当脚步声从楼梯里消失之后，叶千江直起腰对身后的同伴说：“是马一博走了，送他的是个老太太。”

“你的意思是说，这里是他奶奶家？”

“很有可能，我觉得他不会对他父亲的事一点也不知道的，也许他从我们这儿听说了，来找老人核实情况？”

洛琛发现此刻叶千江的眼睛被楼道的灯照得雪亮，不由得后退半步：“你想干吗？”

叶千江直接下楼敲门的举动真的把洛琛吓了一跳，他想要去拦下她，可惜已经来不及了。

面对满头白发的老人，叶千江也收起平日里的张扬，用马一博朋友的身份混进了老人家里。

“您是马一博的奶奶？”

“是啊，你们跟小博一样叫我奶奶就好。”虽然对两人的身份多有疑问，但是老人仍旧保持着待客的风度，为两人端茶倒水，递上水果后，坐在两人侧面的沙发上，一脸的慈祥。

“你们两位是小博上学时候的朋友吗？”

“不是。”叶千江说，“我们认识的时间并不长。”然后在心里补上一句，认识刚满一个小时而已。

“我们家小博是不是在外面遇到什么麻烦了？”

“没有没有。”叶千江和洛琛连连摆手，“您想多了。”

“那就好。”老人家看着杯子里起伏的茶叶，“你们吃过饭了吗？”

“吃了吃了。”叶千江当然没好意思说是跟您孙子一起吃的，不安的目光无法直视老人，她指着墙上黑白色的老照片，“这是全家福吗？”

“是吧，有些年头了。”

洛琛发现，当叶千江把注意力转向老照片的时候，老人家的神色逐渐暗淡下来。

那是一种含蓄而隐忍的伤，经历了岁月的打磨，表面上光滑如玉，内里五脏俱焚。

洛琛拉着正研究老照片的叶千江告辞。

不明所以的叶千江满心想着为陈奶奶找亲人的事儿，自然不肯放过这次机会。让她意外的是，平常温润的洛琛此刻也是寸步不让。

正当两人在门口争执不下的时候，坐在原地没动的老人抬起眼来，依旧是慈眉善目的样子，没人注意到一滴泪悄悄地滴落在她面前的茶水里。

泪水入杯，只引起那一点点悄无声息的涟漪。

“回来吧。”老人家说，“茶凉了，就不好喝了。”

两个人重新回到藤椅上，老人摩挲着手腕上温润的串珠，她的声音低沉柔顺，仿佛从岁月中来。

“我猜想，你们是为孩子的事来的。其实，我也是有过孩子的。六十三年前，我生下了我的二儿子，但因为大出血孩子没保住。当时的医疗条件不好，为了救命，我的子宫也切掉了。那段时间，我每天沉浸在失去小儿子的痛苦中，我忽略了对大儿子的照看，那年他才八岁，他自己跟学校老师请假，在他爸爸上班的时候留在家里照顾我。”老人用干枯的手抹掉沁入皱纹里的泪水，“我是个不称职的妈妈啊，每天抱着给小儿子准备的衣服，像魔怔了一样，看不到大儿子的苦，他就每天陪着我，给我喂饭，给我梳头，拉着我晒太阳。”

老人望着回归平静的茶水，声音微微颤抖起来：“有时候我常常想，如果当初我能坚强一点，如果当初他不那么懂事，我就不会同时失去两个儿子。”

她接过叶千江递来的纸巾，轻轻地攥在手里，任凭泪水落下：“他只有八岁，却记得妈妈喜欢吃调糕藕粉，而且最喜欢吃三轮车上绑着彩带那家的。走之前他抱着我的脸说，吃了调糕藕粉妈妈就会笑了，他会让师傅放好多好多的糖稀。他被车撞到的时候，藕粉一点都没撒出来。”

长久的沉默中，叶千江嗅着空气中甜腻的味道，茶几上正是新鲜的调糕藕粉。

“就这样，我失去了两个孩子，也永远失去了做母亲的机会。之后的事我记不太清了，我想我大概是疯了吧。不，其实我没疯，我什么都知道，什么都记得，所以我选择惩罚自己，我不配做母亲。可是，当我沉浸在失去孩子的悲伤里时，我忘了，我还是女儿，还是妻子。幸运的是，我的家人并没有因为我的疏忽和我的不称职而责怪我，而是想方设法地开解我。那年冬天，他带回来一个又瘦又小、头发干枯、身上黄黄的孩子。那就是马一博的父亲，那时候他得了很重的黄疸，听说那家人没钱治病，把孩子送了出来。”

说到这里，老人起身，从老相框的夹层里抽出一张边角已经磨掉的老照片放在两人眼前：“这是那孩子刚来的时候照的，那时候他的病已经有所好转了，可还是又瘦又小，像小猴子一样，怯生生的。我每天带着他去医院治病，精神一点一点好起来了。也是那时候，我们决定等孩子的病再好一点就把他送回去。可是他的体质太弱了，病情也是反反复复，直到有一天医生给他扎针的时候，他扑到我的怀里，喊我妈妈。那种撕心裂肺的哭声，让我第一次起了私心。”她用略微泛白的眼睛直视叶千江和洛琛，“是的，我想把他留下，我想做母亲，我想有人叫我妈妈。”

“于是，为了将送回孩子的计划一拖再拖，人总能找到理由。孩子太瘦了，养胖点再送回去；快过节了，节后再送吧；冬天了，北方的雪太大了，等春天再送吧……就这样，就这样自欺欺人地过着日子。”老人用指尖摩挲着照片的边沿，曾经无数个日夜，她对着照片诉说不为人知的心绪，“我们去过他家，去看看那家人过得怎么样，如果好的话，我们就把孩子留下来。可是，那家人过得很辛苦，一个跛脚的女人带着两个孩子，听说男人去当兵了，杳无音信。其实，从她把孩子送出来的时候我们就猜到了，走那一遭的初衷也不过是为了给自己留下孩子找借口而已。可那就够了，我们抱着孩子回来，从那儿以后，我就认定那是我的儿子，是这个家的儿子。”

叶千江和洛琛两人沉默着，他们没有告诉老人，那个当兵的男人回来了，回来后发现自己唯一的孩子被送走后，就再也没回来过。

那段尘封在岁月里的，那个年代的伤痛，不应该由他们两个戳破。

这两位母亲的伤和爱同样深沉、同样锋利。

“我们给孩子取名马佑，希望上天能够保佑他一生一世，无病无灾。佑儿又争气又听话，比他的两个哥哥更懂事，念书认真，成绩也好，毕业以后留在学校当老师。对于他的来历，我们一直避而不谈，他小的时候我们是怕他觉得我们不是亲生父母，有生疏感。等他长大成人，有了自己的家，我们更不敢说了，因为我怕他去找他的亲生父母，我怕他和我们不亲了。”

她放下照片，颓然地坐在椅子上：“可是纸终究包不住火的，我不知道是他小时候的记忆还是旁人的闲话，那一年，我们发现他偷偷地联系电视台找亲生父母。那时候，我丈夫已经确诊是癌症了，只是瞒着没告诉孩子。知道这件事之后，我丈夫急火攻心住进了医院。这跟孩子没关系的，可是佑儿一直埋怨着自己，他认为是他找家人的行为害得我丈夫住院的。没多久，我丈夫就离开了，我对佑儿说，你可以去找家人了。可是他对我发誓，说这辈子只认我一个妈妈，他怕我孤苦伶仃。虽然他想家人，也想见亲生母亲，但是他宁愿忍着，只是为了让我安心，让我有个依靠。从那儿以后，直到孙子出生，直到他因为脑溢血离开，都没有再去寻找过自己的家人。”

叶千江从藤椅上站起来，走到窗边，看着外面没有尽头的黑夜，发出长长的叹息。

这个故事太长，太过沉重。原本她想要为丢了自己孩子的陈奶奶“伸张正义”，可是当她听到这段故事的时候才发现，其实，每个人的人生都不容易。我们要为自己的人生负责，更要为自己的选择负责。在那个遥远的年代，在那个年代里发生的事情，是不能完全用今天的道德标准评价的。

“我很抱歉。”叶千江背对着老人说，她实在没有勇气面对，“如果不是我们，马一博也不会来找您，也不会勾起这么多伤心事。”

老人摆摆手：“马一博什么也没说，他是来给我送调糕藕粉的。”

叶千江转过来，和洛琛对视一眼，终于明白对方刚刚拉她走的真正目的了：“我太鲁莽了。”

“不，我想这件事马一博也是知道的，只是这孩子跟他的父亲一样，选择体谅我这个孤老太太。”老人家把桌上的照片拿起来，仔细地收在手心里，“这孩子跟他爸爸一样，善良又温暖，可凡事总为别人着想会很辛苦的。还有，那位老姐姐，怎么样了？”

叶千江说:“她病了，这一生她都在为舍弃自己的孩子备受煎熬。”

“我明白。”说着，老人颤颤巍巍地站起来，嘱咐两人稍等一会儿，便进了卧室，再出来的时候怀里抱着个黄花梨木的盒子。

盒子里装着古旧的婚书，两个孩子的出生证明，还有一张用泛黄的油纸写着生辰八字的字条。

老人家把字条和一个信封抽出来，交到叶千江手上。

“其实佑儿发誓不再找亲生母亲后，我和我的丈夫是有愧的，怎么能因为你付出了爱，因为你害怕孤独，就阻止亲人间的缘分？所以，临死前，我丈夫写下了这封道歉信，希望佑儿能原谅我们俩的自私，并且将他来到这里的前前后后仔细写了下来，以帮助他寻找亲人。可是这封信，佑儿从来没有拆开过。现在我把它交给你们，还有佑儿来时带着的字条，希望你们能够帮我的丈夫完成心愿。”

从老人家里出来的时候，已经是月挂中天。

叶千江抱着单薄的信封走在夜色中，忽然觉得心情很沉重。

她忽地停下来，转身和跟在身后的洛琛撞了个满怀。

洛琛好心地帮她揉额头，却被后者躲开了，只好改揉自己生疼的胸口：“又怎么了？”

“我是不是很讨厌？”叶千江一脸认真地问。

“你才知道啊？”洛琛半真半假地回答。

“有时候，我真觉得自己很讨厌。就像这次，我明明很想帮忙，可总是事与愿违。”

“你也是一片好心，没人怨你。”洛琛试图安慰她。

“这就是问题，为什么不怨我呢？”叶千江站在原地，抬眼望着洛琛，那一刻，月光跟星光一起落在她盈盈欲泣的眼中，“为什么不怨我呢，为什么不怨我呢？”

洛琛不明白为什么心里会涌起一股揽她入怀的冲动，待他反应过来，自己已经这么做了。

好在哭泣中的叶千江并没有注意到他的尴尬，他抬手轻轻拍打她因哭泣而抽动的肩膀。

“你是为了大家好，你怕慧姐一辈子得不到家人的原谅，你怕陈奶奶带着遗憾离开，你怕梁爷爷娶不到心爱的人，这些，我们都懂的。”

“是啊，我是一片好心，我想让姐姐舒服一点不用赶路，所以借了朋友的车，我也是一片好心啊，我想……我想把最好的给姐姐，我想……我想……”

夜色阑珊，照着哭泣的人，洛琛静静地陪着她，陪着她哭，陪着她笑，陪着她在无人的街道游走。

“谢谢你。”是那一晚叶千江对他说的最后一句话，也是唯一一句对他说的话。

送叶千江回到酒店房间后，洛琛还细心地帮她取消掉了手机上的闹铃。结果第二天早上，他还沉浸在美梦中的时候，熟悉的敲门声已经响起来。

当洛琛拖着软绵绵的腿拉开门，看见走廊里精神饱满的叶千江，他有理由怀疑昨晚的一切都是一场梦。

叶千江揉了揉微肿的眼皮，神色中有少见的扭捏：“昨天，谢谢你。”

“不客气。”洛琛说，转身关门。他只想回到自己的床上，结果被看出端倪的叶千江拉住，一把推进卫生间里。

“给你五分钟时间洗漱。”

洛琛的反抗直接被叶千江无视，四十五分钟后，两人来到前一天晚上老人提供的地址。

这一次，站在马一博家门前的叶千江没有片刻迟疑，敲门的手刚举起来，门里响起杂乱的脚步声和叫喊声。

马一博推开门，慌乱中发现门口呆若木鸡的两个人，喊道：“快来帮忙！”

他的身后，一个女人抱着自己的大肚子，不停喘息着。

“这是，要生了？”率先反应过来的洛琛敲了下叶千江紧绷的后背。

叶千江也终于反应过来似的，跑过去拉起女人的手臂架在自己肩膀上，小心地避开她的肚子。

女人大口大口喘息着，一点点挪着步，苍白的脸上挂满了汗水，不忘招呼老公把忘记拿的东西带上。

洛琛接过马一博手里的大包小包帮他开路，不过叶千江怀疑，其实产妇自己也不知道该带什么，只是指示两个男人看见什么拿什么。

四个人浩浩荡荡地赶去地下车库的场面可谓壮观，一路上遇上的人无不纷纷让路。

好不容易挨到车库门，马一博把车钥匙丢给叶千江，自己陪着妻子坐进后排。洛琛利落地把手里的东西塞进后备厢里，从叶千江手里接过钥匙坐进驾驶室。见状，叶千江别无选择，只有坐上副驾驶位。

正如每一位刀客都有自己的特色一般，每一个司机也都有自己的坚持。

洛琛开车的特色就是谨遵交通规则，每过一个路口必定缓行避让，无论是直行还是拐弯，结果给旁边的叶千江急得不成样子：“大哥，车上有孕妇，你能不能快一点？”

“正因为有孕妇，才更要保证她的安全，一点风险都不能冒。”

车子再一次缓缓停下的时候，叶千江的火气“噌”地一下子冒起来：“你也不看看时候，孩子都快生出来了，你还在这儿磨叽什么？”

“谁磨叽了，我是在……”

“好了，别吵了，我来开！”马一博吼道，刚想推门下车，冷不防被一只手揪住头发，登时气场全无。

“老婆老婆老婆，我知道你疼，我知道生孩子不容易，可是你放开我啊，我去开车，早点到医院就好啦！”

"我……我……我……"后座的女人喘息着，好不容易说出后面的两个字，"我不！"

"哎哎哎，老婆……疼……"

"真是麻烦。"叶千江指示洛琛靠边停车，解下安全带，不容置喙的气势震住车上的两个男人的抱怨，把洛琛赶去副驾驶座上，坐上驾驶位的她一脚油门就蹿出去了。

一辆暗红色的科迈罗在车流中辗转腾挪，不多时就有骑着摩托的交警跟在身后。

叶千江的眼里冒了火，像没听到交警敲车窗一样，踩着油门往前冲。

交警坚持不懈地跟在车身后，终于在一个被堵得水泄不通的十字路口逮到这辆车。交警敬了个礼，敲敲车窗："您好，刚刚您闯红灯了。"

叶千江摇下车窗，冷静地说："我知道。"

"明知故犯的话……"

交警还没说完，车内响起一声凄厉的惨叫，交警紧张防备的时候马一博从后排直起身，看着老婆手里的头发，眼泪直流。

"你车里有孕妇？"交警立即用无线电与交通队取得联系。

仗着有警车开道，叶千江狂踩油门。她一边看着车窗外飞速向后的景色，一边感叹。"我上次看见警车开道还是开G20峰会的时候。"她对着后排的女人说，"谢谢你，让我也体会了一把政要的感觉。"

回应她的是马一博一声惨过一声的叫喊声。

拥挤的车流自动让出一条通道，一路上畅通无阻，在交警部门的协调下，刚到医院就有医生护士推着行动病床等在那里。

孕妇被第一时间推进产房，一路上紧张兮兮的马一博更加紧张，送别了一路护卫的交警，本以为能松一口气的叶千江差点被他烦死。

自从马一博的老婆放开他的头发，他就陷入自言自语模式，一个人站在产房外面絮絮叨叨，讲什么也听不真切，大概是祈求诸天神佛的保佑。他一个人对着墙角念了好一会儿，走到叶千江和洛琛身后：

“拜托。”

叶千江防备地转身：“干吗？”

“能不能跟我说说话，我太紧张了，我感觉无法呼吸了。”

“关于你爸爸和亲生母亲的事……”

“谢谢，不麻烦你了。”马一博走回墙角继续一个人自言自语。

叶千江和洛琛相视而笑，每每有医生护士出入产房，马一博一定要揪住人问个明白。

“真不敢相信，这是昨天饭桌上那个冷言冷语拒绝我们的男人吗？”叶千江抱起手肘顶了一下旁边的人。

“不清楚。”洛琛学着她的样子抱起手，“可能要当父亲的男人都这样吧？”

“你也这样？”

“我怎么知道，又没当过。”

“是啊，不羡慕吗？”叶千江歪着头问他。

“羡慕什么，孩子是他的又不是我的。”洛琛踮起一只脚站着，“你羡慕吗？”

叶千江翻了个白眼儿：“正常人会羡慕那个进产房前疼得死去活来的样子？”

“有点道理。”

就在马一博的自言自语和洛琛、叶千江有一搭没一搭的斗嘴中，一声婴儿的啼哭声让一切烦恼烟消云散，那个皱皱的、毛茸茸的小玩意儿让一切变得有意义。

确定母子平安后，叶千江和洛琛两人暂且退了出来，将时间交给沉浸在巨大幸福中的一家人。

“真好啊，真幸福。”从医院出来，叶千江踢着路边的石子，闷声道，“可惜陈奶奶没看到，如果她看见重孙子出生的话，一定会很开心的。”

“谁说的？”洛琛将手机屏幕递给她看，上面是他帮一家人记录的初见时刻，画面里有兴奋的爸爸，有疲惫的妈妈还有刚出生的小天使。他把视频交给马一博的时候，悄悄留下了一份。

在这之前，他们已经把从这边听来的信息与梁爷爷再三确认过，还有那张写着生辰的字条，正是陈奶奶多年前亲笔写下的。

“你发回去了？”叶千江问。

洛琛还没来得及回答，叶千江的手机响起来，是陈奶奶打来的，电话那头的老人哭得像个孩子，不停地对叶千江说谢谢。

安抚完陈奶奶，放下电话的叶千江心更沉了，因为他们还没有说服马一博。

就在她陷入纠结的时候，没走出医院多远的两人发现昨天去拜访的老人家急匆匆地往医院里赶。

原来是马一博太过紧张，孩子生出来才想起来通知老人。

就这样，叶千江和洛琛护送着一路小跑的老人家来到病房里。

刚刚还哇哇大哭的婴儿，此刻正依偎在母亲身旁，香甜地享受着人生中第一个懒觉。

老人家俯身，以极费力的姿势站在床边，伸出苍老的手指隔着空气抚摸孩子稚嫩的脸蛋儿。可能是怕轻触扰乱孩子香甜的睡眠，也可能是怕自己粗糙的皮肤刮疼孩子，总之那种小心翼翼的样子让人很难相信她不是孩子的亲生奶奶。

叶千江想起老人家失去两个儿子的经历，或许现在不是应该打扰他们的时间，她悄悄拉起洛琛的袖子准备离开，将宝贵的时间还给这一家人。

“等一下。”老人叫住门口的两个人，费力地直起腰，嘱咐完孙媳后，招招手轻声对孙子说，“你出来下。”

妇产科这一层的走廊里，有焦急的家属也有欣喜若狂的家人，来来回回地走着，好不热闹。

老人家就在旁人的欢喜与焦虑中，讲起自己的故事。

最开始马一博是抗拒的，而后是接受与理解。

他也终于说出了一直在叶千江和洛琛面前否认身份的原因，那就是眼前的老人。这个从出生就陪伴着自己，见证自己人生每一个重要阶段的老人。

他怕这个只剩下他一个亲人的奶奶会因为寻亲的举动失落，他更怕会因此伤害老人家的心。然而在面对自己孩子的那一瞬间，他也终于明白，父母对孩子的爱并不会因为别人有所增减。

他的孩子，注定比他得到更多的关爱。

叶千江和洛琛回来的时候，一个新生命在视频的那一边期待着从未谋面的亲人。

梁爷爷也按照原定计划向陈奶奶求婚，他们的婚礼是在医院里举办的。

穿上礼服的陈奶奶紧张地问叶千江哪里不好，这一生她曾嫁给两个男人，一个是父母之命媒妁之言，另一个是为了生活。

这一次，她是为了自己，从心而嫁。

叶千江和洛琛远远地看着这一对经历世事艰难的新人，梁爷爷紧张等待新娘的样子，他小心翼翼握住陈奶奶手的样子，让人相信，这才是爱情原本的样子。

真爱不会被时间或金钱磨灭，病魔和死神都无能为力，这一刻，陈奶奶是所有女人嫉妒的对象。

或许陈奶奶不是最美的新娘，但是她的脸上有一种岁月淬炼出来的美，这种美含蓄温婉，只为懂她的人绽放……

Chapter 4

‖ 蚀骨之殇 ‖

陈奶奶是在婚礼过后的一个温暖下午，在爱人的怀抱中离开的，梁爷爷一个人躲起来哭了好久，好久。

哭泣后的他握着叶千江的手说谢谢，因为他终于可以以爱人的身份为陈奶奶办葬礼了。

奇怪的是，对于陈奶奶的离去，叶千江并没有太多的悲伤，或许是因为她已经尽可能地做到最好，或许是因为一个美好的小生命冲淡了离别的情绪。这是第一次，也是唯一一次让叶千江感觉到离别也可以是温情的。

就在陈奶奶葬礼结束后，叶千江收到了洛琛的晚餐邀请。

如果放在平常，叶千江是不会答应的，可是在告别陈奶奶的这天，她实在不想孤单一人。

饭桌上讲起了日本的风景，讲起了昆明的美食，洛琛风趣幽默，妙语连珠，以至于让叶千江连连感叹："你不去当骗子真是可惜了。"

"你夸人的方式一直这么特别吗？"洛琛惋惜地切开盘子里的牛排，指着远处的灯火给叶千江讲起这个城市的传说。

这万家灯火中，竟没有一盏为自己亮起，想到这里叶千江忽然觉得很饱，她放下刀叉："这个城市的传说我也是从小听到大的，你这样介绍好像我不是这里人一样。"

洛琛略显尴尬地用葡萄酒把传说故事送进肠胃里。

"铺垫得够长了，而且天色也不好，有什么话你可以直说。"叶千江直截了当地戳穿洛琛的伪装。

叶千江是极聪明的女子，可她的问题也出在太聪明。聪明不懂得收敛，自然是不屑于装傻充愣的，大多时候，她像极了一把尖刀，划破生活表层的美好。

这时，除了直面血淋淋的真相，别无选择。

洛琛放下手中的酒杯，双手搭成塔状抵在下巴上，出口前仍旧斟酌着字句："或许你……"

"我不接受行政岗位。"叶千江的回答倒是为他省了许多口舌。

"我是为患者好。"洛琛顿了一下，继续说，"也是为你好。"

"我还以为你是因为慧姐才没有开除我。"

"如果你是这样想的，我也没办法。"洛琛盯着桌布上的一块褶皱，从身后的背包里取出早已准备好的文件袋，犹豫了好一会儿，放到桌面上，"如果你一定要做关怀师的话，那么，公司只有一个客户给你。"

"我接了。"叶千江起身去拿文件袋，意外的是，洛琛抓着文件的另一角并没有立刻松手。僵持了好一会儿，叶千江如愿以偿地拿到了想要的东西。

她抽出里面的患者介绍读起来："艾滋病？"

洛琛的目光依旧胶着在桌布上的那块小瑕疵，他并没有看着叶千江的脸也知道此刻她的心情如何："我希望你能考虑下我之前的建议，转做行政岗位，在公司参加培训之后……"

"不。"尽管握着文件的指节紧张到泛白，叶千江仍旧稳稳地盯着洛琛的方向，"这个患者我接了。"

洛琛意外地回望她，想要劝说，却也只是动了动嘴唇。

夜色在窗外弥散开来，叶千江假装才注意到闪烁的霓虹灯。"天晚了，回去吧。"她自说自话，拎着包站起来，"需要我送你吗？"

洛琛摇头，目送她离开。

尽管叶千江硬撑着不肯在洛琛面前露出一点情绪，可她微微颤抖的肩膀和急速离去的步伐，还是泄露了她的情绪。

深夜里，叶千江信步游走于这座城市，没有特定要去的地方，因为，没有为她等待的人。

缓过神来的时候，她已经站在盛琪医院正门口。她犹豫了好久，每走一步都用掉极大的勇气。她走进电梯里的时候，与下楼取器材的护士擦肩而过。可是，当护士取完东西回来的时候，发现她仍旧在按键前犹豫不决。

“请问，你要去几层？”大概见过太多怪模怪样的人，在二十一层值班的护士谨慎地询问。

“哦。”叶千江装作猛然惊醒的样子，“我说电梯怎么不动呢。”按下七层后，立刻后悔起来，“我应该去十一层的，我男朋友在那里。”可是无论她怎么努力，七层的按钮始终亮着。

看叶千江反复地戳着电梯按钮，旁边的小护士看不下去，替她按下十一层后按了自己的楼层，接着安慰纠结中的叶千江：“没关系的，在你要去的楼层下就好。”

眼见着电梯到了七楼，小护士热心地去按关门按钮，然而犹豫中的叶千江一脚跨出去，把一脸错愕的小护士留在电梯里。

叶千江心虚地漫步在走廊里，生怕脚下发出一点声音。她实在不想引来太多的关注，因为这一层的医生和护士对她的印象实在太深刻了。

路过703病房的时候，叶千江刻意放慢脚步，竖起耳朵听里面的声音，一点点声响都足以让她成为惊弓之鸟。

最终，她什么也没看到。家人的笑容和哭泣，冷脸和指责，通通没看到，她没有勇气推开那扇门，没有勇气再一次面对拒自己于千里之外的亲人。

她走楼梯爬到十一层，或许这样的探望有些不合时宜，但是1118里面躺着的是她的男朋友，出事以后，就拒绝见她的男友。难道仅仅是因为她开车引发了这场车祸，所以他拒绝见她吗？她真的很想看看他，当面跟他说声抱歉。

连她自己也明显感觉到不同，以前的叶千江会不管不顾推门而入，为了见到自己的亲人和爱人，她会拼尽全力。

可是如今，她只会在病房外徘徊。

或许这就是成长吧，有时候，竭尽我们所能付出的，其实并不是爱人想要的。

那些拼尽全力的爱，可能是枷锁，也可能是牢笼。

就在叶千江陷入走或不走的抉择中时，门内的骚乱声让她心下一惊，不顾一切地推门而入，眼前的场景让她如坠冰窟。

记忆里阳光帅气的男朋友，此刻佝偻在床上，眼窝凹陷，蓬乱的头发里掺杂了些许白色，右边臀部以下，空空荡荡的。

他十指如钩，抓着凌乱的床单，正大口大口地吐着鲜血，一边吐，一边痛苦地用头撞墙，墙上已经布满了猩红的颜色。

男友的父母哭着扑在儿子身上，想要制止他的自残举动。守在病床前的年轻男子一边用枕头护住病患的头，一边用呼叫器向值班护士报告情况。男人和叶千江在公司见过的，只是此刻谁也顾不上谁，医生、护士鱼贯而入的时候，叶千江仍旧像木偶一样呆愣在原地，直到被护士提醒，众人才意识到她的存在。

原本想请叶千江出去的护士被心疼儿子的老母亲一把推开，老人揪着叶千江的衣领和头发，不停地拍打叶千江的身体，口口声声叫叶千江凶手。

叶千江并不觉得疼，木然地承受着这一切，两只眼睛直直地盯着床上的男人。

直到有看不下去的护士把两人拉开："你们干吗呢，医生救人呢，想不想让患者好了？"

在护士的斥责下，老母亲才放弃捶打叶千江，窝在老伴儿怀里呜呜地哭。

男友的父亲忍着心上的剧痛，对叶千江说："你走吧，再也不要来了，我们不想见到你。"

被护士劝出去的叶千江就守在病房外，直到得到男友转危为安的确切消息，才踉跄着离开。

接近零点的时候，她打车到家，不敢去二楼的房间，就在沙发上睡了过去。

早上醒来的时候，她只觉得这一夜好累。

在厨房洗了把脸，给自己泡了杯燕麦，她便急不可耐地离开家，新的一天开始了。

叶千江第一眼看到那孩子的时候，简直不敢相信他已经五岁了。孩子皮肤暗黄，干黄瘦小，一副营养不良的样子，一张小脸上，眼眶向里凹着，怯生生地望着叶千江，一个劲儿地往他姥姥身后躲，你跟他笑一下，他躲得更深，直到整张脸都陷在老人家的腰后。

“不好意思，让你见笑了。”姜姥姥不好意思地笑着，把不情不愿的孩子牵出来，一双大手搭在孩子紧绷的后背上，鼓励他与人交流，“别怕，这个阿姨是来照顾你的，打个招呼。”

叶千江蹲下来与孩子平视：“你好，我叫叶千江，你想叫我叶阿姨还是姐姐？”

“嗯……”

见小孩子扭着瘦小的身子犹豫着，叶千江从兜里掏出两块糖平摊在掌心里：“你叫我阿姨呢，我就给你一颗糖，要是你叫我姐姐，我就给你两颗糖。”

糖果出场的一瞬间，小小的眼睛里迸发出无限光芒，而叶千江也得到了她想要的称谓。在一片其乐融融的笑声中，她站起身对着一直在旁观摩的洛琛发难：“还要在这儿监督吗，你是怕我偷孩子吗？”

怕她临阵退缩才好心来陪护的洛琛被搞得无话可说：“如果你确定自己一个人可以……”

“好走不送。”叶千江像旋风一样把他推出病房，然后做了几个深呼吸，精神饱满地回到祖孙俩跟前。

“喜欢吃糖吗？”叶千江伸出手想摸摸孩子的头，可是前一秒还在笑眯眯吃糖果的小朋友发现她的意图后，惊恐地后退，手里没来得及吃下的糖果掉在地上，滚了几圈，沾上了灰尘。

在叶千江的错愕中，小小的人儿像猴子一样灵敏，追着糖果滚动的方向跑过去，捡起沾了灰尘的糖果捧在手上。

“怎么了？”

面对欲言又止的老人家，叶千江摆摆手，示意这件事交给自己处理。

她弯下腰，慢慢地朝着缩着肩膀、一脸紧张的小朋友挪过去，表面上保持着笑容，心里紧张得要死。最开始接触小月儿的时候，虽然有自作主张的因素，但是她心里清楚地知道，有周慧在身后为自己保驾护航。而后为慧姐奔走，为陈奶奶找亲人也有洛琛在旁边，她这个半吊子关怀师才有勇气“肆意妄为”。可是如今，她只有自己，现在为止，她有点后悔刚刚把洛琛推出去的举动了。

其实洛琛也并未走远，而是在病房外透过门上的玻璃静静观察里面的状况。他看见叶千江轻轻握了下拳，像是给自己打气一般。

“怎么了，是姐姐吓到你了吗？”叶千江说，同时在心里告诉自己，她不需要后盾，也不需要援助，她必须做到最好。

这样，她才有资格在公司那里争取做男友的关怀师。

随着叶千江的靠近，小朋友连连后退。

叶千江停在原地，保持着对他来说舒服的距离，远远地看着他：“怎么了，是我做错什么了吗？”

细细的脖子上连着的小脑袋使劲儿地摇了摇，豆大的泪珠“啪嗒啪嗒”地掉下来。

孩子的姥姥赶过来，拿着手绢想要帮他擦眼睛，可是抱着糖果的小孩子别扭地跑开了。

叶千江扶着连声叹气的姜姥姥站好，稍稍朝哭泣的孩子的方向移了下，泪水顺着他的下巴滴在胸前的糖果上，小手上也是灰尘、泪水和糖水的混合物：“是我惹你不高兴了吗？”

小人儿闷闷地摇头。

“那你是不喜欢我吗？”

孩子一边摇头一边后退，嘴里反复嘟囔着两个字：“我脏，我脏，我脏……”

“你说什么呢？”叶千江上前两步，“我带你去洗洗好吗？”

“不要不要……”一身病态的孩子爆发出惨烈的哭声，“不要过来，不要过来，我有病，我有病，我有病……”

洛琛手握在门把上，本能地想要介入，根据他的判断，这种状况完全在叶千江的处理能力之外，他再一次确信，不能把患者交给没有经过专业培训的员工。可是他的潜意识里还有一层自己都没有意识到的担心。

他担心她没有办法处理好这样的问题，他担心她承受不了这样的失败。

他担心叶千江。

就在洛琛准备推门而入的时候，他看到叶千江缓缓地蹲下来，伸出手捂住脸。

门里面响起“呜呜”的哭声，不同于童音的尖锐，是低沉、沙哑的声音。

叶千江强迫自己想伤心的事，想着那场夺去她所有的车祸，想起躺在病床上的姐姐，想起对自己冷若冰霜的父母，想起残疾的男友，想起他昨晚吐出的血块……

旁若无人的叶千江哭得很伤心，即使昨天晚上她一个人在空荡荡的家里也没有掉过一滴眼泪。

她的身体感觉不到疼，她的心却时刻流着泪。

痛哭中的孩子愣了一下，试探着向前迈出半步，小声地叫她：“姐姐，姐姐！”

叶千江抬起头，露出满脸的泪痕。

“你为什么哭？”男孩问她，不顾自己的脸上还挂着泪痕。

“我做错事了，好大好大的错。”

男孩儿看了下自己的手，对叶千江说：“你等我一下。”然后一路小跑去卫生间，抱着纸巾盒来到叶千江跟前蹲下，为她举着纸巾。

“这是，给我的吗？”叶千江抽出一张纸巾擦掉自己的狼狈，“我很丑吧？”

男孩儿羞涩地摇摇头，门外的洛琛终于放下心，把这里交给她。

收拾好自己，叶千江取出一张纸巾，想要帮男孩儿擦掉脸上的泪水，被男孩直接躲开。

“不可以，我有病。”男孩儿认真地指了指自己手腕上的青色血管，“这里，有病，会传染的。”

“你叫什么名字？”

“米粒。”

除了生病，米粒跟这个年纪的孩子并没有什么不同。

高兴的时候像一阵风，只是他的玩伴仅限于从家里带来的玩具熊。累了，在各种奇怪的地方以各种奇怪的姿势随时睡着。

趁着他午睡的时候，叶千江才有空和姜姥姥好好说说话。

姜姥姥第一次知道米粒的存在，是在他出生后一个月，他的妈妈米娅把他丢给姜姥姥的时候，她才知道女儿生了孩子。

那时候，她已经有两年多没见过女儿了，大二那年女儿被大学劝退后，一家人的关系就很紧张。她的丈夫头脑里还残存着老一辈人教育儿女的方法，认为棍棒底下出孝子，于是单方面切断了女儿的生活来源，也不许她插手，以生活费为要挟要女儿去他联络好的学校继续上学。

谁都没想到，就是这个简单粗暴的解决方法，引起女儿的剧烈反抗。那几年，父女俩的感情降到冰点，比仇人还不如。

姜姥姥夹在两个至亲之间无可奈何，只希望父女俩有谁能够先软化下来。

可是她终究没等到那天，丈夫因脑溢血突然离世的时候，她觉得天都塌下来了。

她满世界地找女儿，可是哪里有女儿的影子呢？

她再次见到女儿的时候，正是丈夫去世一周年的忌日。

她积攒了多年的情绪，终于在看见女儿的那一瞬间爆发了。她对着女儿说了很多难听的话，连她自己也不敢相信那些字眼儿、那些刺伤女儿的话竟然是从自己嘴里说出来的。

姜姥姥说，她永远不会忘记女儿离开时的眼神，是懊悔，是愧疚，更多的是惧怕。

那一刻姜姥姥才意识到，女儿怕爸爸，怕这个家。现在，也怕她这个妈妈了。

原本应该给女儿遮风挡雨的家，却正是给予她狂风暴雨的源头。

姜姥姥醒过来，想要抱女儿的时候，一切已经太迟了。

“我是个不称职的母亲。”姜姥姥自嘲道，“我太失败了，连我的亲生女儿都怕我。”

“人在情绪中难免会做出过激的举动，说出言不由衷的话。”叶千江对那个深陷愧疚的母亲说，“面对亲人的离别，我们都是脆弱的，其实您和您的女儿都需要一个拥抱，那个来自亲人的拥抱，因为你们是彼此唯一的指望。然而真正的伤害，往往也是给了最亲的人。”叶千江想起自己的父母和恋人，“我们爱着，也互相伤害着。”

“再见到米娅的时候，已经是两年以后，她比两年前更瘦，更叛逆，她把刚满月的孩子丢给我，告诉我当心这个孩子，然后头也不回地走了。那时候他还没名字呢，买不起奶粉的时候，我就煮粥喂他，一边喂一边数着碗里的米粒，米粒也就成了他的名字。后来他总是生病，哭个不停，我带他去医院检查才知道，他得的是艾滋病。”姜姥姥停下来，想看看叶千江有没有害怕的表情，面对表现如常的叶千江，她说出难以启齿的病源，“医生说，一般这么小的孩子患病的途径都是母婴传播。那时候我才知道，我女儿也染病了。”

“我在她的出租屋里找到她，求她跟我去医院，她像发疯一样地推开我，割开了自己的手腕，把血滴得到处都是。她说自己治不好了，再也治不好了，让我不要找她，也不要管她，要我们断绝母女关系，永远不要再见面。她说了很多很多，可是一句也没有提到她的儿子。”姜姥姥苦笑着摇头，“我已经没有女儿了，我真的不想让米粒没有妈妈。我以为她提供生活费为条件，要求她每个月跟米粒视频通话两次，那是她给米粒所有的母爱。”

悠悠转醒的米粒打断两人之间的谈话，叶千江问他想玩什么，古灵精怪的小人儿赖在床上揉眼睛。

如果不是他的脸色和床头的病历卡，叶千江不会把这么点大的孩子当成病人。

吃过糕点补充能量后，叶千江拿着米粒的童话书开始给他讲故事。姜姥姥偶尔会拿出从家里带来的针线活，缝个手帕或者茶杯垫之类的。

虽然他刻意和叶千江保持着距离，但是他躲在叶千江身边听故事的时间越来越长了。

叶千江试图问出米粒的愿望，可是那孩子因为生病，自卑到连这样的话都无法说出口。

这让叶千江不禁想起自己照顾的另一个小患者，虽然她懂得为父亲分担，但是在别人面前，她是敢于堂堂正正地说出自己梦想的。

可是上天对米粒似乎过于不偏爱了，他不仅没有母亲的照顾，也不知道生父是谁，只有姥姥一个人带着他。

每次看到米粒，都让叶千江心疼不已，他总是躲她躲得远远的，可是当她难过的时候，当她哭的时候，他就会用自己的方式守在她身边。

叶千江知道，米粒是一个极其善良的孩子，所以，她认认真真地为他进行了一次科普。

关于他血管里病毒的传播途径，叶千江找出从护士那里要来的科普小册子，一页一页认认真真给他讲解了，血液是传播的主要途径，日常的生活是不会传染的。

“真的吗？”米粒背着手，远远地望着她。即使看不清册子上的内容，他也会克制着自己，不靠近叶千江。

“当然了，书上写着呢，不然你靠近点来看。”

米粒抬起头寻求姥姥的帮助，戴着老花镜的姜姥姥透过眼镜片上方的空间望着自己唯一的外孙，鼓励他说：“去吧。”

米粒迈着细小的步子朝叶千江走去，临到近前，又匆忙后退。

“没关系的。”叶千江对他说，“来看看上面画的什么，这个黄色的，肉嘟嘟的是小鸭子吗？”

可能是被册页上色彩斑斓的图案吸引，可能是被叶千江的笑容感染，米粒重新鼓起勇气，一步一步朝着叶千江的方向走过来，这也是他第一次允许别人进入他规定的安全范围。

“这不是鸭子，是小鸡呀。”米粒看着图册笑眯眯地说，缺了牙的嘴漏着风，笑起来带着呼啦啦的气声。

“是小鸡吗？我看看。”叶千江假装认真地研究起来，“嗯，是小鸡呢，很胖的小鸡。”

米粒伸出手指头，戳了戳册页上的内容，假装被弹到手指：“哎呀，好胖啊。”

那一刻，小手指距离叶千江只隔着一本Q版卡通画册，但这对于一个紧紧束缚着自己的艾滋病患者来说，肯放开心与人交流、接触，已经是莫大的进步了。

姜姥姥转过身取下老花镜，擦掉不想让人发现的泪水。

一手把女儿未婚生下的孩子养大，付出的艰辛不足为外人道，尤其孩子有这样的病，这一路上遇到多少歧视，看了多少白眼，挨了多少的鄙夷，这一切，只有她自己知道。

可是最让她伤心的，不是来自外界的误解和伤害，而是她视若生命的孩子接收到那些信息后，选择封闭自己，隔离自己。

那是他的善良，也是他的无奈。

“哇！”叶千江对着画册研究了半天，“哪个角度看都觉得好肥，怎么吃好呢？红烧，清蒸，还是做成汉堡？”

“不行，小鸡很可爱的。”米粒紧张兮兮地说，两道淡淡的小眉毛皱在一起，“不能吃的。”

“怎么不能吃，为什么不能吃？”

面对叶千江的故意挑衅，米粒好脾气地对她说，小鸡很可爱，要养起来的。

“养鸡，你会养吗？”

“当然会。”米粒捏起三个手指头，做出给小鸡喂米的样子来。

“看来你是真的会。”叶千江抱起手肘，“那说说你养鸡做什么呢？”

“小鸡会下鸡蛋，我和姥姥分着吃。”米粒笑起来，一脸的天真烂漫。

“可是，鸡蛋就是鸡的孩子呀。”叶千江的话，让小小的人儿陷入新一轮的纠结。

“那就……那就……”

在叶千江的“刁难”下，这个话题一直延续下去，米粒也在一次次的问答中离叶千江越来越近，姜姥姥远远地看着，她已经记不清这孩子上一次像这样开怀大笑是什么时候了。

经过一段时间的相处，米粒完全信任叶千江了，虽然对她的靠近仍有不适，但是已经不会躲开她的亲近。

叶千江看得出，他在努力地和自己亲近。

可是，对于其他人，米粒仍旧本能地躲闪，不敢靠近，更不敢亲近。

与生俱来的疾病带着与生俱来的自卑，阻挠着别人靠近他的同时，也阻碍着他去亲近别人。

为此，叶千江破天荒地向洛琛求助。

听她介绍完情况后，电话那头的洛琛沉默了好一会儿，他告诉叶千江，她已经做得很好了，只要尽自己所能就好了，很多事是需要时间的。

叶千江想，米粒拥有悲伤的童年，拥有病痛的折磨，恰恰没有时间让他长大，让他学会坚强。

和洛琛通完电话，她又向公司同事打听了相关的社会活动。

终于，在同事的帮助下，叶千江在疾病控制中心的主页上看到之前活动的报道。让她惊喜的是，本地红十字会论坛上也有人发帖召集举办相关的活动，时间就在这个周末。

当叶千江抱着电脑兴冲冲地来到米粒祖孙俩跟前的时候，一盆凉水兜头倒下。

“什么？不行，不可能，我绝不同意。”听了叶千江的提议，姜姥姥一口回绝。

见叶千江还要再说什么，姜姥姥斩钉截铁地说：“这件事没有商量的余地。”

米粒站在两人之间，端着一颗小脑袋，不知道该怎么办，只能苦恼地望着两个大人。

午饭过后，姜姥姥照例拿着针线活打瞌睡，躺在床上的米粒睁开眼睛，晃着小脑袋伸到叶千江的电脑前面。

他还不认字，便指着屏幕上的汉字让叶千江念给自己听。

和米粒接触下来，叶千江也颇有感触。他不像平常这个年纪的孩子喜欢童话或超人的故事，小小的脑袋反而会对这种硬邦邦的社会新闻感兴趣。

她接触过的小孩子不多，逢年过节和亲戚家的孩子玩也就是一顿饭的工夫，接触最多的小孩子也就是小月儿。

可是，眼前这个干瘦干瘦，脑袋毛茸茸跟个猕猴桃似的小孩子，和小月儿那么不同。

有父亲陪在身边的小月儿即便有强撑着的坚强，可是本质上她还是一个会做梦、爱幻想的女孩儿，要抱着毛绒玩具，要听故事才肯睡觉。可是米粒给叶千江的感觉更倾向于一个小大人。

生活的磨难，让他失去童年的同时，也失去了做梦的权利。

她尽量不把悲伤的情绪外露，因为米粒“成熟”又敏感。

“米粒，你有什么梦想吗？”

那颗小小的“猕猴桃”晃了一下，转过来给她一个大大的笑脸：“没有。”

“你说什么？”叶千江简直不敢相信自己的耳朵。

“有姥姥，有姐姐，有东西吃，有地方住，米粒就满足了。”

听到这个答案的时候，叶千江把电脑交给米粒，借口去卫生间调整情绪。

叶千江回来的时候，发现米粒的小脑袋一动不动地定在电脑前，盯着屏幕的眼睛比之前大了几倍。

屏幕上是羽生结弦在平昌冬奥会的身姿，叶千江坐回来的时候米粒吓了一跳，指着屏幕上的视频，紧张兮兮地说：“这个是自己跳出来的。”

叶千江知道这是网页上弹出的新闻，前一天自己休息的时候用电脑查看了奥运会相关的新闻。

“没关系的，米粒喜欢这个哥哥吗？”叶千江想起央视解说引用《洛神赋》的那段评价。

“不。”米粒认真地摇头，“他的鞋子，是不是穿上这样的鞋就可以飞得很快？”

米粒的小脑袋趴在屏幕上，仰望着冰上的速度和矫健身姿。

可叶千江知道，这个梦想几乎是不可能的，他的身体状况根本不可能承受这么剧烈的运动。

又看了一小会儿，米粒转动鼠标，主动按下页面上的小叉子。

“怎么了，再看一会儿嘛。”

米粒把电脑还给它的主人：“姐姐，能不能给我看看那个？”

“什么？”

“上午你给姥姥看的东西。”怕吵醒浅睡的老人家，也怕自己的意图被姥姥发现，米粒刻意压低声音说。

“哦。”叶千江犹豫再三，把本地红十字会的论坛打开，调出来上午的页面。

米粒晃着脖子指着上面的字要叶千江读给他听，碰到对他来说晦涩难懂的地方，叶千江就停下来给他解释。

那是官方发起的给艾滋病人一个拥抱的活动，鼓励病人走出家门，走出自我。同时也宣传艾滋病的相关知识，让更多的人通过这种方法了解艾滋病的症状和传播途径，引起重视。

读完新闻，叶千江忐忑地盯着那个小人儿，姜姥姥的反应让她反省了很久，或许自己这么做实在太过鲁莽，没顾及孩子的感受。

她只是想给他一个和别人接触、看世界的机会，但是她可能忽略了太多不可预知的因素和恶意。作为孩子的监护人，姜姥姥有权利拒绝她的提议。

但让叶千江没想到的是，米粒听完她的话，指着页面上往期活动的照片：“好酷啊！”

“酷？”

“对啊，这些叔叔阿姨好酷，还有这些……”他指着和他们拥抱的人，“也好酷。”

孩童的语言是贫乏的，他找不到更合适的词汇形容这个举动。

但是正如他所说，每个参与其中的人，真的，很酷。

米粒滑动进度条研究了好一会儿，认字似的把页面的每个角落仔仔细细地看了一遍，然后扭着小脑袋问叶千江：“这个，我可以去吗？”

“你想……参加吗？”

原本一腔热血、想要带着米粒参加活动的叶千江在听到孩子的说法后，看着他眼底澄澈的光，忽然有一丝犹豫。

有时候这个世界很温柔，但更多时候是残酷的，且程度是多少成年人都无法承受的，何况他只是一个五岁的孩子，一个五岁的艾滋病患儿。

站在街头，有拥抱，有温暖，就有误解，有拒绝，甚至是鄙视。

她忽然不知道自己这么做是对，还是错。

面对那样单纯善良，像天使一样的眼睛，叶千江发现自己无法给出答案。

她假装接电话逃离病房，想要求助的时候，就接到了洛琛的电话。向对方报告完米粒的情况后，她转述了米粒刚刚的请求。

“我应该怎么办？”

电话那头的洛琛气息深长：“你还是说了，不过也好，虽然他只有五岁，但是也有认识这个世界的权利。有时候我们大人用尽全力去保护，并不见得是正确的事情，我们应该给他机会去认识、去触碰这个世界。不过老人家那里你要去沟通，无论她做什么选择，都是为孩子好。”

叶千江同意他的说法，并把他说的每一个字记在心里。

“还有你。”洛琛对电话那边的叶千江说，“记得给自己放个假，不要有太大的压力，任何时间，任何事情都可以来寻求我的帮助。”

“谢谢。”

挂断电话回到病房里的时候，叶千江看见姜姥姥紧紧地抱着自己的外孙，大颗的眼泪不停地掉下来。

自己的孙子，除非必要，是不会向外人透露他的病情的。那些白眼和歧视，那些落在他身上的目光，小孩子看不懂的情绪，她都看得懂。

在米粒身上的每一点伤痛，都在她的心上放大十倍百倍。

“我的孩子，我的孩子，我的孩子……”

姜姥姥重复着这句话，抱着自己的外孙，却不只是为了他。

尽管米粒撒过很多次娇，谨慎的姜姥姥还是没有立即答应，只是说会考虑看看。

这也给了一直下不了决心的叶千江一个缓冲的时间。

这段时间里，叶千江约了红十字会的工作人员了解情况，姜姥姥把米粒托付给护士，跟着叶千江一起去。

在红十字会的接待室里，工作人员向姜姥姥和叶千江简述了活动流程。因为他们曾经多次组织活动，很有经验，简单的介绍已经足够打消老人的顾虑。巧的是，在姜姥姥咨询的时候，也来了一对老夫妇，孩子的情况和米粒差不多，是个四岁的小女孩儿。

他们从邻居那里了解到这次活动，也来咨询。

他们在交谈过程中发现家长的担忧是同样的，当即交换了电话，彼此打气。

回到医院的时候，米粒歪着猕猴桃一样的脑袋，谨慎地观察姥姥的脸色。

“你个小猴子，快过来，看奶奶给你买什么了。”

“哇。”米粒惊喜地看着那块黑森林蛋糕，差点流出口水。

他从姜姥姥手里接过蛋糕，开心地吃起来。

姜姥姥摸着外孙毛茸茸的头顶，笑着笑着就流下泪来。

兀自吃着蛋糕的孩子还不懂她的悲伤，只知道有吃的就好。

姜姥姥拿着手机走出病房，跟刚认识的朋友聊了很久，回来的时候蛋糕刚好吃完，祖孙俩就这样静静地坐着。她看着米粒脏兮兮的嘴角，说：“好了，姥姥同意了，你去吧。”

姜姥姥了解到，那家人也决定参加活动，这样两个差不多大的孩子也有个照应。

听到这个答案，米粒很开心，叶千江的心却没有那么轻松。

她害怕这样的活动会打破米粒和姜姥姥现在平稳的生活，可是不打破那个壁垒，米粒可能永远无法正常地接触其他人。

尽管带着这样或那样的担忧，叶千江还是积极地准备着活动的装备。因为米粒不方便出门，她就打开购物 APP 和米粒两个人商量。

终于到了那一天，米粒早早地戴上印着米老鼠的口罩和同款帽子，牵着叶千江和姥姥的手走出医院。

那是个很美的午后，阳光很好，照在人身上暖暖的。

叶千江和姜姥姥忍不住轮流问米粒热不热，要不要把口罩和帽子摘下来。

米粒摇着头，那是他最后的防线，是他保护别人的防线。

三个人早早地来到活动场地，米粒热心地帮工作人员的忙，虽然严格意义上说，他什么也没有做，还帮了不少倒忙，但是他的出现，本身就是对工作人员的肯定，对这次活动的肯定。

就这样，人渐渐多起来，临近活动，姜姥姥终于忍不住打电话给新认识的老朋友。

可惜的是，那家人思量再三，放弃了带孩子参加活动的想法。

姜姥姥放下电话，有点歉意地对米粒说："怎么办，小妹妹有事不来了，我们要不要也回去？"

那一刻，姜姥姥动摇了，实际上她一直不确定自己这么做是对还是错。

"没关系的。"米粒拉着她的手说，"妹妹有事来不了，我们可以拍好看的照片发给她看。"

就这样，叶千江拍下姜姥姥抱着米粒在活动中笑意满满的样子。

姜姥姥也听从米粒的建议，发照片给老朋友，并且告诉对方，她理解对方，没有来也并不是错事，因为他们对孩子的爱是一样的。

米粒举着大会统一定制的，写着"请求拥抱"的牌子，因为实在太大了，叶千江不得不把四边折起来。

这段时间，米粒拿出自己偷偷准备好的小手套戴在手上，整个人就像是上战场前全副武装的战士。

每当有人停下来和米粒拥抱，他就会从兜里取出一个笑脸贴纸送给对方。

刚开始的时候，叶千江和姜姥姥守在米粒身边一刻不离地保护着他，偶尔会有人停下来跟叶千江和姜姥姥聊天。

当然，也有人看清牌子上的字，像躲脏东西一样躲得远远的，嘴里念叨着这样的人怎么能放到大街上。

心疼的姜姥姥捂住了米粒的耳朵，叶千江想追出去理论，冷不防被人拉住。

她一回头，看见是眼泪汪汪的小米粒拉着她的衣襟。

米粒拉着叶千江和姥姥的手，小大人似的安慰着两个大人。

“米粒，你呢，你不难过吗？”叶千江觉得自己以一个旁观者的身份都承受不了那利刃一般的眼神，何况是当事人？

米粒摇摇头，口罩上的米老鼠也跟着摇晃，他拿下口罩对叶千江说：“米粒没事，大人也有难过的时候。”

“对，大人也有难过，也有不对的时候。”叶千江说，“人生就是在不停地学习，不停地修正，在很多地方，米粒比很多大人做得更好。”

对叶千江的话一知半解的米粒见有人上前，连忙把口罩戴上，伸出双手做出欢迎的姿态。

当他再次把笑脸送出去之后，转身对着两个守护神说出了自己的要求。

他要叶千江和姥姥去街边的简易凳子上休息，他要自己站在这里。

姜姥姥和叶千江自然是不同意的，尤其是姜姥姥，能把孩子带出来，对她来说就已经是天大的勇气了，怎么能让这么小的孩子自己面对这些？

最后，在米粒的坚持下，姜姥姥把他托付给其他参与者，才一步一回头地被叶千江扶着来到街对面。

可是，姜姥姥哪里坐得下？不管她站在哪儿，眼睛都一眨不眨地盯着外孙。

开始还好，虽然事情算不上顺利，但是大家对参与活动的人群还是很宽容的。

偶尔有不理解的人，也都躲开了，参与活动的人也对这个孩子多有照顾。

只是偶尔也有顾不上米粒的时候，一个拎着菜篮子的中年女人自顾自地走着，似乎没有注意到活动的人群，等她反应过来的时候，正停在米粒跟前。

看清米粒胸前纸板上的字，她连声说着晦气，小跑着躲开了。

可能是走得太急没注意看路，她一不小心摔倒在地。

好心的米粒放下手上的东西，追上去晃着小脑袋帮她捡起散落在地上的水果。

“你是个什么玩意儿，把水果还我！”女人霸道地从米粒手里夺过水果，强大的作用力让小小的米粒栽倒在地。

姜姥姥和叶千江刚想往街对面冲，被一双大手压住了肩膀。

洛琛站在两人身后，面色如常地说：“给他一点信心嘛。”

米粒也朝两人摆摆手，靠着自己的小短手小短腿站起来。

不光自己站起来，他还主动去扶起坐在地上的女人。

似乎是意识到自己刚刚的做法有些过激，这一次，女人并没有推搡和辱骂米粒，只是远远地躲开了。

看着她躲闪的表情，米粒歪着脑袋，下了很大的决定似的，拿出一张印着黄色笑脸的贴纸，跟在女人身后。

走出去好远好远，女人都没意识到米粒的存在。直到有人提醒，她才发现跟着自己的小孩儿。此刻，米粒正踮着脚将手上的笑脸举得高高的，举到女人面前。

女人犹豫了一下，接过贴纸，对米粒认认真真地说了声“谢谢”。

米粒蹦跳着回来的时候，两只小眼睛笑得像小月牙一般。

那一刻，叶千江想起了小月儿，她做关怀师接触的第一个孩子，她想，如果米粒的父母能在身边，他一定可以每天这样开心。

叶千江看着街对面，站得笔直笔直，把小胳膊伸到半空中做出迎接姿势的米粒，对姜姥姥说："我想，试着去找米粒的妈妈。"

老人家偷抹着眼角的泪水，轻轻地点了点头。

直到夕阳西下，活动结束后，米粒依旧执着地把口袋里的笑脸分给路人。这一天有歧视、有白眼，但是他收获得更多的是爱，是关怀。

叶千江相信，这一天，米粒不再是那个接受的人，而是送出温暖的人。

当米粒取下口罩，露出满意的笑容时，路灯已经亮起来了。

洛琛把他抱在怀里，他从里面的口袋里取出三个藏起来的笑脸，给洛琛、叶千江和姜姥姥分别贴上。

逐渐亮起的路灯下，米粒口罩上的米老鼠不停地晃着，他的笑声里透露着从未有过的轻松和愉悦。

路过中央公园的时候，早过了和医生请假的时间，主治医生第三次加急电话被叶千江、洛琛和米粒三人撺掇着姜姥姥挂掉。

米粒在午夜的秋千上晃荡着小腿，望着满天繁星，眼睛又笑成了月牙儿。

最后，在姜姥姥的催促下，米粒不情不愿地停下来，眨着大大的圆眼睛问："姥姥，下次我们什么时候可以来？"

洛琛把秋千上的小人儿抱在怀里，一只手托住他毛茸茸的后脑。

对于这个问题，三个大人都没有办法启齿。

他们既不能欺骗又不能如实说，因为无论哪个答案都会伤透那颗幼小的心灵。

就在短暂的沉默中，还是发问者打破了尴尬。

米粒抓着脑袋上的套帽戴正："我玩够了，我们回去吧。"

"米粒，如果你还想……"

米粒用戴着手套的小手捂住叶千江的嘴："米粒长大了，已经不需要玩秋千了。"

橙黄色的街灯下，几个人的脚步有点沉重。

路过夜市摊的时候，洛琛一行人刻意在每个给孩子玩的摊子前停下来。

套圈，扎气球，摸奖……

米粒玩得不亦乐乎，姜姥姥也不忍心再催促，因为在一堆小毛头里，戴着帽子、口罩和手套的米粒是那么显眼。

姜姥姥看着人潮中略略有些不合群的米粒，和他身后忙着和别人换零钱的叶千江、洛琛，心里想，如果他们是米粒的父母该有多好。

几乎所有的孩子身边都围了一圈严阵以待的家长，米粒身后也是，只是没人知道，他真正的亲人只有一个年迈的姥姥。

这一次，姜姥姥没有再催促，她希望孙子在同龄的孩子中能多待一会儿，再多待一会儿，这样没有歧视，没有嘲笑的氛围，在他短暂的生命中，是弥足珍贵的。

只不过，这次主动喊停的是米粒。

他左右腋下各夹着一个毛绒娃娃，手里还捧着一个，"咚咚咚"地跑到仨人跟前，小腰杆儿挺得笔直，像奥运会颁奖一样，严肃认真地把手里的娃娃分给叶千江等三人。

在五岁的他的世界里，毛绒玩具是极其贵重的东西，也是他唯一能赢来分给守护者的东西。

叶千江和洛琛没有推辞，姜姥姥抱着毛绒玩具笑得合不拢嘴。

这是她多年来辛苦换来的回馈。

叶千江和洛琛看在眼里，疼在心里。

这个孩子本应有远大的未来，美好的前途。他应该到处闯祸，揪女同学的小辫子，抱着一大堆练习册愁眉苦脸。

可是这些，他都不会有了。

患有夜盲症的洛琛始终打开手机照明功能，把抱在怀里的米粒屁股照得透亮，活脱脱像个小萤火虫。

一行人说笑着回到医院的时候，米粒已经睡着了。

洛琛轻轻地把他放在病床上，护士把他们已经回来的事告知了值班医生。

在初步检查确认米粒没事的情况下，叶千江和洛琛在走廊里被医生护士好一通教导。

好在有姜姥姥给两人解了围，从医生手底下逃出来后，洛琛提出送叶千江回家，这个提议自然被叶千江拒绝了。

没走出多远的叶千江被洛琛的车追上，洛琛摆出老板的威严，用米粒送给叶千江的毛绒玩具做要挟，叶千江才勉强上了他的车。

车上，洛琛以关心员工的心态嘱咐叶千江回家早些休息，谁料她坚持要去另一家医院的想法让他有些生气。

洛琛手握方向盘，坚持着原本的方向。

“掉头。”叶千江也有她的主意。

“别忘了，你是本公司的雇员……”

叶千江提醒他午夜是下班时间。

“别忘了，你是米粒的关怀师，在他需要你的时候必须时刻出现在他身边，所以你必须休息好，否则怎么照顾孩子？”

“我会照顾好米粒，绝不会让公司的名誉受损。”

“我没在跟你讨论公司名誉，我跟你说的是米粒的状况还有你的身体。”洛琛的声音明显软化下来，“你必须睡觉。”

“我不用睡觉，我自己的身体自己了解。”

“你不了解。”洛琛打开转向灯，把车停在路边，准备好好说服这个固执的雇员，“睡觉是一个人维持正常身体机能所必要的方式，治病救人的事交给医生护士，你去了也没用。”

叶千江霍然转身，怒瞪着他：“你怎么知道没用？”

洛琛噎住，一时间竟也不知道如何解释自己的行为。

拜托朋友了解叶千江家人和男友病情的行为显然已经超出了老板对员工的关心程度，这行为投射出的内在动因，也让他自己吓了一跳。

此刻，叶千江并不知道眼前人翻江倒海的内心活动，在亲情和爱情的夹缝间苦苦求生的她，习惯性地将一切归结于他对她的排斥。

因为她知道，无论站在哪个角度，她所做的一切，最终的指向都是徒劳的。

叶千江解开安全带，用手去推上锁的车门。

“放我下去。”

洛琛看着叶千江近在咫尺的脸上堆满了怒意和狼狈，心的一角忽然轻松起来。

他拉起手刹，缓缓启动车子。

“你干吗？我要下车！”

“这么晚了，你一个人去不安全。”

洛琛掉转车头，驶入灯火通明的午夜街道，车窗外星光灿烂，他一只手握着方向盘，一只手倚在车窗上，手背抵着下巴，自言自语一般说道：“要输给你了。”

午夜的医院一如既往的冷清、寂寥，也一如既往地拒绝着叶千江的访问。

叶千江被推出房门的时候，正好撞进洛琛怀里。

叶千江看着那张近在咫尺的脸，问：“你怎么在这儿？”

没等洛琛回话，病房里跟出来的父亲怒气冲冲，刚想说点什么，竟意外地发现自己的女儿被一个陌生男人揽在怀里。见他出来，男人更是直接把怀里的人拉到身后。

“你是谁？”叶父谨慎地问。

“伯父好，我叫洛琛，是叶千江的同事。”

“叶千江？”叶父念叨着女儿的名字，眼睛在洛琛和他身后的人之间来回探看。

“请问叶千江的姐姐好点没有？”

叶父看着身后的病房：“我的女儿会好起来的。”

接着，他转向另一个女儿，目光里多了几分冷淡，然后他指着叶千江对洛琛说：“你最好离她远一点。”

“伯父……”

“你喜欢她吗？”叶父戳穿洛琛刚刚意识到的感情，直言不讳地说，“不要喜欢她，在陷得更深以前醒过来，不然你会变得不幸。”

叶千江不受控制地颤抖起来，看着父亲转身离去，想要挽留的手停在半空中。

洛琛反身把叶千江抱在怀里，连他也不知道自己为什么会这么做，或许是从未听过一个父亲如此评价自己的子女。

喜欢上他的女儿就会变得不幸？

那时的洛琛尚不理解这句话的意思，等他真正明白的时候，一切已经晚了。

大概是因为父亲语气里的厌恶，被洛琛拉着离开的时候，叶千江并没有过多挣扎。回过神来的时候，叶千江发现自己已经坐在洛琛的车里，离医院越来越远了。

她不得不放弃去看男友的计划，此时的她并不知道，就算她上楼去也看不到人，因为此刻男友正在急救室里，命悬一线。

“我送你回家？”话一出口，洛琛也觉得自己太鲁莽。

刚刚被自己的亲人嫌弃，她怎么会想要回那个充满记忆的地方？

叶千江微不可闻地叹了口气，指着街边：“找个好停车的地方把我放下就好。”

“你要去哪儿？”

“我无处可去。”叶千江在心里回答他。

车子匀速行驶了一段时间，叶千江的心情平静下来，整理好情绪的她知道自己不可能永远坐在洛琛的车上不下去。

下车的请求被拒绝后，叶千江身心俱疲，已经没心情跟谁吵架了：“你要带我去哪儿？”

“你准备要去的地方。”

“哪里？”

洛琛指着两条街外闪着霓虹的牌子，看得不真切的叶千江仍旧是一脸茫然：“哪儿？”

“刚刚你问姜姥姥她女儿的事做什么？”洛琛早已将一切看在眼里。

他知道叶千江的做事风格，认准了什么就横冲直撞，九头牛都拉不回来。

米粒想妈妈，姜姥姥想女儿，这些叶千江看在眼里，就不可能不管。

可是，他也不放心，就算只把她当作雇员，他也不允许她离开自己的视线范围内，踏进这条灰暗的地带。

“你回去吧。”叶千江关上车门，对追上来的洛琛说。

见身后的人仍旧执着，她只有好言相劝：“这里太黑了，不适合你。”

靠着手机自带的手电筒缓缓而行的洛琛根本没工夫和她计较那么多，在黑暗中行走，对他来说已经用尽了全部心力。

在姜姥姥提供的几个女儿常去的夜店里，叶千江把这辈子的重金属音乐都听够了。

震耳欲聋的音乐，扭动的身体，迷茫的眼神，还有空气中飘浮的酒精味儿。

如果可以，叶千江这辈子也不想再来了。尤其是从四面八方的黑暗中钻出来向她搭讪的醉鬼，让她庆幸洛琛也跟着来了。

这可能是她做关怀师以来第一次感觉力不从心。

洛琛也不轻松，一路上打着手电筒在舞池中穿行的人应该不多见，魔球灯忽明忽暗的光线让他如坠冰窟。

可是他不能倒下，因为叶千江还在奔走。

在一群醉汉、瘾君子之间穿行的叶千江，向所有人打听米粒妈妈的叶千江还没有放弃，他也不能那样做，因为米粒还在等着他们，等着他们把妈妈带回自己身边。

两人用尽全力从舞动的人群中间钻出来，靠在卫生间外的墙上，借用走廊灯光恢复元气，不由得从心里发出哀鸣。

“夜店都是这样吗？”叶千江揉着涨疼的额头问道，感觉几十种旋律在她脑海里回荡着。

“你没去过夜店？”洛琛惊讶地问道。

叶千江甩甩头，说：“不记得了，车祸以后好多事记不起来了，可能去过也可能没有。”

洛琛哂笑着：“你可不像是那么乖的孩子。”

“真是的，你从哪儿看出来的？”叶千江学着他的样子笑起来，“我从小到大可是很……”右耳忽然响起来，像是有一万只蜜蜂在那里筑巢了一般。

“怎么样，吹不下去了？”话说到一半，洛琛意识到叶千江的停顿不是有意而为的，扶住她，“你怎么样，我送你回去休息吧？”

叶千江有气无力地推开他：“不可以，我们必须尽快找到米娅。”

“明天再找。”洛琛说，“或许我们可以再跟姜姥姥确认下。”

“我们没有时间了。”

洛琛明白叶千江的意思，他们可以等到明天、后天，姜姥姥可以等待女儿长大，回到身边的那一天，可是米粒不行，本应有无限可能的他，恰恰什么可能都没有，连时间都是奢侈的。

他们必须在米粒的病发展到不可挽回前完成他的愿望，他们必须在米粒妈妈病发前，为这对母子做些什么。

“我们走吧，你可以吗？”

“这是倒数第二家。”叶千江指着手机地图说，“我们还剩下九百米外最后的希望。”

洛琛还能说什么？他只能抓着开启手电筒模式的手机，紧紧跟在叶千江身后。

“你以前来过夜店吗？”

听着身后越发粗重的呼吸声，在劝解洛琛离开无果的状况下，叶千江只能想方设法和他聊天缓解他的症状。

“当然，以前上学的时候，有段时间经常陪女朋友来。”

“女朋友？”

“怎么，很意外吗？”

“没有啊，她人呢？”

“跟她后来的老公跑了。”

“哦，我很抱歉。”

“可你的声音里只有笑意。”

“你听错了，这真是个悲伤的故事，真的。”叶千江拍着自己的胸膛说，“我很为你鸣不平的，你没有去追回她吗？”

“嗯。”洛琛犹豫了下，承认说，“我做了适当的努力。”

“然后呢？”

“拉黑电话号码，删除好友，我被彻底屏蔽了。”

“真是太过分了。”叶千江气鼓鼓地说，“你没给她点颜色看看？”

“什么？”

“把她老公抢过来！”黑暗中传来叶千江咯咯的笑声。洛琛看着他身前抖动的小肩膀，忽然觉得今天的夜不太黑。

叶千江站在名叫 CO 的夜店跟前，给自己做了很久的心理建设。

“说真的，我不喜欢夜店。”

“我也不喜欢。”

“因为你在这儿弄丢了女朋友？”

在洛琛有所反应前，叶千江以极快的速度跑进酒吧里。

同样昏暗的光线，同样震耳欲聋的重金属音乐，同样眼神迷离在舞池里放纵自我的人，看起来和刚刚走过的其他夜店没有什么两样。

叶千江甚至有种错觉，这几家店里的人都是一样的，大家从一个夜店辗转另一个夜店。这些在酒精作用下面目模糊的人，在她看来简直是一个模子刻出来的。

就连拒绝她的理由都是一样的：“喝了这杯酒就告诉你。”

“陪我跳支舞就告诉你。”

叶千江早已看穿了他们的把戏，或许他们和米娅一起喝过酒也跳过舞，可是此刻他们根本不知道叶千江要找的是谁。

因为他们不在乎，他们根本不在乎那个女人是谁，也不在乎在病房里苦等她的孩子，对他们来说，只有当下的欢愉是最重要的。

在一次次寻找和一次次落空后，叶千江开始泄气，她有种感觉，米粒妈妈的世界离她很远很远，就好像是另一个平行世界一样。

那里是她永远无法企及的地方。

就在叶千江准备放弃的时候，一个观察她很长时间的酒保借着给客人上酒的间歇来到她身边，不确定地问：“你在找 Rosemary？”

“什么？”叶千江被音乐震到半聋。

“Rosemary，Lydia，或者米娅？”

“米娅，米娅是她的中文名。”叶千江说，希望那个女人没用什么奇奇怪怪的化名。

“你是她朋友？”酒保谨慎地询问道。

“不，我替她的孩子来找她。”叶千江用尽全力才能在重金属音乐里找到自己的声音，“一个五岁的小男孩儿。”

酒保点点头，显然对米娅的状况有所了解。他指了指酒吧的一侧：“你可以从侧门出去，到巷口碰碰运气，或许她会在那里。”

叶千江没明白酒保的话，洛琛却已经拉着她朝着指示的方向走过去了。

一股惊人的力量拉着洛琛往后退，他回头盯着爆发如此惊人力量的叶千江：“你干吗？”

“你干什么？”叶千江说，“那个人明显知道米娅的事情，我要回去问清楚。”

洛琛没有费劲说什么，伸手过去抓叶千江的肩膀，几乎把不配合的她搬到侧门，其间还引来安保人员的注意。

总之，洛琛花了好大力气才把叶千江和自己塞出侧门。叶千江对他的自作主张耿耿于怀，此刻气鼓鼓得像个帝企鹅一样跟在他身后理论。

洛琛想起网络上一则笑话，说一个女人的聒噪程度等于五百只鸭子，他挠了挠耳朵，觉得那是讲那个笑话的作者没有生活，一个生气的女人其聒噪程度大概只有航空母舰能与之匹敌了。

就在叶千江数落洛琛的独断专行时，后者已经开始着手找人计划。

跟在洛琛身后不肯罢休的叶千江被吓了一跳，只见侧门外横七竖八躺着的人影，在朦胧的月色下煞是恐怖。

叶千江抖抖索索地拉拉洛琛的袖子，颤声问道：“这……这……

这……这些，是啥？”

“嗯……”洛琛思考了好一会儿，“喝醉的人。”

“我看到了，可是为什么在这里？”叶千江说，“要不要去告诉店员，或者报警？躺在这里太不安全了，万一有坏人……”

叶千江正说着，不知从哪里冒出来一个高瘦的男人，在醉倒的人间翻看着什么。

“喂，你在干什么？”叶千江撸起袖子冲上去，挡在被他翻看的女孩儿面前，气势汹汹地张开双臂。

“你是什么人？”那男人显然也喝了不少，一张口酒气冲天，“跟你有什么关系？”

这时，洛琛也来到叶千江身旁，试图把她拉回来。

“我是警察。”不愿意待在洛琛身后的叶千江冲出他的防护，拿着医院的饭卡在男人面前一晃而过，一只手叉着腰，另一只手直戳对方下巴，粗声粗气地问，“你干吗呢？”

“没干什么啊。”男人抖了抖衣襟，“什么都没干，犯法吗？”

“你……你……你这是什么意思？”叶千江指着他抖衣服的动作，面对着对方压制性的身高不自觉地结巴起来。

男人盯着她头顶的某处看了一会儿，不知道是被她的气势还是别的什么震住了：“我可以走了吗？”说着，以极快的速度从来的方向退了回去。

他们争执的时候，旁边聚集了几个鬼鬼祟祟的人影儿也跟着男人一起消失了。

见此情形，洛琛长舒一口气，看见叶千江抱着胸一脸心虚的样子，强忍着才没有笑出来。

叶千江擦掉额头上冒出来的虚汗：“他是什么人？”

洛琛揉着太阳穴说：“捡尸人。”

“什么？”

无奈之下，他重复了一遍。

“那这些？”叶千江指着地上躺成一片的人。

“挺尸。”

叶千江满脸的不解：“这是奇幻小说吗？”

“嗯，你可以理解为现代年轻人新潮的生活方式。”

“哦。”叶千江抓着刘海儿，“现在对这种见不得人的事情的解释都这么高级了吗？”

不知道如何回答的洛琛选择沉默。

“不过你怎么懂这么多呢？”叶千江瞪着眼睛，像好奇宝宝一样一眨不眨地盯着洛琛。

“看新闻。”

“我怎么没看到？”

“你看得不仔细。”

“不是亲身经历？”

“拜托，我有夜盲症。”洛琛举着手机，想证明自己的清白。

“谁还没点年少轻狂的故事，我又不会外传。”

“那你呢，你有什么荒唐事吗？”

被洛琛反将一军的叶千江不得不提醒他来这儿的目的。

于是两人默契地结束话题，投入找人的事业中。

想要在横七竖八躺着的满脸浓妆的人之间找到一个从未见过的人是有多么困难，叶千江算是领教到了。

因为洛琛的特殊情况，两个人不得不合作，他拿着手机照亮对方的脸，叶千江拿着姜姥姥发给她的照片仔细比对。

“怎么样？”

叶千江真是恨不得自己长了一双透视眼，最好是能够穿透血肉直接定点骨骼的那种。“像又不像。”她仰面对着月亮哀号一声，“我好像得了脸盲症了，现在看谁都觉得长得一样。”

“不急，慢慢来。”洛琛安慰着她。要克服对黑暗的恐惧，她知道同样跟自己跑了一天的洛琛比她要辛苦很多倍。

对于慢慢涌上来的困意，叶千江的解决办法是“啪啪”两下，左右开弓给自己两个嘴巴。

吓得洛琛往后退了两步，看着她的眼神儿都变了。

“你要干吗？”

“困了。”重新抖擞精神的叶千江招手把他召回来，“过来打光。”

洛琛不情不愿地走过去：“要是实在撑不住你就回去吧，这样子怪吓人的。”

“少废话。”叶千江一把将洛琛拉到身边，“一个大男人磨叽什么。”

洛琛被叶千江噎得无话可说，其实他有很多问题想问，却不知道如何开口。

比如她的父亲怎么会那样对她，仅仅是因为她开车导致了大女儿的事故吗？

还有，就在今晚，她的父亲为什么会对自己说那样的话，一个父亲怎么会那样评价自己的女儿？

然而这些问题他都没有说出口，而是选择默默放在心底。

因为做了关怀师的他知道人们总是习惯去追求一个答案，但其实，生活中很多事情恰恰没有答案可以追寻。

与其去揭开她心里的那道伤疤，不如无视这些问题的存在，执着于眼前事。

叶千江并不清楚洛琛的心理活动，只是执着地寻找。看着眼前睡得正香的人，叶千江几乎兴奋地尖叫起来。“是她是她，一定是她。”她试图摇醒沉睡的人，“你好，米娅，你是米娅吗？”

可是无论她怎么叫，沉睡的人都没有半分反应，只顾嘟囔着梦呓，还都是一些喝酒时划拳的醉话。

“喂，你快醒醒！”

见实在叫不醒她，叶千江安排洛琛在原地站好，自己则跑回酒吧，回来的时候，手里拿着一扎啤酒。

在洛琛的错愕中，叶千江把酒一滴不剩地倒在醉酒的女人脸上。

女人猛然惊醒，被酒精侵蚀神经的她隔了好久才明白自己的处境，伸手想去抓叶千江的动作被洛琛挡回来。

“你们想干吗？”女人看向光源，虽然看不真切，但她确定始作俑者就在自己对面。

她的眉眼跟米粒有七分相似，但是谨慎起见，叶千江还是跟她确认身份。

“你叫米娅，你有一个儿子叫米粒对不对？”

“不对！”女人反驳道。

叶千江也有瞬间的迷茫，不确定地看向洛琛：“不像吗，我认错了？”

洛琛一言不发，捡起女人散落在地上的钱包，翻看着里面的证件。

“你干吗？还给我！”

女人扑过来抢走洛琛手里的钱包，夹层里的身份证却被他抽了出来。

上面写着女人的名字，她正是米粒的妈妈。

叶千江蹲在她跟前，耐心地说：“是姜姥姥让我们来找你的，米粒需要你。”

“米粒。”女人念叨着儿子的名字，那一瞬间母性的关怀在她脸上展现，然而那情绪只是一闪而过，很快被醉酒的混乱取代，“那是什么东西啊？”

“那是你的儿子呀，”叶千江无奈地强调着，“这里不是谈话的地方，我们去别处吧。”

说着，叶千江架起米娅的肩膀把她抬起来，洛琛抓住她另一侧手臂。

“你们要带我去哪儿？我不去！”

米娅挣扎起来，试图摆脱叶千江和洛琛。

“你儿子快死了，米粒快死了！”

叶千江的话让米娅瞬间冷静下来。

二十四小时营业的快餐店里，洛琛第一次有机会看清楚米娅的脸。

米娅的脸上满是酒渍、泪痕，睫毛膏和口红早已化开，混着粉底揉得一塌糊涂。他真的很佩服叶千江怎么能从这样的脸上找出和米粒相似的痕迹来。

“米粒的状况真的很糟糕，医生也不敢保证他还有多少时间。

“姜姥姥很想念女儿，他们祖孙俩都在等你。

“所以，你真的不跟我们走吗？”

洛琛问了三个问题，在米娅给出三个否定答案后，他不再说什么，拉起叶千江往外走。

“喂喂喂。”米娅追上来，叶千江挣脱洛琛，期待着她改变主意。

可是米娅只是把账单递给叶千江，带着一脸浓妆的她便踩着高跟鞋走掉了。

“怎么会这样？”叶千江盯着账单，不敢相信自己的眼睛。

洛琛早知道会这样，所以不觉得意外，他拿出钱包，从叶千江手里接过账单，去前台付账。回来的时候，叶千江早已消失不见了。

他赶到快餐店门口，只敢站在招牌的光亮下，可街上哪有叶千江的影子？

他有一种预感，很不好的预感，执着的叶千江是不会轻易放弃的，即便那个人根本不值得帮助。他拿出手机拨通叶千江的号码，不意外，通话被拒绝，可是就在被按掉前的一秒钟，他看见街角处一闪而过的光亮。

那消失的身影正是叶千江，放心不下的洛琛点开手机的手电筒模式，疾步追了上去。

走了几个路口，洛琛终于追上了叶千江：“跟我回去吧，公司有可以供员工休息的地方。”

叶千江摇头拒绝，执着地跟在米娅身后。

“你要干吗？她是不会跟你去医院见米粒的。”

“我知道，可是她这样走在街上太不安全了。”叶千江头也不抬地说。

“那你呢？”洛琛在心里问，“你这样就安全吗？”

他只是选择默默守在叶千江身后，既然她要跟着，那他也只有奉陪到底。

不过对于洛琛的心理活动，叶千江显然没有注意到，因为她的全部精神都集中在那个醉醺醺的女人身上。

一路上，每当有不怀好意的男人去跟米娅搭讪的时候，叶千江都像战士一样准备要冲上去，要不是洛琛拉着，她大概一晚上要打上十几架。

不过米娅似乎也没有理会他们的想法，只是一个人漫无目的地在街上游荡着。

午夜的风吹走城市里燥热的气氛，洛琛忽然觉得就这样看着叶千江探头探脑也是一种乐趣。

米娅停在二十四小时营业的商场前面仰头看了好久，然后犹犹豫豫地走了进去。

叶千江拉着洛琛来到米娅站过的地方，卖运动商品的展示柜上，正摆着一双蓝白相间的儿童旱冰鞋。

仿佛能预料到米粒满脸希冀的样子，叶千江用手肘去撞身边的人："你看吧，她还是想着米粒的，知道自己的儿子喜欢什么。"

叶千江把脸贴在透明的玻璃展示窗外，手搭凉棚控制着光线，仔细查看里面的情形。

"嗯，看不到米娅呢？"

就在她发出疑问的时候，商场的大门被推开，米粒拎着啤酒瓶摇摇晃晃地走出来。

"这就是所谓的想着孩子？"洛琛对米娅的印象依旧没有丝毫的改观。

"不会的，她心里是想着儿子的。"叶千江说着，却像是给自己打气一般。

"她是去给自己买酒的。"在叶千江的注视下，洛琛举起手做投降状，"好吧，我承认，她或许在某一刻想起了米粒的梦想。可是结果呢，她买了酒，这样的人是为自己着想的，并且一辈子永远只会为自己想。"

千寻文化

—图书·影视—

晚安，洛先生

眉袖——著

不记得是什么时候开始的，
只要她需要，他永远在她身后。

已经掌握了基本平衡法的米粒主动提出来让叶千江歇着。

“你可以吗？”

米粒挺起小胸膛，滑着脚上的轮子让她放心。

叶千江也不走远，只是在米粒身后慢慢地跟着。

那时候，叶千江还不知道，巨大的悲恸正向她袭来。

发觉米粒越来越熟练，叶千江的心也稍稍放松下来，他滑得飞快，从手机铃声响起到接电话，就是那一瞬间的分神，骤然响起的刹车声吓得叶千江直打寒战。

她直朝发生车祸的方向跑去，那是一辆蓝色的SUV，是医院工作人员的车，因为前面的停车场满了就想到这块空地。

叶千江狂跑着，她简直不敢相信发生了什么，如果因为她一时间的疏忽酿成不可挽回的后果……

快一点，再快一点。

她在心里这样告诉自己，直到两腿酸软，直到把胸腔里的空气全都呼出去，她冲到车跟前，在看到被车子挡住的、坐在地上的小小身影时，瘫坐在车前，一把将小小的米粒抱在怀里。

他小小的膝盖和手臂上，全是擦伤。

叶千江的手机还在通话中：“喂，叶小姐吗？这里是盛琪医院，很遗憾地通知您，今天凌晨，成先生去世了。”

怎么在医生和护士的白眼中把米粒送回病房的，叶千江没有半点意识，在听到男友去世的消息后，她整个人像是被抽空的躯壳一般，行动和言语完全不受大脑的控制，仅仅是凭本能行事。

对于米粒的伤，姜姥姥倒是比院方更加通情达理，毕竟小孩子玩耍哪有不受伤的道理？

由于违停的肇事车辆的车主是医院的工作人员，真追究下来医院也逃不了干系，基于这几点，医生和护士才肯放过带孩子出去弄了一身伤的叶千江。

不过他们的话没过耳就被叶千江屏蔽了，就算他们不肯放过，叶千江也压根什么都没听见。

最先发现叶千江不对劲儿的是姜姥姥，原本她以为叶千江是被米粒受伤的事情吓的，把叶千江劝走后左思右想都觉得不对劲，于是打电话给洛琛，将事情的原委告知。

叶千江的电话一直是无法接通的状态，情急之下，洛琛想起了自己在盛琪医院的同学，从对方那里得知叶千江男友的事。

他抛下开早会的同事往医院赶的时候，叶千江正在男友的病房门口，祈求他的家人让自己见他最后一面。

"叔叔阿姨，求求你们让我见他一面吧，求求你们了。"叶千江泣不成声，几乎要跪在地上，"他出事原因在我，可我是他的女朋友啊，我是不会故意害他的，那都是意外，我宁可受伤死去的是我啊！"

叶千江双手握住门把手，那是她死都不能放弃的底线。

被扒开一只手，她就用另一只手顶上，拼上一条命，她是一定要见上男友一面的。

就在男友一家无计可施的时候，就在叶千江以为自己离胜利只有一步之遥的时候。听到风声的叶父叶母从女儿病房赶来，和门内的人打了个招呼，一脸严肃地要叶千江放手。

叶千江自然不会轻易放弃，这可能是她最后的希望了。

"到底要闹到什么程度你才肯罢休？"叶父捶着自己的大腿，"你把人家一家害成那个样子，你到底有没有廉耻！"

"爸。"叶千江呆呆地站在那里，不敢相信这样的话是从自己父亲嘴里说出的。

他的眼神里混杂着鄙夷和不屑，看向她的表情像是面对某种虫子。

"您为什么这样？我也是女儿啊，我也是女儿，难道只有姐姐才是亲生的吗？"叶千江将一直以来憋在心里的委屈哭出来，"我是错了，可是我不是有意的，我是希望姐姐能开开心心地回来订婚，我想去接她，我也没想让她变成这个样子，我都不想的，可是为什么，为什么你不肯接受我的道歉呢？就因为我做错了这件事，就永远不认我这个女儿了吗？永远不认我了吗？”

“不是不认你。”

表面上冷若冰霜的父亲看到女儿这样，也是愁肠百结，忍不住伸手去拉叶千江，却被后者躲开。他说：“到现在你还不明白吗？不是我们不认你，是你不认我们啊！”

“什么，什么意思？”

叶千江震惊地看着父亲，只要有机会她就会偷跑到医院，冒着被骂、被打的风险看自己的家人，什么叫她不认他们？

“你们……”

赶来的洛琛看到这场面瞬间明白了什么，他拨开人群，走到被众人指指点点的叶千江身边，跟叶父叶母打了个招呼，拉着愣怔的叶千江离开是非之地。

“那是什么意思？什么叫我不认他们，什么叫我不认他们？”

在车上，叶千江反复念叨着几句话，仿佛魔怔了一般。

“别想那么多，你现在就需要好好睡一觉。”洛琛的手指敲打着方向盘，“去我家吧，这几天公司有事，我会在公司加班，晚上会安排个阿姨陪你。”

可是叶千江沉浸在自己的臆想里，根本没空听他说了什么。

开车的洛琛只好联系公司同事，对着车里的人像是自言自语一样嘱咐她注意事项。

把车停在地下车库，电梯久等不到，洛琛索性拉着叶千江走雨夜里走过的路。

一路上叶千江懵懵懂懂，电梯到达的一瞬间，听见电梯铃声的她忽然醒过来一般。

“我怎么会在这儿？”

“你……不记得了？”

“这是哪里，我要去看我朋友，这是哪里？”

“是啊，是要去看他，你忘了上次有东西落在我家了，拿了东西后我们一起去医院。”

洛琛轻轻地推着叶千江进了电梯。

在电梯里看着逐渐亮起的数字，一滴泪水从叶千江脸上滑落：“我没有东西落在你那儿，还有，我男友死了，我再也见不到他了。”

洛琛伸出手，想拍拍她的肩膀，却在半空中收回手。

“你需要休息，一会儿我去公司处理事情，照顾你的人随后就到。”

“好。”叶千江应承道，透过电梯门的反光看着他，“我是不是特别讨厌？”

“你说什么呢。”

“我的家人不要我了，男朋友死了，也不让我看，我做人真的好失败。”

洛琛不知道如何安慰她，幸好到了他家的楼层，他把叶千江送到家里，安置好后就离开了。

洛琛出小区门口的时候，和赶过来的刘姐打了个照面。

只是他没想到刚到公司，刘姐的电话就打过来了。

虽然电话里对方轻描淡写地说希望他回家看看，但是他知道，身为资深的关怀师的刘姐是不会轻易向自己求助的。

回去的路上，洛琛还跟新派给米粒的关怀师确定了孩子的状态，虽然代表公司和姜姥姥签下合同的是叶千江，但是既然她男友已经去世，那么她也就没有留在公司的理由了。

洛琛的目光扫过副驾驶前的储物箱，那里面还躺着他之前给叶千江准备的解约书。

不过，回到自家小区的时候，他已经忘记了那些事，由于电梯被占用，等不及的他恨不得直接从楼梯跑回家。

虽然早有心理准备，但是开门的一瞬间他还是被里面的景象惊呆了。

刘姐站得远远的，柔声安慰着叶千江，而后者坐在阳台上，缩成一团，木然地看着窗外，身下是星星点点的血迹。

洛琛大概能判断出她的活动痕迹，从沙发转到露台，而后又被刘姐劝回阳台缩在窗台前面。

因为她所到之处的家具上布满了抓痕，这让洛琛想起第一次见面时她不停抓挠的食指。

叶千江这段时间一心一意做关怀师，弱化了她某些行为，显然男友的离世让那些隐而不发的病症卷土重来。

见洛琛回来，刘姐给他简述了事情发展的经过。

其实这么短的时间没发生什么事，只是叶千江反复说着对不起之类的话，然后就不停地抓挠自己，好像丝毫没有痛感一样，每当刘姐靠近就会不停地尖叫，躲远。

洛琛知道叶千江说的是什么，他安排刘姐回公司主持下午的培训，自己则拎了把椅子远远地坐着。

他从慧姐讲起，讲他们两个的相遇，讲他没钱交房租，而慧姐背地里早就预谋好在他这里学怎么照顾身患不治之症的丈夫。

讲到身患白血病的小月儿，讲到他们两个去日本找人，讲到陈奶奶，讲到米粒。

叶千江在他近似自言自语的讲述中，神志逐渐恢复清明。

在讲述中，洛琛一点点向她靠近，讲到带米粒参加活动的时候，离叶千江只有一步之遥，只要伸手就能够到她。

“哎呀，姜姥姥告诉我，米粒出去玩轮滑，摔了一身的伤，也不知道现在怎么样了。”讲到米粒的时候，他故意停顿下来，观察叶千江的反应。

“米粒，是我弄伤的。”叶千江轻声说，“是我把他弄伤的，是我，都怨我。”说着，豆大的泪珠从她眼里掉下来。

“不怨你。”洛琛从凳子上滑下来，坐在她的对面，“姜姥姥都告诉我了，是有人违规停车，不然米粒根本不会摔倒。”

“是我，是我的错，都是我的错。”叶千江哭起来，“如果我不开车，如果我不开那该死的车，就不会出事，我姐姐不会成为植物人，男朋友也不会死，我的家人都会好好的……”

“或许你有错的地方，但是问题不完全在你身上，”洛琛轻轻握住她抽动的手指，感受微刺的指尖在他手心里颤抖的力道，“不要太苛责自己，不要想那么多，你看你受伤了。”

洛琛指着被她抓破的伤口问：“疼不疼？”

叶千江看向伤口的眼神像是第一次知道它们的存在，也像它们本应在那里一样。

她缓缓地摇头，下意识地去抓自己。

洛琛用力握住她的手，阻止她伤害自己的行为，看向她的眼神变得深邃。

“你有什么感觉吗？”洛琛把窗帘拉开，让寒风涌进来，“现在冷不冷？”

叶千江的回答依旧是否定的。

洛琛想起去日本以及去昆明时，叶千江不符合季节的衣着搭配，追问道：“从什么时候开始的，不疼，不冷，不热？”

“车祸以后。”叶千江第一次和别人袒露心声，她说，“车祸以后，我就死了。”

说话的时候，她嘴角带着淡淡的笑意，眼睛里却是一片死寂的宁静。

“这样不行。”洛琛起身去拿药箱，帮叶千江处理完表皮的伤口后，拿了自己的一件外套搭在衣着单薄的叶千江身上，手上布满伤口无处可牵，他干脆推着叶千江的后背，“慢点走，小心。”

“去哪儿？”

“去你早就该去的地方。”

洛琛拉着朋友在走廊里走了好远，确定他们的谈话传不到精神心理科。

“怎么样？”

胸前的铭牌上挂着主治头衔，名叫叶希恩的医生一脸揶揄地围着洛琛转圈：“从实招来，你们什么关系？”

“同事。”

“好走不送。”叶希恩拍拍屁股准备走人。

洛琛拉住老友：“我喜欢她，行了吗？”

“这样多好，自己说出来，省得我费劲。”叶希恩止住离去的脚步，一脸八卦地绕回来，“告白了吗？”

“没……”

“她喜欢你吗？”

“不知道。”

叶希恩一句话没说，转身要溜，被洛琛抓回来：“问的我都回答了，还走？”

“那你跟我解释下，这事儿跟你有什么关系？”

“别闹了。”洛琛做出投降的手势，“败给你了，我请你吃饭不行吗？”

“光吃饭？”

“喝酒，管够。”

“光喝酒？”

“那不然呢……”洛琛话锋一转，“需要人陪吗？”

“如果有的话，我也……”

“我看你未婚妻就不错。”

叶希恩翻出跟系统同步的平板电脑：“这个是她正在做的抑郁量表，等一下会根据评分给出一个初级的判定，之后会做一个神经递质辅助诊断。”

“别绕圈子。”洛琛指着屏幕，“你能看出什么来，是抑郁症吗？”

叶希恩叹了口气：“根据现在的数据还很难下结论，还需要更详细的……”

“知道了，我等诊断，我们的友谊到此为止。”洛琛打断老友的话。

“脾气这么急，真是……”叶希恩压低声音，“下面说的话是作为朋友之间的交流，我不是医生，你也不是病患。”

“知道了，你还真是唠叨。”洛琛不客气地在他背上拍了一下，“快说。”

叶希恩吐出胸中的一口闷气，整了整白大褂："她身上的伤都是自己抓的？"

"是的。"

"没有痛感？"

"没有。"

"车祸以后她觉得自己已经……"

"死了。"洛琛替他说完。

"运动功能基本正常，失去痛感，喜怒哀乐不明显，死亡幻觉。"

"怎么样，是抑郁症吗？"

"不止。"叶希恩看着显示器上不断增加的数据，"根据和她刚刚的交流以及你提供的这些信息，我初步认定她患有科塔尔综合征。"

"什么？"

"是一种精神障碍性疾病，通常发生在创伤之后，大脑中负责认知面部的区域和与认知有关的感情区域断开，俗称行尸综合征。"

"我听说过这个病，可是她做关怀师期间对患者的情绪和病痛能够感同身受，并且做得很出色。"

叶希恩点点大脑："共情，也称作同理心，是一种能深入他人主观世界，了解其感受的能力。而对于……"叶希恩偷偷看着问卷上的名字，"对于叶千江来说，她足够聪明，我觉得她是在依据以往的经验判断做出相应的反应。"

"依据经验判断？"

"对，以我直观的接触，她其实感受不到那些，但是她很仔细地把这些隐藏起来，根据以往的经验，做出回应。"

"你再说详细一点。"

"也就是说，她现在说话和办事凭借的是智力和绝对的理性，那些她表现出来的喜怒哀乐，都是理性指导下的。"

"那么……"

叶希恩同情地拍拍洛琛的肩膀："兄弟，我恐怕你这段感情是单相思。"

“现在是说这些的时候吗？你说怎么治吧。”

“用爱心啊，你的心！”叶希恩一拳打在洛琛的胸口上，借以报复对方刚刚对自己的打击。

“你能不能正经点？”

“这还没确诊呢，你让我下药？你是不是想毁了我的职业生涯？”

“你的职业生涯用我来毁？”

“能不能对我有点信心？”

“想起你旷的课，打的游戏，来医院之前我已经把生死置之度外了。”

从医院出来的时候，虽然没有得到确诊信息，但是洛琛在心里已经相信了朋友的判断。

因为晚餐的时候，洛琛准备了什么，她就吃什么，就连放错料的菜她都说很好。

洛琛只能抓着铲子默默倒掉被他毁掉的食物，吃完饭，你让她刷碗她会配合，你让她吃水果她也乐意，一副好客人的样子。

洛琛对朋友的诊断更加确认，可是又没有好的解决办法，他试图从网上找到相关病例的治疗方法，可是网上对这种病症的信息寥寥无几，根本不知道如何下手。

他看着在沙发上睡着的叶千江，庆幸病魔还没有夺走她的睡眠。

他轻手轻脚地推开通向露台的拉门，午夜的风让他打了个冷战，反手关上门，拿出手机拨出去。

没多久，电话那头传来叶希恩慵懒的声音：“喂，大老板，你有没有搞错？我不是你的员工。”

“是我就不找你了。”

“真是上辈子欠你的！啊呀没有没有，宝贝不是说你呢。”叶希恩的声音陡然变得谄媚而温柔。

洛琛坏笑着说：“替我跟弟妹打个招呼。”

“打个屁招呼，有事快说，说完拉倒。”

“叶千江……”

“她在哪儿？”叶希恩毫不客气地打断他的话。

“能告诉我……”

“她在哪儿？”

“关于科塔尔综合征……”

“她在哪儿？”

“在我家。”

洛琛忍受着电话那头刺耳的狼号声，等对方稍微冷静下来，解释道：“不是那种关系，我们……”

“我不听。”叶希恩果断地堵住对方的话题，“有事直说，我只给你三分钟。”

“首先，我们不是你想的那种关系，她是在我家，不过她在客厅，我在露台。”

“很好，一分钟过去了。”

“好吧，我只是想跟你说一下。”

“两分钟。”

“我刚刚只说了一句话。”

“我家的表我说了算。”叶希恩得意扬扬地说，“二分三十秒。”

“我认真想了一下，你说得对，她是有行尸综合征的特征，可是怎么才能治好她呢？”

“这是一种心理疾病，任何药物的效果都是有限的，其实国内外都没有很好的治疗方法。”

“这些我都知道，能给我些建议吗？”

叶希恩回答：“她在你身边，她的每一点变化你都看得到，你应该比我有办法的。”

洛琛还想再说点什么，电话那头的叶希恩明显比他反应更快。

听着话筒里传来的忙音，洛琛轻轻地叹了口气。

沙发上悄无声息的叶千江轻轻地睁开了眼睛……

清晨，温暖的阳光照在洛琛僵硬的身体上，伸着懒腰的他才意识到，自己竟然在露台坐了一整晚。

揉着肩膀回到室内的洛琛发现叶千江趴在沙发上，依稀还是昨天他离开时的姿势。可是空气中弥漫着食物的香味儿，他疑惑地来到厨房，发现微波炉在运作，面包在机器里烤着，鸡蛋在平底锅里煎着。

就在他愣住的一瞬间，熟睡中的叶千江一下子蹦起来，飞快地跑到厨房，用准备好的盘子装好烤得正好的面包片，给鸡蛋翻了个面后，把切好的香肠片放进锅里。她从微波炉里取出热好的牛奶并倒了两杯，然后转身把鸡蛋和香肠取出来，一起摆在盘子里。

洛琛抱着胸看着动作熟练的女人，不知道该哭还是该笑。

就在前一天，他还确定叶千江有精神方面的障碍，可是今天，阳光充沛的今天，她就站在阳光里，站在他的厨房里忙忙碌碌，周围充斥着食物的味道，无论如何也无法相信她感受不到自己的存在，甚至无法感知这个世界。

洛琛走到餐桌旁坐下来，看着她准备的食物："你不必这样做。"

忽然，叶千江像是断了线的风筝，端着杯子愣在那儿。

洛琛忽然想起朋友的话，以惯性处理问题的叶千江，似乎误会了他的意思："我是说，非常感谢你，我很期待你做的早餐。"

叶千江露出恰如其分的微笑，将装着牛奶的杯子放到他面前。

这个笑容他是熟悉的，第一次见叶千江面试的时候，她的脸上就带着这种面具式的微笑。

洛琛的目光落在她的左手上，她的食指又开始不安分地抓挠起来。

洛琛在忧心忡忡中吃完早餐，刚放下叉子，门铃声响起来。

他示意叶千江慢慢吃，自己起身去开门。

"请问有什么事吗？"

"打扰了。"保安小哥将准备好的文件递上来，"这个是小区物业满意度的调查表，有什么意见或者要求写在上面就……"

保安小哥笑吟吟的样子定格在那一秒，他指着洛琛身后结巴起来："血……血……血……"

洛琛赶紧回头查看，原来叶千江正在用叉子磨自己的指尖，鲜血顺着刚刚结痂的伤口流出来，染红了纯白的桌布。

“我填好了会送去保安室的。”洛琛送走保安小哥，立即跑到叶千江身边，夺走她手里的叉子。

看着她血流不止的手指，洛琛轻车熟路地帮她处理伤口，心里忽然有种虚脱的感觉。“我应该拿你怎么办呢？”洛琛温声细语地问她，也是问他自己。

就在洛琛不知所措的时候，公司那边传来消息，之前接触的投资商要来实地考察，作为老板的洛琛必须到场。

洛琛实在不放心叶千江自己待着，等刘姐来了才肯走。

由于前期工作安排得很到位，所以和对方企业的接触很融洽，午餐过后，洛琛安排公司副总带着来访者到市里特色的景点游览，报给对方公司的行程是走访具体的关怀定点医院。

从工作中抽身出来的洛琛并没有直接回家，跟刘姐确定叶千江的状态还算稳定之后，驱车直接赶往第二医院。

再一次站在自己家门前的洛琛已经退去清晨时候的惴惴不安，他知道，这一次面对叶千江，自己是有护身符的。

推开门，在众人尚未反应过来的时候，一个小小的身影闪电一般飞奔进去，扑在叶千江怀里，咯咯地笑起来。

“米粒，你怎么来了？”叶千江轻手轻脚地扶着米粒消瘦的小胳膊，生怕把他弄疼了。

“米粒想你了。”小家伙瞪着圆眼睛，古灵精怪地反问她，“你呢，你想米粒吗？”

“不想……”叶千江拉了个长长的尾音，赶在米粒生气前，大声说出后两个字，“才怪。”

米粒小小的手指在叶千江鼻头上点了一下，学着他奶奶教训他的口吻说：“你学坏了。”

“跟谁学的呢？”

小眼珠在眼眶里滴溜溜地转，最后转到洛琛的身上：“跟他。”

“这孩子，怎么这么没有礼貌！”姜姥姥连忙为外孙的失礼道歉，洛琛示意她不要往心里去，叶千江和米粒这两个始作俑者则早已在一旁乐开了花。

米粒的到来仿佛开启了某个开关一样，叶千江一下子活了起来。她把洛琛的厨房翻了个底朝天，让人伤感的是，一个单身汉的厨房里根本不可能翻出什么花样来。

由于看不惯她忙忙碌碌的样子，米粒使出必杀技，直接冲进厨房里跳到叶千江身上，要她抱着才行。

战斗力瞬间清零的叶千江只好唯命是从，一脸无奈地回到客厅时，身上还挂着如树袋熊一样的小米粒。

“你真是够了，你来干吗？”叶千江揉揉对方的小耳朵，“来折磨我吗？”

“我来找你是……”说到一半，米粒主动停下来，“你先把我放下。”

叶千江看着一脸郑重的米粒，好笑地把他放在茶几上，就是这样，跟自己的个头也差了很远。

可能是意识到这点，米粒主动对她说：“请坐。”

然后，叶千江、洛琛、姜姥姥三个人坐成一排，看着米粒牛气轰轰地摇头摆尾。

“还挺像样呢！”

“是呀是呀，还蛮有气派的。”

“从没见过他这样。”

米粒小眼一瞪，对他们这种私下里交头接耳的行为很是不满：“肃静。”

刘姐看着仨大人被管得服服帖帖的，对他们笑笑，捂着嘴走掉了。

“不许乱看。”此刻米粒俨然是幼儿园里不苟言笑的老师，“看着我。”

“怎么了？”叶千江头一次看见这么认真的米粒，也料到他是冲着自己来的。

果然，米粒直接朝她发难：“小叶姐姐，你骗我。”

“什么？”叶千江向姜姥姥和洛琛求助，却没有得到任何答案。

“看着我看着我。”米粒纠正着她的态度，“看这里。”

“我看着你，我看着呢，我怎么骗你了？”

米粒认真地和叶千江对视，黑曜石一般的小眼珠快聚在一起了，自带一股浓郁的喜剧风。

叶千江憋着不敢笑：“到底怎么了？”

米粒抱起手臂，一字一句地说：“那双旱冰鞋，是我妈妈送的吗？”

“怎么不是……”叶千江想要寻求姜姥姥的帮助，被米粒看穿。

“不要看别人，看着我。”米粒两指如钩，指了指自己的眼睛，又指了指叶千江。

“嗯……”叶千江反问他，“不是吗？”

“当然不是。”米粒端着个小脑袋，认认真真地说，“是她吗？”

“你怎么会有这种想法……”叶千江想把这个问题略过去，不过她的小心思早已被看穿。

“那双鞋是不是你送的？”

“我……”面对米粒的直白，叶千江也有点招架不住。

“稍等一下。”米粒喊停，扭着小胳膊小腿儿挨着茶几边缘坐下来，晃着小胳膊小腿儿，说，“可以了，你还有什么要狡辩的？”

对面的三个大人笑得前仰后合的。

叶千江举双手投降：“我承认，我撒谎了，那双鞋是我送给你的。”

“你为什么骗我？”米粒噘起鸭子嘴，气鼓鼓的样子格外可爱。

“我没骗你。”叶千江继续狡辩，“你想想当时是什么样的，当时我问你谁知道你的梦想……”

米粒真的在回忆那天早上的情形：“那天，我刚起来，看见礼物在床上。”

“对呀，你抱着鞋不撒手，都快亲上了。”叶千江提醒他。

“然后你问我谁知道，然后是……”米粒一脸郁闷地托着腮帮子，“是我说的呀。”

"就说了不是我嘛。"

叶千江终于撇清了关系，还没骄傲，米粒直接跳起来："不对不对，我说错了你为什么不纠正我呢？"

"因为……"叶千江抓抓头，转向身边的洛琛求助，"为什么呢？"

洛琛悄悄地向米粒递了个眼色："不管因为什么，做错事就要受惩罚。"

"对，要受惩罚。"米粒拍着巴掌乐起来，连姜姥姥也帮着他。

"好吧。"看着联合起来对自己下套子的仨人，叶千江说，"什么惩罚，说吧。"

米粒从桌上跳下来，来到叶千江跟前，拉着她的手："姐姐姐姐，帮我把妈妈找回来好不好？"

叶千江愣在当场，她从没想过米粒会这么直白地说出心中所想。

实际上这也是洛琛急匆匆赶去医院接米粒和姜姥姥出来的原因，既然叶千江没有失去共情的能力，那么即使是不能感同身受，只用理智去处理，她也是能够理解这些感情的。在她依靠智力处理问题的时候，也是她自身状况最好的时候。

无论感性还是理性，当她拼尽全力去做一件事的时候，她眼里的光彩，她周身上下的光芒，是任何人、任何事都无法掩盖的。

洛琛敏感地捕捉到叶千江眼底一闪而过的那丝坚韧，那正是叶千江的魅力所在。

"好的，我答应你。"叶千江把小小的手掌放在自己的手心里，轻轻地握着。

米粒咧嘴一笑，剧烈地咳嗽起来。

最先反应过来的洛琛拿了湿巾回来的时候，米粒已经开始流鼻血。

叶千江和他都知道，那是艾滋病恶化的标识，接下来连发烧对米粒来说都可能是致命的。

原本其乐融融的会面被突如其来的流血事件打断，此刻的黄昏格外寂寥，夕阳把所有人的影子拖得很长，很长……

同样深沉的夜，照例叶千江走在前面，洛琛举着手机开着内置手电筒跟在后面。

“刚刚……”叶千江揉着被震疼的耳朵，“刚刚的音乐是不是在前一家听过？”

“没有。”洛琛头也不抬地回答，“刚刚是 Ahxello（瑞典著名 DJ）的*Horizon*（《地平线》），这曲是 Alan Walker（阿兰·沃克）的*Dennis*（《丹尼斯》）。”

“你怎么这么熟悉？”叶千江高两度的话音里像是捕捉到了什么了不得的东西。

“你会打游戏吗？”

“《连连看》算吗？”

“算了，你永远体会不到一边打‘LOL’，一边听电音的快感。”

“我打游戏也听音乐的。”

“那么益智的游戏，你就别出来吓唬人了。”

“你对《连连看》有什么意见吗？”

“不敢。”洛琛拍着胸口，“心怀崇敬。”

说话间，两人来到了另一家夜店门口，叶千江顾不上调侃洛琛，就一头扎进让她头疼欲裂的地方。

“难道我们不能用别的方式找到她吗？”

“电话不接，短信不回，微信不上，”洛琛说，“连姜姥姥都找不到她。”

叶千江面对忽明忽暗的舞池，瞬间失去生存的欲望：“如果可以，我想选择死亡。”

要在那一群抱在一起疯狂斗舞的人中间找到一个只见过一面的人，无异于大海捞针，而且还是一根随时有可能攻击他们的针。

不过也要感谢那根对他们充满敌意的针，让叶千江和洛琛在这么混乱的环境下能够找到她。

两个人默契地跟着米娅出了夜店，嘈杂的环境实在不是谈事情的地方。

没走多远，米娅主动停下来，背对着两个人，冰冷的声音透过夜色传过来："你们还要跟到什么时候？"

"跟我谈谈吧。"

叶千江上前去拉米娅，却被她狠狠地甩开，她用涂成黑色的指甲戳着叶千江的鼻子说："你算什么东西，我为什么要跟你谈？"

洛琛按下她的手指："我们是关心你儿子的人。"

"狗屁关怀师，不拿钱你们会找到这里吗？"

"你觉得你们家付得起加班费吗？"

洛琛的话让米娅败下阵来，撇撇猩红色的嘴唇："我家付不起加班费，那你们来干吗？别以为拎着个破轮滑鞋给我儿子说是我送的就会感动我，少做这些沽名钓誉的事，最后那费用还不是会记在账单上。"

"你也可以给米粒买。"叶千江说，"请不要给我们沽名钓誉的机会。"

"你们……"米娅气急败坏地转身离开，"给我滚远点，有多远滚多远！"

"不可以。"发起狠来的叶千江抓着米娅，"你不许走，你必须听我说完。"

"凭什么，我要叫人了！"

"你叫吧，让所有人都知道，你的儿子就快死了。"叶千江转到她的面前，试图从浓厚的妆容里找到属于母亲的表情，"他的并发症很严重，医生说他没有多少时间了，他需要你，还来得及的，回到他身边吧，陪着他走完最后这段路，没有谁能代替母亲在孩子心中的位置。"

米娅愣在那儿，大口喘着气，忘记反抗。

漫长的沉默过后，并没有叶千江期待的回答，米娅依旧拒绝回到母亲和孩子身边。

"为什么，为什么？"叶千江问出压在心底的疑问。

"因为，我就不配做妈妈。"米娅抓住叶千江的肩膀，指甲抠进她的肉里，"可以了吗，可以了吗？"

感受不到疼痛的叶千江面色如常，替对方拨开挡在眼睛前面的碎发，柔声说：“你知道吗？天底下，唯独母亲这个角色是没办法辞职的。”

叶千江拉下米娅的手，像握住米粒一样握住他妈妈的手：“不要再说那些意气用事的话，我们都知道你爱米粒，不然不会为他看礼物的，你只是没有买下来而已，但这并不能说你不爱他。你知道吗，实际情况正相反，第一次见你的时候，你喝得烂醉如泥，可是你掩盖不住听到米粒名字那一刻的反应，你也不能对他喜欢的东西视而不见，这就是母亲。”

“可那有什么用，我去了他就能好吗？我去了就能还我一个健康的孩子吗？我为什么要承受那些？为什么是我，为什么是我？”

“因为无法选择，所以就不去面对吗？”叶千江盯着她眸子深处，“你以为不去面对，否认它的存在，那些问题就会自己消失吗？你一直这样做吗？”

“我……”米娅鼓足勇气，“用不着你管。”

“你不是在拒绝米粒，”叶千江平静地说，“你是在惩罚你自己，在惩罚给孩子和自己母亲带来巨大不幸的自己。可是这种方式，恰恰对亲人伤害最深。”

米娅捂住耳朵连连后退：“住嘴，你住嘴，我不要听，不要听！”

“放过你自己，去爱米粒，去陪伴姜姥姥，他们需要你，他们从没有怨恨过你，请别再用自责伤害爱你的人了……”

夜色中米娅逃得很快，即便穿着细长的高跟鞋。

想要去追她的叶千江被洛琛拉住，他说：“让她静一静吧，很多事，我们没办法帮她做决定，毕竟，那是她的人生。”

米粒起床的时候看见守着自己的依旧是叶千江和姥姥，虽然很努力地掩盖心里的失望，但是情绪仍旧从他早餐的食量里显现出来。

他的状况更糟糕了，原本隐藏在皮肤底下的瘀斑越来越明显，接下来甚至可能出现高烧和持续性的腹泻。

叶千江开始后悔前一天晚上她没有追上去，或许再努力一下，再试一下，就会有不一样的结果呢。

就在叶千江收拾那些不被米粒宠爱的饭菜的时候，姜姥姥的手机铃声响了起来。

看见屏幕上亮起的名字那一瞬间，姜姥姥就开启了兴奋模式。

“喂，啊呀，我好呀我好呀，米粒也好，又乖又听话，你好吗？好就好，好就好……什么，啊没有没有，在病房，十三楼，你出电梯右转到最里面的那间，1319。”

放下电话，姜姥姥看着早有预感的米粒：“你猜谁来了？”

“妈咪！”米粒笑起来，“好棒！”

叶千江和洛琛看着团聚的一家三口，一直提着的心终于放回胸腔里。

因为米粒母亲的回归，姜姥姥选择提前结束和关怀师的雇佣关系。

洛琛帮叶千江收拾完东西出来，见叶千江一副魂不守舍的样子，问道：“你怎么了？”

犹豫半天，叶千江才说出来：“今天，是我男朋友下葬的日子。”

洛琛沉默了一会儿：“你能控制住情绪吗？”

叶千江点头：“当然。”

“如果他的家人出言不逊，你……”

“忍住。”叶千江承诺，好像她从来就是这么好脾气一般。

“你知道在哪儿吗？”

“当然。”

九青墓园里，洛琛看着身边站在过道默默流泪的叶千江，忍不住劝她要不要走近点。

“不要。”叶千江忍着心痛说，“如果我去了，他父母会不高兴的，我不想让他走得不安心。”

“那你呢？”洛琛忍不住问道。

“我没事。”叶千江说，“我只要这样远远地看着就好，他会知道的，知道我在送他，我的心一直跟他在一起。”

"他一定很爱你，为你做了很多事。"

"我也这样觉得的，只是车祸后很多事我都不记得了，过去的记忆消失了，新的记忆还没有补上，他就走了。"叶千江说，"我总觉得，这辈子我再也遇不到像他这么爱我的人了。"

"怎么会呢。"洛琛劝她把心放开，她还有未来。

"不。"叶千江说，"这一生，我也不会再爱上谁了。"

洛琛沉默，远处的仪式也接近尾声。

"米粒的案子完了，我男朋友也去了，我会如你愿向公司申请离职的。"

"不行，你不能离职。"洛琛脱口而出，自己也为之一惊，不过他很快调整好情绪，"还有一单，是慧姐走前负责的案子，情况有些复杂，你来做吧。"

"嗯？"

"有问题吗？"

"你不是……"

"公司刚接了投资，要扩大发展，人手不够用，你不是想过河拆桥吧？"

"那倒不是，只是……"

"没有只是，这个问题就谈到这里。"

"好，好吧。"叶千江指着男友埋葬的地方，"我想去看看。"仪式过后，原本聚集在那里的亲朋好友已经走光了。

"去吧。"

看着叶千江的背影，洛琛心中感慨万千。

他从未想过，从遇见她那一刻就百般拒绝的自己，有一天竟要摆出老板的架子才能留下她。

Chapter 5

尘世之望

在这样特殊的日子里，叶千江最想待在家人身边，本想去看姐姐的她被洛琛拦住了去路。他把手表举在叶千江面前对她说，现在是上班时间，她的行动要听从公司的安排，然后不由分说地塞给她一张写满字的字条。

现在，叶千江正拿着字条在街上晕头转向。

不是她辨别方位的能力差，而是这一带几乎没有指路牌，连路人都很少，周围都是疾驰而过的车，根本没人理会她问路的请求。

本来想用手机定位，偏巧在这时候手机没电了，叶千江只有慢慢地在这片区域里磨，期待有好心人能够给她指条明路。

好在能让她心情愉快点的是，这片区域的规划实在不错，绿树成荫，虽然没有人，但是鸟鸣虫吟也别有一番乐趣。

叶千江正漫无目的地走着，一辆载着蔬菜和水果的敞篷小叉车从她身边缓缓经过，她赶紧追上去。

开车的大叔倒是很热心，看了叶千江字条上的地址，主动说要载她一程。

只是车上已经没有多余的地方，好在叶千江也不是什么娇小姐，在一堆蔬菜中间刨了一个空位把自己塞进去。

“大叔，这边小区的景色好好啊。”叶千江一边看天，一边跟大叔搭讪。

“小区。”大叔开着车，指了指叶千江指的位置，“这里没有小区，都是独门独院。”

“独门独院？”叶千江差点被自己的口水噎到，“也就是说，这里，这么大的这里，都是私人住宅？”

“当然。”大叔说，“我就是私人园艺师，今天负责采买的司机有事不在，我兼职出去采买，我工作的地方跟你要去的人家隔了两三户。”

“哦。”叶千江心想，在这儿隔着两三户人家还不一定是多远呢，果然是贫穷限制了她的想象，“幸亏遇见了您，不然我连路都找不到。”

“在这条街上迷路的人……”大叔说，“还不少呢。”

叶千江一时间并没有明白大叔的意思，应承着：“是呢，连个路标都没有。”

大叔满是阅历的眼睛一眯：“这位小姐，我们以前是不是见过？”

“或许是在别的地方吧，这里我第一次来。”

“你不是做金融的吗？”

“不，我之前是营养师，现在转做关怀师，这次也是公司派我来的。”叶千江的目光在道路两旁的灌木上流连，这里的绿植实在让她心情大好，“其实我也觉得这里很熟悉，大概绿化好的地方在我眼里差不多吧，说实话，来这儿之前我挺认路的。”

“第一次进来的人迷路很正常，这里都是独门独户，所以大家都不靠路牌认路。”

“是呢。”叶千江叹了口气，“我终于明白把这份工作派给我的原因了，我猜想那些人也找不到路。”

大叔和叶千江一起笑起来：“不过关怀师是什么？”

叶千江给他讲述了负责的范围，也简单讲了自己和委托人之间的故事。

“是这样，林家预约了关怀师，看来老爷子的身体到了极限了。”

“林家？”

“对啊，就是你字条上的地址，林氏集团知道吗？”

“有点耳熟，但是不太了解。”

“市中心的商贸大厦知道吗？”

“那个我知道，里面的东西好贵！”叶千江说，“但是好漂亮！”

“那栋大厦是林家的产业之一。”

看见叶千江一副被吓到的样子，大叔心情大好，开始给叶千江科普起林家的事业版图。

一头扎进来的叶千江才知道，商贸、新媒体和医药行业林家都多有涉及，与一些知名的跨国集团也多有贸易往来。

“怎么样丫头，听完有什么感想？”

“感想就是，公司派我来，是不是不想做这单？”

“你怎么会这么想？”

“我是新职员，入职培训还没做呢。”

“那你的老板还挺有远见的。”

叶千江想追问大叔刚刚的评价是褒义还是贬义的时候，对方提醒她已经到了。谢过好心的大叔，独自一人站在两米多高的大门前，她基本肯定洛琛是不想做这单的。

叶千江按下门铃，对讲器里响起安保人员的声音，核对完她所在的公司和来这儿的目的后，大门自动弹开。

刚刚的安保人员也从保安室里走过来，引领她朝着主屋走去。

行走的距离让叶千江再一次确信，洛琛真的对这单没什么兴趣，而身在其中的叶千江也失去了看树看草的心情。

因为这里的一切都恰到好处，花园里的绿植都被修剪得整整齐齐，严格依照这家的布局，处处透露着对完美的追求，丝毫没有给植物个性以及肆意生长的机会。几乎踏进来的那一刻，叶千江就开始讨厌这里。

连安保人员也不像刚刚路遇的大叔那样健谈，或许是把她当成潜在的同僚，自然而然地生出许多罅隙。

主屋门口早有衣着严谨的管家等在那里，跟安保人员交代了两句，后者回到自己的岗位上，叶千江则跟着满头华发的管家走进满是欧式装饰的主屋。

“叶小姐好，里面请，老爷还在处理事情，请在二楼的候客室稍候。”

“当然。”管家走得飞快，叶千江只好盯着他的后脑勺问，“请问我的关怀对象是谁？”

管家脚步稍慢：“您不知道？”

“请原谅，我是从上一个客户那里直接过来的，而公司正在搬家，我不太好回去打扰大家。”

叶千江看过来的时候，管家已经收回目光，保持着一个职业管家严谨克制的本分，礼貌地回应着：“职场上很辛苦吧。”

“还可以。”

“据我所知，负责人已经把所需的资料传到贵公司了。”

“我……”叶千江生怕自己的言行对洛琛的公司造成影响，她的解释被管家打断。

管家似乎看出她心中所想。“请您不必紧张，我只是一个管家，我的任何好恶都不会反映给我的老板，这个请您放心。”每一个字都说得很清楚，这跟他的职业不无关系，“这次聘用关怀师的正是林家的主人，这次同您一起来的还有其他五家提供关怀服务的公司的工作人员，这也是第二批来应聘的人员，除此之外预计还有两轮选拔。”

“嗯。”叶千江没什么诚意地表示，“我会好好表现，为公司争取合作机会的。”

管家听出她话里的言不由衷，也不过多理会，只是微微一笑，便不再提。

“那是什么花？好漂亮！”叶千江指着走廊尽头淡橙色的花朵，花瓣繁密，聚拢在花心，逐渐向外扩张，一层连着一层，花型雍容。

“您不知道？”老管家诧异地问道，不过很快将那丝惊讶掩饰起来。

“我怎么会知道？”叶千江说，“我是第一次来。”

老管家深深地看了叶千江一眼，像是别有深意。她觉得疑惑，正想问为什么的时候，老管家开始介绍起花朵的来历。

只是刚说几句，便被一个年轻男子打断，他交代老管家去处理晚宴的事情，对叶千江比了个请的手势。

对方穿着灰色条纹的西服裤子，白衬衫外套着同色的短马甲，因为身高差距，叶千江不得不做出仰望的姿势，这让她很是气恼，又不好发作，只好随便扯了个笑脸：“你好，请问你是谁？”

“你是来应聘关怀师的？”男人的声音里透着教养，礼貌还有淡淡的疏离。

“是的，我叫叶千江。”她说，“请问你是？”

“我……”对方下意识地看了她一眼，不过很快将目光转到别的方向，“我叫林意畅。”

“哦。”叶千江想，说个名字就完了？完了就完了吧，有钱人家的孩子还真是挺难相处的，因为叶千江发现这个名叫林意畅的男人对她有着微妙的厌恶。

这些从他一闪而过的眼神和步态都能看出来，叶千江不知道自己哪里不对，竟然引得对方如此厌恶，她只是公司派来接洽业务的，又不是来争家产的。

叶千江刚想委婉地向对方表达自己的意向，林意畅引导她经过楼梯拐角的时候，趁她不注意，将她推到楼梯口的一间小房间里。

“你要……”

叶千江刚想叫人，立即被林意畅捂住嘴。

此刻他的表情可称不上温文尔雅，额头上青筋暴突，把叶千江推在墙上，额头抵着她，看着她的眼神充满着怨怼、恶毒，还有一丝彷徨。

“你干吗？”叶千江说，由于被捂住口鼻，只发出一串呜咽的声音。

林意畅靠近她耳边，发出咬牙切齿的声音：“叶千羽，孩子呢，孩子在哪儿？”

叶千江停止挣扎，瞪大眼睛回看他，什么孩子？她才第一次来而已，她怎么会知道？

她拼命地摇头，试图向对方传达身份信息。

“现在我把你放开，不许叫好吗？”

叶千江使劲儿地眨眨眼。

林意畅放开她的口鼻，却没有后退，眼神里满是警惕，像是怕她接下来做出什么事一样。

叶千江在心里哀号一声：“叶千羽，你到底做了什么事？！”

她大口吸着空气，指着自己的胸口：“我啊，你认错人了，我不是叶千羽，我是她妹妹……啊！”

叶千江惊叫一声，因为林意畅骤然落下的唇。

她下意识地挥起一巴掌，却被林意畅一手抓住。

“还要狡辩吗？”他的脸上尽是邪气的笑意，“我第一次亲你的时候，你也是这个反应。”

叶千江用自由的那只手擦擦嘴唇，而后用手掌挡在自己和他之间：“听着，我不管你和我姐姐有什么关系，但是她是她，我是我，别怪我没提醒你，要是你再把我和她混作一团，我绝不轻饶。”

林意畅有一瞬间的错愕，他后退半步，仔细地打量着叶千江，眼神里充满迷惑。

他伸出手捏着叶千江的下巴，死死地盯着她，眼底尽是寒凉，他忽而一笑：“戏真不错，我差点就相信了呢。”

“我不管你信不信，你看到的是叶千羽，请不要把我和她混为一谈。”

“少在这儿狡辩。”林意畅靠近叶千江，浑身上下散发着危险的气息，“我不管你出现是为了什么，但是告诉你。既然你不承认有孩子，就坚持到底。我就要订婚了，不要挡我的路。”

叶千江心想，你离我远点我就千恩万谢了，但是识相的她只是乖乖地点头，这个状况下实在不适合直抒胸臆，而且对方明确说出自己要订婚的消息，好像在暗示她什么似的。

还有，他挂在嘴上的孩子到底是什么意思，难道说叶千羽有过孩子？

叶千江刚想追问，林意畅已经打开了门，把她拽回空无一人的走廊上，在她耳边轻声警告道：“我们不能消失太久，现在我送你去会客室，聪明的话，不要让我在这个家再见到你。”

“不用你说。”叶千江整理好自己的衣服，“我也有同感。”

“最好是这样。”说完，林意畅恢复彬彬有礼的样子。

叶千江也微笑着回礼，只是他们两个都没有发现，自从两个人从小隔间里出来，在暗处，一双眼睛始终跟在两人身上。

林意畅绅士地为叶千江拉开候客室的大门，然后像模像样地向她介绍了接下来的流程。

叶千江好脾气地配合着他，但候客室里其他几个公司的代表也并未对叶千江另眼相待。

没过多久，候客室里的人被秘书轮流叫走。

踏进大门的第一刻起，叶千江就不想待在这寸土寸金的地方，可是眼见着身边的人一个个被叫走，代表公司形象的她也不好说什么，只有苦等着，连玩游戏都是连输。

她感叹这林家风水实在太差的时候，再度现身的秘书终于对她露出了职业化的微笑。

"叶小姐请。"

叶千江几乎是雀跃着起身，为自己在不久后就能够摆脱这里而庆幸。

叶千江踩着秘书小姐的步伐，在从异国运来的名贵地毯上踩下自己的脚印，正当她仔细研究地毯图案的时候，秘书小姐不知什么时候停下来，没有防备的她一头撞了上去。

叶千江连声说对不起，秘书小姐却已经离开了。

此刻叶千江才有空看这偌大的办公室，和那张宽大的实木办公桌遥遥相对的是一张双人床，上面躺着一个老者，露在外面的手背上黏着留置针，针管里的液体一滴一滴地流进干瘪的血管里。

叶千江强忍着才没有叫出声，她从未在一个活人脸上见过如此浓重的死气。

青绿色的脸上，横纵交织的皱纹把所有表情切割成恐怖的样子。

"你来啦。"老人用嘶哑的声音对她说。

"是的。"叶千江回答，"我是最后一个应聘者。"

"外面好吗？"老人浑浊的眼球看向窗外。

叶千江以为他是一时糊涂，用哄孩子的声音说："今天的天气挺好的，您应该多晒晒太阳。"

老人对她说的第三句话是："既然走了，为什么要回来？"

叶千江哭笑不得，现在她很确定姐姐来过林家，而且看起来之前的相处并不是很愉快。

可是为什么她要承受这么多呢？

叶千江上前一步，真诚地说："您好，先做个自我介绍，我的名字叫叶千江，是代表公司来应聘关怀师的，我很确定这是我们第一次见面。"

"叶千江……"老人将这个名字在嘴里反复念叨，"这么说的话，那你就叫这个名字吧。"

叶千江也是憋了一肚子火，什么是就叫这个名字，难道她不能做自己吗？

可是看着对方的表情，叶千江知道，自己就算跳进黄河也洗不清了。

"叶千羽，你到底做了什么？"

从林家出来后，叶千江根本想不明白自己的姐姐到底做了什么事，竟然让这里所有人都误会自己了。

不过生气归生气，她并没有被情绪冲昏头脑，直觉告诉她叶千羽跟这个家一定有着千丝万缕的联系，一个想法在她心头升起，如果这次车祸跟林家有关系呢？

不过很快她就打消了这个荒谬的想法，毕竟一切事情都要等姐姐醒来再说。

她翻开手机电话簿，犹豫了好半天，还在下决心的时候洛琛的电话就打了进来。

"怎么样了？"

"什么怎么样？"叶千江故意装作听不懂的样子。

"面试啊。"

"你明明知道结果，还问我？"

"知道什么？"洛琛也在电话那头装傻，从心里说，他不愿接林家这单，否则他大可以找资深的关怀师去接洽。早在接到林氏集团面试邀请的同时，已经有林家的人来公司跟他商议相关事宜，问题的主要症结在于林氏集团的掌门人还没有公开立下遗嘱，这时候有关怀师的角色介入，自然会成为各方争取的对象，一个不小心就会弄得满城风雨，所以他宁可让叶千江去散散心。

只是他没想到，这好心之举，却揭开了叶千江姐姐早些年的旧事。

“面试很顺利。”叶千江违心地说，“他很有可能选择我们公司的关怀师。”

洛琛听得出她话里的玩笑成分，也不去计较，而是交给她另一个任务。

“嗯，我不是埋怨你什么。”叶千江举着手机说，“我们是不是有必要讨论一下，我最近的工作量是不是有点大了？”

洛琛想了一下，认为她说得对：“给你放两小时的假，两小时后医院见。”

叶千江没好气地按掉和洛琛的通话，这次她没有犹豫，直接拨通了姐夫的电话。

“喂。”

“叶千……”

“喂，姐夫，是我。”

电话那头有明显的停顿，连声音也冷漠许多：“什么事？”

“我想知道，或许你知不知道我姐姐……”叶千江把手机换到另一边的耳朵上，“是这样的，我是听说，听别人说的，你知不知道我姐姐曾经有过或是领养过孩子？”

“这些……”

叶千江原以为电话那头的人会暴怒，质问她这些东西是听哪个不靠谱的混账东西说的。

可是他没有，电话那边传回来满是唏嘘的声音，他说：“连这些……你都忘了？”

“这些事我怎么会记得呢？除非我姐姐跟我说过。”叶千江抓紧话筒，“车祸过后好多事我都记不得了。”

“好吧。”话筒里传来浅浅的笑声，“你说忘了就忘了吧。”

叶千江满脸的无奈，又不能发作，这是一天里第二个人对她说这样的话了，好像她做了什么伤天害理的事一样。

“孩子的事情你到底知道多少？”

“很少很少。”电话那头的人整理好情绪，他对叶千江说，“我认识的叶千羽是一个很谨慎的人，知道自己要什么，目标明确，雷厉风行。孩子的事，一半是我不小心撞见，另一半是我猜的，或许你能在她的房间里找到蛛丝马迹。”

说完，他没给叶千江追问的机会，直接挂了电话，叶千江听见结束通话前一秒钟，他的叹息里有无限的惆怅和疲惫。

忽然间，她有些同情这个已经称不上姐夫的人了。

几乎没有片刻迟疑，叶千江赶回家里，直奔姐姐的卧室。

姐姐叶千羽一贯是很注重隐私的人，不像她会穿着睡衣大大咧咧地在厨房里晃荡，也不会为了看球赛彻夜在客厅睡，如果千羽有什么东西藏起来了，那一定在她粉红色的公主城堡里。

可是在哪儿呢？叶千江已经厌倦了藏在各处的和自己同款的衣服。

“叶千羽，我真的越来越讨厌你了。”叶千江在床头柜里翻着，还找到几本被翻烂掉的营养师专业书籍，她没好气儿地合上柜门，“扑通”一声歪倒在姐姐的床上。

枕头下面的硬物硌到她的后脑，她伸手拿出来的，正是姐姐平日里天天抱着的平板电脑。

她激动地翻找着里面的信息，终于在一个隐藏文件夹里找到了一套照片，照片里的小女孩儿看起来跟小月儿差不多大，朝屏幕露出缺了牙齿的嘴。

这些照片对叶千江来说是莫大的鼓励，可是她翻遍平板电脑的所有文件，再也没有和女孩儿相关的信息了。

叶千江抱着脑袋想，叶千羽是怎么拿到这些照片的，是她自己拍的吗？叶千江仔细翻看着照片，一组照片里总有几张不甚清晰的，拍摄这些照片的人明显对电子产品的使用不是很熟练，而对一切要求完美的她是绝对不会犯这样的错误的。

那么就是别人发给她的，既然发送就一定有途径，叶千江首先想到了邮箱。

她打开叶千羽浏览的网页记录，找到了邮箱登录信息，通过储存的记录直接打开了邮箱界面。

果然，在收件箱里叶千江找到了那些照片的发送者。她立刻点击回信，然后迅速注册了一个新邮箱，将新邮箱的地址发给对方，留言上说自己的妹妹会去看孩子，要对方把地址发给妹妹的邮箱。

大概一刻钟左右，叶千江新注册的邮箱里收到了一封写着地址的邮件。

地址在一个工业园内，七八十年代那个地方的公司发展得如火如荼，而随着时代变迁，那里存在的只有被废弃的厂区和宿舍楼。

叶千江没费多大劲就找到了出租给工人抵扣工资的手表厂宿舍。

败落的三层楼前，一个穿着红裙子的女孩儿正抱着个橡皮球跑着玩，看见她的时候，兴奋地丢掉球朝她跑过来，大声喊着："妈妈，妈妈！"

叶千江几乎吓得倒退两步，那女孩儿的眉眼和姐姐小时候倒是有四五分相似，可是叶千羽什么时候背着家人生下的孩子，她这个做妹妹的一点也不知道。

叶千江刚想纠正女孩，她不是妈妈，跑到近前的女孩儿连忙捂住嘴："哎呀，认错人了，原来是小姨。"

"你妈妈……"叶千江看着扑进她怀里的女孩儿，"你妈妈跟你提过我？"

"当然了，妈妈是最好的妈妈，小姨也是最好的小姨。"

照看女孩儿的女人见叶千江过来，说起照看女孩儿的费用一个月前就应该打过来了，可是到今天都没有影子。

叶千江结清了欠款，还多付了些辛苦费。这时候她也为自己的鲁莽后悔，执意要追查姐姐的事，可是真的面对这初次见面的外甥女，她又不知如何是好了。正纠结的时候，女孩儿拉着她的手："小姨，小姨，今天我可以跟你回家吗？”

叶千江不知所措的时候，女孩儿哭了起来，偷偷撸起袖子给她看手上的伤痕。

看管费没到的时候，这女人就拿孩子撒气。

气愤之余，叶千江要回了多付的辛苦费，抱着女孩儿坐上回市中心的出租车。

“很疼吗？”在车上，叶千江查看着女孩儿四肢上的伤口。

“不疼了。”女孩儿乖乖地坐着，好像能待在叶千江身边就是最幸福的事情。

叶千江想，或许是她这张和母亲相似的脸让女孩儿能毫无顾虑地亲近她。

“你叫什么名字？”

女孩儿的眼睛闪了一下，不过很快又笑起来，用清脆的声音回答她：“我叫叶可儿。”

“可儿，好好听的名字。”叶千江想，姐姐给这女孩取名姓叶，显然是不想让人知道她的父亲是谁，或许是分手，或许是出轨，总之那男人一定没给叶千羽留下什么好的回忆。

“小姨，我们去哪儿啊？”

“啊……”叶千江回过神儿来，叶小可的问题显然难住了她，现在姐姐昏迷在床，爹妈本来就对她有成见，如果她直接把孩子送到老人身边，告诉他们“这很可能是你植物人的女儿之前背着你们在外面生的孩子……”

如果她真敢这么做的话，大概父母永远不会认自己了吧。

可是，她又能把孩子送去哪儿呢？

她想起洛琛之前给自己安排的任务，不管怎么样，先把女孩儿带在身边，走一步算一步吧。

于是，当她赶到医院的时候，已经远远超出洛琛规定的时间了。

他一张脸臭到可以，然而看到叶千江牵着的可儿时，立即转成笑脸。

“老狐狸。”叶千江不动声色地戳穿他，这种良善的伪装也就能骗骗小孩子。

洛琛蹲下来，牵起小姑娘的小手：“你好，我叫洛琛，你叫什么呢？”

叶可儿也不认生，看了叶千江一眼，腼腆地说出了自己的名字。

“哦，天哪！”洛琛用另一只手捂住胸口，做出受惊的样子，“天哪，真是不敢相信，那么高贵漂亮的可儿公主，竟然就站在我眼前吗？”

叶可儿被他逗得前仰后合的，一大一小很快打成一片。

当然，叶千江也很佩服洛琛套取情报的功力，因为没过一会儿，他已经把可儿和她的关系弄得清清楚楚了。

她之所以没有打断他的刺探，是因为她也需要在可儿的对话里找到更多的信息。

令人遗憾的是，虽然软萌的可儿有问必答，但在孩子天真的回应里，却没有更多的信息提供给她。

叶千江也跟她负责的病患建立了初步的信任，这次的委托者患有脊髓小脑变性症。

每次面对病患的时候，叶千江总是不自信，她总要在没人的时候查找很多疾病的信息。

可是这一次，因为一部日本电视剧，她对这病症无比熟悉，也为这个同样是初中生的病患感到无限的惋惜。

脊髓小脑变性症是以运动失调为主要症状，临床上是以肢体共济失调和构音障碍为主要特征。

电视剧里的女主人公也是经历了三个阶段，从最初的走路时步履不稳，动作反应迟缓等，到中期说话发音含混不清，产生重叠，肌肉不协调到无法写字，进食困难，到了晚期说话极不清楚，甚至无法语言，不能站立……

叶千江无法将电视剧里女主虚弱的身影和眼前的女孩儿重叠起来，现实太过残酷，让她无法接受。

病情已经发展到中期的女孩儿含混地跟叶千江打招呼，她的名字叫作李伶。

伶俐可人是父母对女儿的期盼，如今看来，如此简单的愿望，在病痛面前也变成了无法企及的奢望。

费尽心力的母亲早已被这病痛折磨到伤心欲绝，却仍在孩子面前强撑着。

叶千江上岗后的第一件事就是让憔悴的母亲回家休息，这个提议毫无例外地遭到了反对，倒是李伶很赞同。

作为女儿，她很心疼母亲，她不希望母亲被自己拖累。

叶千江把李伶的心事讲给李伶的家长听，她当然理解一家人在一起的心情，尤其在女儿病重的情况下，相处的时间尤为珍贵，可是女儿最希望的是母亲无论在什么时候，都有自己的人生，有自己的时间。

因为李玲知道，自己无法陪伴母亲太久，如果母亲的人生只有自己，那么预料之中的事情一旦发生，失去所有的母亲需要很长一段时间才能从伤感中走出来。

她深爱着母亲，所以她不允许这种事情发生。

天色暗下来的时候，送走那位围着女儿恋恋不舍的妈妈后，为了不让李伶觉得孤单，叶千江拉着可儿和洛琛抓着个橘子玩起了击鼓传花的游戏，谁输了就要学一种动物的叫声。

为了让孩子们高兴，洛琛故意输了很多次，还主动把游戏升级成一边模仿一边学动物叫。

可儿和李伶乐得前仰后合的，叶千江几次喊停，终于在八点半结束了这个游戏。

“好啦，我们该歇一会儿了，接下来进入洗漱时间，大小宝宝排好队啦！”

乖巧的叶可儿帮着叶千江（其实是帮倒忙）把李伶扶到洗漱间，自动自觉地排在后面。

可以看出来，李伶对这个古灵精怪的小丫头也是十分喜爱。

倒是洛琛追到洗漱间门口，跟叶千江确认：“你不走了？”

“嗯。”

“那可儿呢？”

“当然是跟着我。”

不经世事的叶可儿立刻欢呼雀跃起来，挥舞着两个小拳头，跳起从动画片里学来的舞蹈：“哦哦，今天可儿要住医院啦，住医院啦！”

实际上这也是叶千江深思熟虑后的结果，因为她实在不知道怎么对可儿，送到父母那儿不合适，带回家她又没有勇气单独面对可儿，干脆留在医院，也不失为一种解决办法。

“不可以。”洛琛第一个站出来反对，“这么小的孩子你怎么能让她住医院呢？”

“不可以就说不可以。”叶千江指着他瞪大的眼睛，“你那么激动做什么？”

“是我激动吗？是你太不靠谱了。”洛琛直言不讳，“你根本不会照顾孩子。”

“我不会你会？”

“比你强。”

被夹在暴风中心的李伶和叶可儿抱在一起笑得花枝乱颤。

“你们……在一起多……久了？”李伶艰难地说出完整的句子。

“我们没在一起。”叶千江懒得再理洛琛，直接向他下了逐客令。

“你对我怎样都可以，但是你带小孩子就不可以随心所欲。”说话间，洛琛把车钥匙和电梯卡递给她，“开门的密码我会用短信发给你，带孩子先去我家休息。”

“不用。”叶千江谢绝他的好意，“我们有家。”

懂事的小孩子抱住叶千江：“可儿只要跟小姨在一起就好了。”

“你看见了。”洛琛指着像树袋熊一样吊在叶千江身上的可儿，“这么乖的孩子，你就忍心让她跟着你受苦？”

说话间，他把之前准备好的钥匙交到叶千江手里。

“还是不用了。”叶千江推说，“我还是带她回家好了。”

“第一，你家很远。第二，你家里有足够的食物吗？第三……”洛琛敏锐地察觉到，包括叶千江本人，一时间都无法接受这孩子的存在，直接把她带回家实在是有些难以接受，况且一旦碰到父母又该如何解释？

当着孩子的面，很多事无法直说，他只好说：“第三嘛，第三点就是遵循以上两条，去我家是首选，你们可以用客房，给孩子洗个热水澡。”

“是啊。”李伶也对这个安排表示同意，“你……你带孩子也需要足够休息的。”

洛琛扶着李伶慢慢地走回病床，叶千江盯着两人的背影看了一会儿，向叶可儿伸出手：“走吧。”

“好耶！”

小可儿欢快地蹦跶起来，好像叶千江做的一切决定她都决心拥护。

很早就考下驾驶证的叶千江忽然觉得自己需要回驾校重学了，每次启动的时候她都小心翼翼的，每次拐弯的时候都不停地转头望。

因为此刻车后座上正端坐着一个四岁半的小女孩儿，撇腿儿摇头的时候，脑袋上两个小辫子一晃一晃的。

小可儿忽然把头伸到前排来，指着叶千江被纱布包裹的手指：“那是什么，你受伤了吗？”

“天哪，可儿，你先坐回去。”叶千江几乎被自己的声音吓到，“抱歉，小姨有点着急了，你坐回去坐好，看看安全带有没有好好的。”

叶可儿用肉肉的小手捏着安全带，仔细检查一番：“没问题。”

“那就好。”叶千江专注于前方，在方向盘上飞快地弹了弹手指，“只是一点小伤，你看没事了。”

“很疼吗？”

“还好啦，我是大人啊。”

“大人也会疼。”叶千江发现可儿梗着脖子，很固执的样子，跟闹脾气的叶千羽简直一模一样。

“可儿啊，你妈妈……你妈妈会经常去看你吗？”

叶千江从车内后视镜看到后座的小脑袋点了点，又飞快地摇了摇：

“有时候很短，有时候很长。”

叶千江无奈地笑起来，这绝对可以称之为世界第十大未解之谜，毕竟没人能从她的话语里判断很短是多久，很长又是多久。

“好吧，那你妈妈，我姐姐会带你玩什么呢？”

“吃炸鸡，滑滑梯，做蛋糕，荡秋千，坐会飞的马……”

小可儿一股脑地说了好多，直把叶千江听得头昏脑涨的。

“那……你妈妈有没有说过她有个妹妹，有没有带你去看过姥姥、姥爷？”

小可儿噘着嘴，沉默了好一会儿，盯着叶千江的后脑，也不说话，只是看着。

“那她有没有跟你说过爸爸的事？”

孩子仍旧是那副快哭了的表情。

见状，叶千江赶紧转移话题：“李伶姐姐生病了，现在需要很多锻炼，明天我们陪她玩什么游戏呢，你能帮我想想吗？”

听说需要自己帮忙，叶可儿瞬间从刚刚的状态中切换了频道：“我们可以玩兔子蹲，切西瓜，老鹰抓小鸡，打老虎，吹鸡毛……”

叶千江听着小可儿掰着手指头如数家珍地点着游戏，心中泛起淡淡的酸楚，这些都是很早以前流行的游戏了，恐怕都是看着她的女人平常拿来哄孩子的。如果是跟在父母身边长大的孩子，恐怕张口闭口玩的游戏应该是《王者荣耀》、“吃鸡”、《阴阳师》《三国志》，再不济玩的也是《切水果》或《连连看》。

不过对小孩子来说，互动类的游戏可能更利于她的成长，从这个角度看，对还没有被电子产品和各种 APP 侵蚀的小可儿，也算是另一种保护。

不知道为什么，平日里睡眠很浅的叶千江这一晚睡得很好，尽管她身边缩着一个放屁、磨牙、翻身像打仗的小家伙。

早起的时候，叶千江想尽量不吵醒小可儿，可是她睁开眼的时候发现，叶可儿那个小脑袋正埋在她的肚皮上呼呼大睡。

怕吵醒小可儿，又怕她这么睡会憋到，权衡之下，叶千江只好轻手轻脚地把可儿翻过来，抓着枕头塞在她脑下。

在这期间，可儿睁开眼睛叫了一声，叶千江看了好久才确定是小孩子的梦呓，此刻她根本没有醒。

确定叶可儿还在睡眠中，叶千江轻手轻脚地走出客卧，来到厨房想做点早餐。

可是当她拉开冰箱的时候，面对扑面而来的冷风和空空如也的冰箱，只能露出虚弱的笑容。

叶千江通过手机定位了最近的超市，又怕孩子醒过来找不到她害怕，找来纸笔想给她留个字条，落笔的一刹那想起来她不知道小孩子认识多少字，于是画了张简易的图，轻手轻脚地放回客卧叶可儿的枕头旁边。

看了一会儿孩子如天使般的睡颜，叶千江轻轻地退出去。

她用最快的速度冲去最近的超市，气喘吁吁地跑回来的时候，迎接她的是已经穿戴整齐的叶可儿。

“你醒啦。”叶千江拎着两大袋东西，用后背把门关上，“找不到小姨有没有害怕呀？”

“你不是给我写信了吗？”小可儿乖巧地说，两只手合在胸前想要帮她拎袋子。

“太重了，你拿不动。”叶千江说，“你可以自己洗脸刷牙吗？”

“嗯。”可儿认真地点点头，在叶千江的眼神指引下乖乖地走去卫生间。

在小可儿洗漱的时间里，叶千江用买来的东西把洛琛的冰箱塞满，顺便给叶可儿冲了麦片，煮了粥，切了水果。

满脸水珠的小可儿从卫生间出来，看见一桌子的食物，忍不住再一次尖叫连连。

“好吃好吃好吃！”可儿的小眼睛眯缝着，毫不吝啬对叶千江厨艺的夸赞。

“有没有那么夸张啊？”

“真的超级，超级超级好吃。”小可儿翘着尖尖的小舌头，把嘴边的麦片渣一点不剩地舔进嘴里。

叶千江牵着可儿回到医院的时候，洛琛在教李伶的母亲找腿上的穴位。

“三阴交健脾、调肝补肾，对女生很好。足三里，对胃痛、呕吐、腹胀、肠鸣、消化不良很有疗效，是强壮身心的穴位，对李伶的状况很适用。还有外膝眼，主要功效是通经活络，疏风散寒，理气消肿止痛……”

李伶的母亲不仅听得认真，还拿着小本仔细地把穴位图画下来，一边画一边感叹：“当关怀师真不容易，还得学中医呢。”

“现在市场上鱼龙混杂，有些人什么都不懂就敢自称关怀师。”说话间，洛琛下意识地瞥了叶千江一眼，没想到被后者逮了个正着。

“有没有搞错，我也不是吃干饭的。”为了证明自己不是“有些人”，叶千江祭出了前一天晚上和可儿讨论的游戏套路组合，还有配套的恢复训练。

“这么多游戏？”李伶双眼冒光，自从她生病，辗转于各大医院的病房间，早已忘记自己仍是一个需要玩耍的孩子，“这些都是你想出来的吗？”

叶千江不敢贪功，把早就准备好接受表扬的小可儿推出去：“都是她的功劳。”

“那这些锻炼呢，是你想的吗？”

叶千江咽下不存在的口水：“是从论文上扒的。”

“所以，你都做什么了？”

不理会洛琛的嘲笑，叶千江把钥匙丢给他：“下班了就赶紧走，别在这儿挡着。”

“所以，你这是在嫌弃你老板吗？”

叶千江和洛琛两人争执不下的时候，护士来通知李伶去做理疗，李妈妈推着李伶跑掉了，剩下叶千江和洛琛大眼瞪小眼。

“钥匙还你了，赶紧走啊。”说完，叶千江牵着小可儿去追赶那对母女。

叶千江向李伶母女简单地介绍了小可儿的状况，可儿的妈妈重病在床，身为小姨的她不得不带着这个侄女，如果她们介意的话，她可以向公司申请换其他的关怀师。

出乎意料的是，李伶母女二人对小可儿的存在很包容，甚至认为有小孩子的陪伴会增添许多乐趣。

虽然有叶千江在，但是李伶的母亲像所有家长一样，对女儿的事情亲力亲为，插不上手的叶千江只能主动请缨去化验室取前一天检查的结果。

走到一半，她想起自己把手机落在病房里，下楼去取的时候，发现一个穿着校服的男生在病房里徘徊。她说：“请问，你找谁？”

男孩儿显然吓了一跳，看见叶千江身后并没有别人，像是失望又像是松了口气一般垂下耸起的肩膀：“我……我走错了。”然后飞快地从叶千江身旁跑掉。

叶千江环顾病房一周，自己的手机还好好地躺在窗台上，病房里除了电视也没什么值钱的东西。

她大概看了一下，并没有什么遗失的东西，就在她拿了手机准备离开的时候，床上的一小块阴影引起了她的注意。

叶千江走过去，发现那是一只用蓝色信纸折的纸鹤。

即使是懂事的李伶也有感觉辛苦的时候，也有想要放弃的时候，她也会哭也会叫。而母亲也只是默默地擦掉眼角的泪水。

叶千江回到理疗室的时候，小可儿正乖巧地抱着伤心的李伶的母亲，看见叶千江的时候小脸上笑开了花。

“没关系的。”叶千江扶起李伶的母亲，示意对方把这里交给自己，然后坐回李伶身边，“很辛苦吗？辛苦就说出来，痛也要喊出来，想放弃也没关系，一点也不丢人，你已经比很多成年人都强大了。”

李伶愣在当场，长这么大，人们在她耳边说过的最多的是你要坚强，要撑过去，为了家人，为了自己努力，要拼尽全力才可以。

这是头一次有人对她说，没关系的，你可以哭，可以吵，可以无理取闹，可以放弃。

看着平静下来的女儿，一直守在旁边不肯离去的母亲终于放下心来，小可儿抓着她的手说："姨姨，刚刚路过的地方有许多小朋友，你陪我去看看好不好？"

"那我带小可儿去初生婴儿监护室看看。"李母对叶千江说，"这里就拜托你了。"

母亲走后，一直强撑着不哭的李伶"哇"的一声哭出来。

"我……好……怕，我好……怕……"她哭着扑进叶千江怀里，"我怕……死，也怕……疼，我是不是很……没用，很……没用？"

叶千江轻轻拍着李伶的后背，她的瘦削是叶千江没想到的。虽然李伶的发音不准，但是每一个字叶千江都听得认真。

"害怕不是你的错，我们所有人都会害怕，就像有人怕黑，有人怕下雨，今天早上教你找穴位的哥哥，他就怕黑又怕下雨还怕打雷。"叶千江轻轻抚她的背，"我也怕好多东西，我怕考试，怕面试，也害怕丢掉这份工作，你知道我怎么想的吗？正是因为有这些害怕的东西，所以我们才要更坚强啊，我们有家人，有爱，有阳光，为什么要被那些东西打倒呢？总有一方会胜利的，为什么不是我们自己呢？"

"可是我会死。"

"我也会死。"叶千江说，"你的妈妈也会，医生会，甚至小可儿也会。"

"那不一样。"一滴泪水从李伶的眼角滑落。

"是不一样，但是你有我们，你有笑容，这一刻我们拥有的东西是一样的，你要让悲伤的眼泪蒙住你的眼睛，看不到那些美好吗？"

李伶用不甚灵活的手指拨开被泪水和汗水黏在脸上的头发，眼角犹带泪痕："那我呢，我美吗？"

长期的病痛磨光了她的自信，以至于说每个字的时候，都带着深深的自卑。

叶千江没有马上回答她，而是从口袋里取出一个小小的千纸鹤，放在李伶的手心里。

“它美吗？”

小小的千纸鹤静静地卧在她的掌心，她看着它，想起曾经的时光：“在学校的时候，我叠的千纸鹤是班级里最漂亮的。”

“这么美丽的东西都为你停留，你说你自己美不美？”

“这个是哪儿来的？”李伶用颤抖的手指轻轻抚摸千纸鹤的翅膀，微末的幸福对她来说也是莫大的安慰，“是你叠的吗？”

“是它飞过来的。”

“真的？”

“当然，你试试跟它许个愿望。”

“我……可以吗？”

“为什么不行？”

叶千江静静地听着李伶用含混不清的声音诉说着她平凡到有些卑微的愿望。

从小她身体就不好，父亲为了她放弃了当歌手的梦想。三年前父亲因病离世，什么都没有留下，只有手机里录下的父亲生前唱的歌，难受的时候，伤心的时候她就听一下。

李伶从病号服口袋里取出手机，父亲低沉婉转的声音传来，带她回到儿时宁静的午后，父亲轻唱着自己年轻时的梦想，那时候她还未经世事，不知道岁月里那些悄然流逝的正是最珍贵的时光。

因为是随手录的，歌声中还夹杂着许多噪音，可是静静听来，又让人感觉无比温馨。

对现在的李伶来说，命运已经对她的人生下了最后通牒，她最担心的是母亲，父亲走了，她又这样，未来漫长的岁月，母亲要如何去承受？

“我懂，你希望她有她的朋友，她的社交圈，有接触外界的窗口，你希望她的世界不只有你。”叶千江说话的时候李伶连连点头，“那她有什么爱好呢？”

“跳舞，她……她喜欢跳舞，后来……后来不跳了。”

“那好呀，晚上的时候你就说要去散步，我们去医院对面的公园逛逛。”

“公园？”

“对呀，一般这种便民公园里都有自发组织的舞蹈队。”

“广……广场舞？”

“你可别小瞧广场舞，我之前做关怀师的时候，一个奶奶建议我去医院附近小区组织的合唱团，虽然是民间团体，但是特别严格，歌片是要背下来的。这种舞蹈团也很难，而且不同的队伍会涉及不同的舞种，我们先让你妈妈接触一下，毕竟她现在的心思都在你身上，不可能离开你太久。”

其实叶千江知道李伶的顾虑，从小在父母的培养下，她也是个能歌善舞的孩子，可是疾病夺走了她的歌喉，也毁了她的舞蹈梦，甚至扭曲了她的相貌。

叶千江记得年少时读歌德的《少年维特之烦恼》里有这样一句话：“哪个少年不善钟情，哪个少女不善怀春？”

十四五岁正是人生最美好的年华，李伶借由纸鹤细细讲来的都是对父母的想念跟感恩，可是对她来说，对这个年纪的女孩儿，谁又能不在意自己身上的伤痛呢？

对于这个提议，李伶的母亲是拒绝的。叶千江私下里找到她，讲起自己之前的关怀对象，一个患有艾滋病的小男孩，讲起他努力走出去拥抱陌生人的举动。

“李伶希望您能找到除了照顾她以外的喜欢做的事情，她很爱您。我也理解您的苦衷，毕竟让女儿出现在公共场合，自然会有很多带着有色眼镜的目光，甚至是歧视、嘲讽。可是除去伤害，也有许多温暖啊。”叶千江说，“难道我们为了避免伤害就不去接触，不去尝试，不去爱了吗？”

“那……万一，我说万一我怕伶儿……”

“我保证我会全程陪同，如果她觉得有任何不舒服，就立即把她送回来。我们不走远，就在对面的公园里，从那儿可以望见医院。在我们出行前，我会去咨询医生和护士的意见，得到院方许可后，才会进行下面的计划。”

“我还是……我是个妈妈，我……”李母仍旧放不下心，直到主治医生听到这件事后，极力建议李伶在身体能够承受的范围内，尽可能地走出去尝试。

在他看来，一直在母亲羽翼下的李伶，可以尝试独自去面对很多事。

就这样，李伶和叶千江的秘密是借此出行促使母亲接触社团，重拾对舞蹈的热情。叶千江和李母的秘密是带李伶去认识新朋友，接触社会，毕竟生病以来，她和这世界的联系除了母亲就是医生和护士，她需要朋友，也需要呼吸新鲜的空气。

对叶可儿来说，那自然是极好的了，可以不用待在单调的病房里，有宽阔的平台，有小朋友可以陪她疯跑跳跃。

叶千江是第一次意识到带孩子竟然是这么辛苦的事儿，她不期望释放天性的小可儿在自己身边，但起码要在她的视线范围内吧。可是可儿跑得太快了，好像一阵旋风，“嗖”地一下，那小小的身躯像鱼儿一样灵活，一转眼就没影儿了，过会一下子又跑到你跟前吓唬人。

倒是深谙孩子天性的李母宽慰叶千江，在她的指点下，叶千江也渐渐找到了调教小可儿的方法。

李伶拉着母亲，给她指了指民族舞的队伍：“去……去，妈妈喜欢。”

母亲蹲在女儿轮椅前，握着她的手：“小时候妈妈在家跳的舞，你还记得？”

“好看……好看，跳……跳给我看。”

“这里交给我吧。”叶千江扶住轮椅把手，小可儿也一下子冒出来，和李伶对视一眼，两个人默契地捂住嘴角笑起来。

“看来，她们两个也有秘密。”李母和叶千江交换了个眼神，起身走向场地中央。

连叶千江也没想到，平日里那个因全身心为了女儿而略显邋遢的女人，此刻的背影竟然如此轻盈，如此自信，正如临上场的演员，自信且优雅。

叶千江推着李伶来到场地旁边，围观的人主动给她们让出好的位置。

轮椅上的李伶仍有些许的不自然，小可儿却没有那么多心思，蹦蹦跳跳地感谢大家，摇头晃脑的样子煞是可爱。

叶千江轻轻俯下身，在李伶的耳边问她是不是不舒服。

李伶摇摇头，叶千江继续说："可儿的妈妈生病了，没有办法照顾她，我必须带着她上班下班，我甚至没想到你和你妈妈有那么大的耐心，包容我，还有我的侄女。"

"没……没关系，可……可儿……很可爱。"

"是啊，我接受了你的好意，可儿带来了很多笑声，可是也带来了很多麻烦。我在想，如果当初我没有带可儿来，而是直接把这件事跟公司反映，让他们给你换一个关怀师，就不会有我们现在的缘分了。"叶千江轻轻拍着她的肩膀，"我知道这些对你来说不容易，因为我永远没办法感同身受，但是我可以用我的亲身经历告诉你，学着接受别人的善意，或许对别人来说，也是一种善举。"

"谢……谢谢。"李伶鼓起勇气对旁边的人说道。

"开始了，开始了！"在可儿的播报下，一曲新舞拉开序幕。

叶千江直起腰的时候，李伶正把自己的手机交给小可儿。

小可儿熟练地点开拍摄模式，腆着小肚子站得直直的，镜头直对着舞蹈动作略显生涩，却无比优雅的妇人。

或许，这就是李伶和可儿的秘密。

"我妈妈……好美。"

"是啊……"叶千江的手落在李玲的肩头，"好美。"

如果没有生病，这个女孩儿或许会继承父亲的歌喉；如果没有生病，这个女孩儿或许会完成母亲未完成的事业，可是这不可逆的病痛，夺走了她的声音、美貌和她的未来。

不过，有失必有得，平日里十几岁的女儿哪里肯陪妈妈去跳广场舞呢？逛街、打游戏、追星、看韩剧……世界太大了，新鲜事五花八门，而那些事通常会分散我们的注意力。

往往只有在失去的时候，我们才知道，什么才是最重要的。

乐曲优美，舞姿轻盈，叶千江多想让时间停留在这一刻，让这舞蹈永远不停，让这对母女互望着彼此笑着、闹着，互相温暖着。

天色暗下来的时候，一行四人踏上归程。

小可儿应景儿地唱起86版《西游记》的主题曲《敢问路在何方》："你挑着担，我牵着马，迎来日出送走晚霞……"

"你怎么会唱这么老的歌？"看着摇头晃脑的小可儿，叶千江哭笑不得地说。

"就是……就是之前照顾我的大姨，她有个机器总唱这首歌。"小可儿闷闷地说。

叶千江知道那是小可儿寄养在手表厂宿舍里的日子，对可儿来说，绝对算不上快乐的时光。

"刚刚唱到哪儿了，"叶千江举起两人握在一起的手，"呀，你牵着我呢，我是白龙马啊！"她假装生气地大叫起来，李家母女早就乐成一团。

"好啦好啦。"可儿轻拍她的手背，重新开嗓，"你挑着担，我牵着马，迎来日出送走晚霞……"一边唱一边朝她眨眨眼，意思是，这样你满意了吗？

面对这个古灵精怪的小怪物，叶千江敢不满意吗？

回到医院，在医生那里销假后，小可儿迫不及待地跑回病房，把她用手机拍摄的视频作品传到叶千江的电脑上，郑重其事地邀请大家观看。

就在其他三个人拿着桃子、苹果准备欣赏大作的时候，屏幕上的画面让几个人彻底丧失了吃水果的兴趣，李伶捂着肚子，叶千江笑出眼泪，只有李母努力保持平静，抖动的腮帮却泄露了她的情绪。

“怎么了，你们笑什么？”

小可儿一脸疑惑地转到屏幕这边，图像的质量很好，只是里面随着音乐翩翩起舞的每个人都有两条修长的大腿。

可是，也仅仅有腿。

小可儿拍摄的视频和她的高度完全一致，始终保持在裤腰带之下。

“不是这样的，”小可儿说，“我是……我是看得见人的。”

叶千江笑着把小东西抱在怀里，她还分不清视频为什么跟自己看到的不一样。

然而就是这份天真的孩子气，让这次尝试更加有趣。

“没关系，明天我们再去嘛。”叶千江用手指戳戳她气鼓鼓的小脸蛋。

“对啊，对啊。”李伶和母亲赶紧附和着。

“明天，我一定拍出完美的画面！”

小可儿暗自握紧拳头的样子被其他三个人发现，又惹来一阵哄笑。

笑够了，闹够了之后，李伶和可儿两个小脑袋聚在电脑前面，戴着耳机不知道在忙什么。

叶千江和李母特意给她们独处的时间，到了李伶洗漱的时候，一个意外的访客不期而至。

“你怎么来了？”

和叶千江质问的口气不同，小可儿却显得很热情，拉着洛琛给他展示自己的“大作”。

叶千江没那么多的耐心，追在他身后问：“你来干什么？”

李母扶着女儿去洗漱，对叶千江说：“今天晚上我在这里，你跟他走吧。”

“我们就是同事。”叶千江说，“而且可能很快连同事都做不成了。”

洛琛也不跟她废话，征求了小可儿的意见，得知她很愿意睡昨天晚上那张很软很大的床后，抱起小可儿就往门外走。

“喂，你带孩子去哪儿？”叶千江赶紧收拾东西追上，“你知不知道这是什么行为？”

“不放心就跟着。”只回了这么一句，洛琛迈开大长腿跑得更快了。

叶千江只有跟着他，她跑出医院的时候，他已经把车从车库里提出来等在那里了。她俯身下来刚准备骂他，他指指后座的小人儿，示意她嘘声。

在后座系好安全带的可儿的脑袋抵在车门上，小眼皮紧闭着，显然已经睡着了。

“怎么可能，刚刚她还笑得那么开心。”叶千江压低声音。

“小孩子都这样。”洛琛用口型回应她。

“我带她走。”叶千江坚持着。

“会吵醒她的。”洛琛出声制止她，“跟你在医院一整天，她只是个小孩子，让她睡会儿吧。”

叶千江想了一会儿，坐上副驾驶座：“回我家。”

可能是这几天实在太累，自从男朋友离世，叶千江就没有好好地休息过，莫名出现的外甥女也让她措手不及，行驶中的车辆像是一个巨大的摇篮，她忍不住闭上眼睛。

叶千江进入睡眠模式的时候，后座“沉睡”的小女孩儿睁开一只眼睛，通过车内后视镜和洛琛眨眨眼。

叶千江很久不做梦了，梦里是她和姐姐小时候一起学舞蹈的场景，两个人站在一起，好像照镜子一样……

叶千江被关门声吵醒，睁开眼睛发现自己竟在洛琛家的车库里，而洛琛抱着小可儿正往电梯里走。

等叶千江赶到的时候，电梯门已经关上，她看着迅速飙升的数字，感觉血压也跟着一起上去了。

好不容易等来下一班电梯，叶千江赶到洛琛家的时候，却找不到小可儿的身影，洛琛指了指卫生间，叶千江才找到在浴缸里玩水的小可儿。

面对叶千江“杀人”的眼神，洛琛举起双手：“我发誓，我只是放好水，在浴缸里放了小凳子，其他的事都是她自己做的。”

叶千江还能说什么，只能亲自帮可儿洗澡，洗完澡的可儿穿着洛琛准备好的能当裙子的大T恤蹦蹦跳跳地跑掉了，叶千江开始整理被水浸湿的自己。

当她带着一肚子怒气出来的时候，发现小可儿正坐在餐桌上吃着洛琛分给她的食物。

“哦，你来啦。”洛琛指着身后的冰箱，“谢谢你留给我的食物，不过我一个人吃不完，沙拉可以吧？快坐下。”

“没胃口。”叶千江没好气儿地说。

“我做菜很好吃的。”洛琛说，小可儿在一边竖起大拇指点赞。

“不吃，积食。”

这场争执最终以叶千江完败结尾，她总不能带着一个刚洗完澡，浑身上下湿漉漉，毛茸茸的小孩子在大半夜乱走吧？

“真的，很感谢你放在冰箱里的食物。”洛琛说，“还有给我留的早餐。”

“不客气，晚安。”说着，叶千江牵起吃饱喝足的小可儿去刷牙洗脸。

第二天早上，不夸张地说，叶千江是被食物的香气唤醒的。

当她循着香味儿来到厨房，看见戴着围裙的洛琛时，瞬间就醒了过来，一张脸拉得老长。

洛琛抓着铲子横在胸前：“什么也不用说了，我已经接收到你感激的表情了，洗脸去吧。”

叶千江转身就走，临走前想起一件事又转了回来：“对了，离职申请再给我一份吧。”

“先把手里的工作做完再说。”洛琛专心于他的料理，头也不抬地说。

叶千江也懒得再理他，因为客房里已经有轻巧的脚步声响起。

“你怎么出来了？”叶千江看着披头散发，眼角还黏着眼屎的小家伙，“我带你去洗脸。”

“好。”小可儿乖巧地往回走，却趁着叶千江不注意，踩着拖鞋一路小跑绕着圈冲进厨房，跳着扒上料理台，“早上好，大叔！”

“早上好，小家伙。”洛琛单手把她抱起来，“怎么样，睡得好吗？”

小可儿认真地点头，稚声稚气地问：“你呢？”

“当然好，”洛琛被她小大人似的问话逗笑了，“你有没有做梦变成小美人鱼啊？”

“我做梦变成大鲨鱼，啊！”小可儿以为张大嘴会显得凶残一点。

“好吓人啊，鲨鱼大人，你不要吃我，我给你做早餐，美味健康的鸡蛋灌饼可以吗？”

小可儿想了一下，说：“可以。”

叶千江看不惯两个人没大没小的样子，直接从洛琛怀中抱走小可儿：“我带你去洗漱。”

小可儿的脸从叶千江肩膀上面冒出来，对着洛琛做鬼脸：“可是大叔，什么是鸡蛋灌饼？”

“哦，就是把鸡蛋放进饼的肚子里面。”

洗脸，刷牙，梳头，小可儿已经恢复了小淑女的样子，吃洛琛的料理，她毫不吝啬，声情并茂地赞扬洛琛的厨艺。

叶千江倒是觉得早餐的味道一般，但是鉴于客人的身份，免不得对主人的招待表示一些违心的夸赞。

洛琛像是听不懂她话中隐含的意思一般，开心地邀请小可儿跟他共进明天的早餐。

“不可以。”叶千江以监护人的身份替可儿回复他，“今天晚上可儿陪我在医院。”

“那儿的环境对孩子不好。”

“我只告诉你，如果你胆敢再像昨天晚上一样把可儿带过来，我就立刻辞职。”

洛琛吃着自己做的早餐，不去撩虎须，小可儿也乖巧地啃着食物，悄悄地跟洛琛挤眉弄眼。

洛琛把剥好的茶叶蛋从桌子底下递到小人儿手里，可儿悄悄地吃起来。对于两人的小动作，叶千江眼观鼻鼻观心，假装看不见罢了。

早餐过后，想要带可儿坐地铁回去的叶千江还是晚了一步，洛琛抱着可儿先走了，叶千江追两人的时候正巧被公寓管理员赶上。

“哎哟，孩子这么大啦。”管理员憨厚地笑着，“我还一直以为你单身呢。”

洛琛忙着躲叶千江，便朝管理员点个头就走了，叶千江不得不停下来解释一番。

这样一来，等她追上的时候，可儿已经坐在车后座上了。

“可儿，下来。”

这一次，叶千江寸步不让。

“早上这么挤，你打不到车的。”

“不用你担心，我们去坐地铁。”

“你带着这么小的孩子挤地铁，受伤了怎么办，挤丢了怎么办？”

“用不着你管。”

“我为什么不能管？你是我的员工，她就是员工家属，我有责任保证她的安全。”

“一定要这样胡搅蛮缠吗？”

“你问问孩子的意见。”

小可儿在后面坐着，一副岁月静好的样子。

叶千江叉着腰：“小姨再给你一次机会，你不下来吗？”

“干什么，有事冲我来，别吓着孩子。”洛琛回头安抚好并没有被吓到的小可儿，转过来对叶千江说，“孩子跟我走，你要实在喜欢坐地铁自己去坐吧，医院见。”

“可儿你不下来吗？”

在小可儿犹豫的时候，叶千江关上了车门，还没等她负气走远，洛琛的车像箭一样从她身边开过去。

叶千江看着绝尘而去的车子，气得胃疼，直接找了一家路边的早餐店点了一杯热豆浆。

这边，原本觉得很好玩的小可儿，在看不见叶千江的那一刻，痛哭起来。

"好了好了,可儿不哭,可儿不哭,叔叔带你回去找小姨好不好？"洛琛赶紧去哄，讲笑话，做鬼脸，几乎用尽了毕生功力。

可是当车子驶回分手的街道时，并没有叶千江的影子。

眼看小可儿的泪水要决堤的前一秒，洛琛从收纳箱里翻出以前用的旧手机递给她，里面有叶千江上次陪米粒做活动时的照片。

"相册里有你小姨，你看会儿，大叔带你去找小姨好不好？"

可儿抽着鼻子，点开照片一张张翻着："里面……里面的小孩儿是谁呀？"

小可儿哭唧唧地问道，看见叶千江和别的小孩子的合照让她很是伤心："小姨……小姨还没跟可儿一起拍过照，可儿好伤心，好伤心啊……"

洛琛完全没料到，这一招不仅没把小人儿哄好，倒是勾起她的伤心事了。

"可儿，大叔给你唱歌听好不好？"

"不好。"

"讲故事呢，我可会讲故事了！"

"不听。"

"我给你买玩具好不好，你喜不喜欢小猪佩奇？"

"不要。"

"你不喜欢大叔了吗？"

"不喜欢了。"

"你是生气了吗？"

"是。"

"哄不好的那种吗？"

看着后排的小人儿疯狂地点头，洛琛开始反省自己是不是太草率了。

洛琛没想到，最后解救自己的竟是关怀对象李伶。

好不容易到了医院，见赶地铁的叶千江还没影子。就在小可儿酝酿另一波狂风暴雨的时候，李伶拿出叶千江留下的笔记本电脑，在小可儿的耳边说了什么，小可儿暂时收住了眼泪，两个小姐妹猫在电脑前面捣鼓着什么，也不许别人看。

洛琛明显松了一口气，李母借机向他请教穴位按摩的事情。

叶千江赶到医院的时候，病房里一副井井有条的样子，可是她出现的那一秒，小可儿迈着小短腿儿朝她跑来，扑进她怀里，哭得梨花带雨，鼻涕眼泪一齐往下掉。

挤了一路地铁的叶千江早已经消气了，赶忙安抚可儿："怎么了，怎么哭了，看见小姨不高兴了？"

"不是，不是。"小可儿抽抽着小脸儿，"可儿做错了，可儿好想你……"

"你没错，是小姨不好，小姨不应该让你自己走。"叶千江轻轻拍打着小可儿抖动的后背，"以后小姨再也不会丢下你了。"

"真的？"

"当然是真的。"叶千江强忍着才没笑出来。

"可儿再也不跟大叔走了，再也不跟他走了……"

"他欺负你了？"

叶千江一双厉眼扫过去，洛琛赶紧高举双手以示清白。

"不哭不哭，好宝宝。他敢欺负你，小姨就欺负他。"叶千江恶狠狠地说。

到了李伶做复健的时间，叶千江和洛琛推着她去练习室，折腾了一夜的李母留在病房里照看哭了一早上，现在躺在病床上呼呼大睡的小可儿。

"我真的很抱歉。"在李伶为了健康努力的时候，终于有独处空间的洛琛向叶千江表示歉意，"我没想着真的带可儿走，我本以为你会追上来。"

叶千江沉吟了一会儿："我也有错，早上地铁那么挤，确实不适合带小孩子坐。”看着一旁连连点头的洛琛，叶千江话锋一转，“不过你也太离谱了，怎么能真把孩子带走呢？”

“我真的知错了，真的，我已经遭到天谴了。”洛琛一脸无奈地说，“你知道来的路上她哭得多惨吗？”

“不知道。”叶千江幸灾乐祸地说，“谁让你把她带走的？活该。”

见洛琛一脸生不如死，又无法反驳的样子，叶千江登时心情大好，对着努力练习腿部力量的李伶做出鼓励的手势。

“不过早上看李伶跟可儿在电脑上好像做了很神秘的东西。”

“小孩子之间也总有秘密，你瞎打听什么。”叶千江不客气地说。

“真是小气。”

叶千江晃着脑袋：“李伶在学着做音乐。”

“什么？”

“李伶的爸爸三年前去世了，那时候她已经生病，家里值钱的东西包括房子，都卖了，除了当时随意录下的歌声，什么都没留下。她爸爸是有机会当歌手的，为了家庭才放弃自己的梦想。现在，李伶知道自己的时间不多了，她怕妈妈一个人会孤单，所以想把爸爸的歌剪出来留给母亲。”

“可是，这对她太难了。”

“李伶很聪明，用得到的软件一学就会，只是她的手不方便操作。”

“所以……”洛琛说，“可儿就派上用场了。”

“对可儿来说，被人需要是一件很光荣的事。”

“不仅如此，两个小孩子玩闹还可以名正言顺地避开大人的视线。”洛琛看着她，“所以，你们谁才是关怀师，我的工资应该付给哪个？”

之后，洛琛问起小可儿的事。

叶千江原本不打算跟他讲这些的，但是转念一想，自己又没有可以分享的人，很多事在她心上压着就快要喘不上气了，她也需要一个发泄的出口。

于是，叶千江轻描淡写地跟洛琛讲述了自己发现小可儿的过程。

“怪不得呢，以前都没听你讲过这个外甥女。”

“我也是才知道。”叶千江裹紧衣服，她并不能感觉到冷热变化，只是下意识的动作罢了。

“吓了一跳吧？”

洛琛看着她不动声色的侧脸，无法想象在冷漠的外表下她承受着多大的压力。

“还好吧。”

“对可儿你有什么打算，总不能永远这么带着吧？”

“不知道，我还没想好呢。”

“确定这孩子是你姐姐的吗？”

“应该……是吧。”叶千江说，“不然她怎么会付托管费，而且长得那么像。”

“不能说因为长得像就是你家孩子。”洛琛说，“先安排一个亲子鉴定吧。”

“哦。”叶千江说，“我已经预约了，在下周。”

“孩子的父亲？”

“我不知道，可儿好像连见都没见过。”

“这样啊。”洛琛的问题再一次难倒叶千江，他问，“可儿的户口落在哪儿？”

叶千江倒吸一口凉气：“我没想过，我会去姐姐的房间里找找线索。”

“还可以问一下寄养孩子那家人，有没有谁定期去看孩子的。”

叶千江找出手机拨过去，依次问了几个问题。放下电话，叶千江忽然觉得很虚脱：“除了我姐姐，没有人去看孩子，不过好消息是，孩子的户口就在寄养的那家人上，是我姐姐花钱办的。”

“还有别的线索吗？”

“有。”叶千江说，“等我姐醒过来。”

“准备怎么跟你爸妈说？”

叶千江哀号一声，忍不住捂住脸。

经过洛琛一番指点，叶千江越发觉得自己考虑问题太过简单，她开始反思自己这样把小可儿接过来是不是太草率了，可是事到如今，既不能不明不白地把孩子带回家，又不能不清不楚地把孩子送回去。

叶千江一时间心乱如麻，这么想着，翻出检测机构发给她的通知，把小可儿和李伶交给洛琛，自己去盛琪医院准备取姐姐的DNA 样本。

叶千江刚进医院就碰到了姐姐的主治医生，还没等她询问病情，立刻被去护士台取流食管的父亲撞见。

这样，叶千江连病房都没进去就被黑脸的父亲赶走了，更别说取DNA 样本了。

在没有证据的情况下，她又不能对小可儿明说。

最后她只得趁护士不注意，把给姐姐扎针剩下的沾了血迹的棉签偷了出来。

叶千江忽然觉得自己很可怜，她不过是想找回外甥女而已，取得姐姐 DNA 样本的方式竟然要用偷的。

从一个医院赶回另一个医院的叶千江几乎精疲力竭，但是看到和李伶玩扮演游戏，一脸天真烂漫的小可儿，叶千江又觉得无比欣慰。

小可儿冲过来抱了她一下，再跑回去继续装她没有一点杀伤性的大灰狼。

可是叶千江笑着笑着就笑不出来了，她忽然想到，如果检测结果出来，小可儿不是姐姐的孩子怎么办？

孩子的笑脸在眼前那么清晰，那么开朗，几天的相处下来，彼此之间都投入了感情，如果小可儿不是自己的外甥女，她又该怎么面对这个女孩儿呢？把小可儿送回那个老旧的厂区，或者福利院吗？

叶千江甩甩头，试图甩开那些恐怖的想象。她忽然觉得兜里的棉签很讨厌，那意味着她必须要去面对的现实。

几乎没有一秒钟犹豫，叶千江跑到走廊里想把那根棉签丢进垃圾箱里，只不过试了几次都没办法撒手。

忽然，一只大手包住叶千江的手，她抬起头看着洛琛熟悉的眉眼。

“交给我吧。”洛琛从她手里接过棉签，用纸巾包好后放进口袋里，“暂时由我保管，如果你想要做检测的话，跟我说一声就好。”

“这不关你的事。”

“小姨小姨，快跟我来。”神出鬼没的小可儿冒出来，趁着李母不在的时候拉着叶千江密谋属于孩子们的计划。

那一天，风很轻，望着叶千江离去的背影，洛琛在人来人往的走廊里站了好久。

吃晚饭的时候，两个孩子急得像热锅上的蚂蚁，叶千江只有憋着笑陪她们俩演下去。

天色终于暗下来，在小可儿的催促下，几个人启程去前一天跳广场舞的公园。

这一次，拍摄的重任交给了毫不知情的洛琛，在李母跳舞的时候，小可儿不知道用什么方法拉来了舞队的负责人。

李伶把录好视频的手机递过去，对方看过之后，跟李伶和叶千江讨论了很久，收下了小可儿双手捧着的 U 盘。

终于，在最后一支舞曲结束后，舞队的负责人向大家宣布，今天还有一支舞曲。

在众人的诧异中，前奏慢慢响起。

“深夜花园里四处静悄悄，树叶也不再沙沙响。夜色多么好，令人心神往，多么幽静的晚上。小河静静流，微微泛波浪，明月照水面，银晃晃。依稀听得到，有人轻声唱……”

满场的舞者站在原地不知所措，这并不是他们的舞曲。李伶一直望着妈妈的方向，最开始，李母和其他人一样满腹疑惑，直到父亲的声音响起。

那是多年前父亲唱给母亲的歌。

慢慢地，人们发现人群中央，一个不太年轻的女人，配合着舞曲的韵律，缓缓起舞。她的身姿不再婀娜，她的腰肢也不如往昔般柔软。但是此刻，她的脸上焕发着少女一般的光芒，仿佛丈夫就在自己的身边，为自己伴唱着只属于她的歌。

像是明白了其中缘由，其他人携手退场，将舞台交给那个跳着异域舞蹈的女人，所有人都静静欣赏着这只属于她的时刻。

一曲舞毕，在雷鸣般的掌声中，舞者已是满脸泪水。

她穿过人群走向最亲的人，轮椅上的女儿张开骨瘦如柴的双臂，迎着她，用含混的嗓音喊了两个字：“妈妈。”

“不敢相信，我简直不敢相信这是真的。”

回到病房里，激动的母亲仍旧没有从之前的惊喜中回过神来，她激动地抱住小可儿：“天哪，你们……你们是怎么做到的？”

“不是我。”小可儿难得谦虚一把，“是伶姐姐做的。”

李母愣住了，显然不相信自己的耳朵。

“是的，今天所有的事情都是李伶亲自做的，那曲子是用之前李爸爸录下来的歌合成的，制作软件也是李伶自学的。”

“这两天，她和小可儿在一起……”

“对的。”小可儿严肃认真地说，“我们在做正经事，大姨却以为我们在玩游戏。”

“是大姨不好，你真乖，我们的小可儿最厉害了。”

小可儿伸出小手指头：“一般般厉害，伶姐姐才厉害呢，她用一条视频说服了那个脾气臭臭的家伙。”

叶千江主动出来解释：“就是舞队的负责人，我们可儿花了好大力气才说服她跟我们谈话呢。”

“是吗，真是难为你们几个孩子了。”

“不为难。”叶千江说，“都是李伶做的。”说着把李伶录好的视频播放出来。

“您，您好，我……叫李伶，我有个请求，想请您帮忙放一首歌曲，那……是我爸爸唱的歌，他……他去世好多年了。小时候，每当爸爸唱起这首歌，妈妈就会跳起最美的舞。我，现在我得了病，我怕……我怕陪不了她太久，我想把这首歌送给她，请您一定要帮我。因……

因为我说话不方便，所以用视频……说，因为这个可以快……放，给您添麻烦了，真的很抱歉……”

听着视频里自己的声音，李伶的脸上露出腼腆的笑容。

母亲抱着女儿，很长时间都说不出半个字来，母女之间相惜，相守的感情在小小的病房里流淌着。

这一夜，是属于母女俩的私密时间，叶千江和洛琛牵着小可儿悄悄地从病房里退出去，那对相依为命的母女还在一起诉说着属于两个人的心事。

“今天晚上你们……”

洛琛的话没说完，叶千江干净利落地抱起可儿：“今晚我会找医院周边的旅馆，明天早点来，让李伶的母亲回家休息。”她一边说，一边偷看洛琛，防止昨天“抢”孩子的事情发生。

洛琛倒是没跟她抢，远远地看着她带着孩子在旅馆办了入住后，自己离开了。

第一次直视自己的感情，他也需要一点时间去消化，以及思考到底要怎么做。

刚开始的时候，抱着小可儿进房间的叶千江还很忐忑，她不知道小可儿愿不愿意像这样跟着她每天漂泊，不过现在看起来她完全是多虑了。

因为一进到房间里，小可儿就和叠成小熊形状的毛毯交上了朋友。叶千江手忙脚乱地给小可儿洗完澡，小可儿就趴在床上和小熊玩。叶千江嘱咐好小可儿别乱跑，自己去卫生间洗漱，出来的时候听见她小声说着什么。

叶千江问可儿的时候，她说是在给她的小熊朋友讲故事，又说那个小熊叫妮妮。

叶千江抱着可儿，一边讲故事一边哄小姑娘睡觉。

从可儿像小树袋熊一样跟着她的那天起，她忙着带可儿，忘记了自己的存在，也忘记了伤害自己的习惯。伤口慢慢结痂，长出粉红色的新皮肤，看着自己一天天变好，她有种恍惚的感觉，好像不是她在照顾可儿，而是那小家伙在照顾她。

可儿睡着后，叶千江轻轻起身，打开电脑查询本市中学的校徽。

她想起在公园里看跳舞时她和李伶的对话。

叶千江问李伶还有没有什么愿望。李玲想让妈妈重新融入舞蹈，让爸爸的声音重新焕发光彩。她许的愿望都是为了家人，叶千江问她有没有什么愿望是属于她自己的。

当时李伶沉默了好一会儿，把脸转向背光的地方，她说她很羡慕《一公升眼泪》里的女主，同样是中学生，得的是一样的病，为什么，为什么那个女孩就有人爱呢？

“牵手，约会，去看花，坐旋转木马，荡秋千，吃冰激凌……”叶千江看得到黑暗里李伶那双满是泪水的眼睛，和眼底深切的悲伤。

“可是，那是不可能的。”李伶的声音自黑暗中传来，带着幽幽的感伤，“那是不可能的，没人爱我，没人愿意和我，和这样的我约会。”

好在小可儿很快找来了舞团的负责人，缓解了叶千江的尴尬。她根本不知道该说些什么，毕竟站在她的角度，她永远也不可能体会李伶的悲伤。

但是她仔细地记下了李玲的愿望，凭借记忆寻找悄悄地在李伶床头放了千纸鹤的男生。

通过校徽寻找到学校并不难，叶千江从校园网翻看着学生的信息，她想自己或许可以发寻人的帖子，像微博上寻找一面之缘的陌生人一样，替千纸鹤寻找它的主人。

可是很快，叶千江放弃了这个想法，小可儿均匀的呼吸声让她的心情无比平静，她终于明白或许这才是生活，平静得近似于寡淡。充满了遗憾与错过，才是人生。

朦胧但热切的爱恋，或许不应该经由她的手去戳破，那些属于这个年纪的美好，应该经历岁月的积淀，残留在每个人心头。

叶千江关上电脑，这是第一次，她没有想要拼尽全力做成什么事，她想让一切顺其自然地发展。如果那个男孩儿放不下李伶的话，那么他还会想方设法地去看她，而不是自己站在他面前游说。

不过那男孩儿显然没想让叶千江等待太久，因为第二天早上，抱着小可儿来到医院的叶千江，再一次在病房门口看到那个送千纸鹤的男孩儿。

“你好。”叶千江把小可儿放下，刚想跟男孩儿搭讪，对方吓得赶紧跑掉了。

叶千江嘱咐小可儿进去找李伶姐姐玩，自己跑去追。

跑到一半儿，叶千江就忍不住想，现在的孩子为了考试不都不怎么上体育课吗，怎么跑得这么快呢？

本来按照她的速度是绝对追不上男孩儿的，可是就在关键时刻，她摔了一跤。

就是这半真半假的摔跤让男孩儿满怀愧疚地回头来扶她：“怎么样了？”

“还好还好。”叶千江拍拍裤子上的灰尘，“本来我就是假摔。”

见男孩儿要走，她赶紧挽留：“你和李伶是同学？”

男孩儿红着脸点点头。

“你叫什么名字？”

“罗明。”

“罗明同学，那天的千纸鹤是你送的吗？”

“是……不是。”

“是还是不是啊？放心，我不是李伶的家长，我是她的朋友。”叶千江暧昧地说，“我很开明的。”

“我……我……我还要上课，我先走了。”

男孩儿一溜烟地跑了，叶千江看着他的背影，说：“李伶需要帮助，你愿意帮她吗？”

回到病房，叶千江找机会和李伶的妈妈说了这件事，母亲倒是很愿意女儿跟同龄的孩子接触。

“只是……”她担忧地说，“这件事会不会对那个叫罗明的男孩儿产生不好的影响？”

“有什么不好呢？”叶千江说，“这不是我说的，是我说出同样的顾虑后，罗明对我说的。他喜欢李伶，愿意做让她开心的事情，他偶尔会来看她，远远地看着，他也很愿意以一个朋友的身份陪她去看看医院以外的世界。”

“真的吗，他真的这么说？”

“当然。”叶千江望着窗外川流不息的街道，“或许是成年人的世界太过复杂，我们总是瞻前顾后，其实这件事往简单说，不过是一次出游而已，和春游、秋游又有什么区别呢？”

“真的吗，真的可以这样吗？”李伶的母亲捂住脸，眼泪从眼中落下，“真的可以这样吗？”

虽然有了伙伴，有了出行计划，但是他们必须先过医生那一关。

李伶的母亲向医生表达了女儿的愿望后，医生倒是很支持，也鼓励患者参加社交活动，只是列出了许多注意事项。

叶千江和李母旁敲侧击地从李伶口中套话，确定她还记得一个叫作罗明的，一起上补习班的同学，并且很有好感后，宣布了出行计划。

不过关于罗明的部分，还是保密的。

对于游玩的事情，最兴奋的就是小可儿，她说自己只在电视上看过游乐园，光是想想，就已经幸福到不行了。

出游就定在两天后的周六，叶千江和李母根据医生给出的建议做着各种防护工作，李伶和可儿在网上查找游乐园的攻略，几个人忙得不亦乐乎，都没注意到这几天洛琛没有出现。

周六那天，当大家推着收拾妥当的李伶来到游乐场的时候，罗明早已等在那里。

看见熟悉的同学，李伶的笑容里多了几分羞涩。

叶千江和李母放下心来，原本两个人还担心李伶看见同学时的反应，因为她们担心李伶不愿意让对自己有好感的男生看见自己现在的样子。

不过这件事，李伶倒是给出了解释，因为她早在罗明的朋友圈里看到他发的周六要跟心仪的女生出游的事情，文字底下又附上他亲手叠的千纸鹤。

那千纸鹤和叶千江给她的一模一样，再联系上母亲和叶千江鬼鬼祟祟的样子，来之前她已经把真相猜得七七八八了。

尽管被猜出来了，叶千江还是很开心，毕竟李伶高兴是最重要的。

不过让叶千江意外的是，她在游乐场里看见早已等在那里的洛琛。

没等叶千江质问他来这里做什么，他把早已买好的两个棉花糖分给李伶和小可儿。

吃人嘴软的小可儿抱住他的大腿就不松手了，逗得所有人哈哈大笑。

“你也太好收买了吧。”叶千江假装为外甥女的不争气恼火。

趁着罗明请教李母推轮椅的技巧时，叶千江问洛琛：“你怎么来了？”

没等洛琛回答，小可儿扑哧一笑，罪魁祸首率先招供了。

“是你？”叶千江惊讶地说，“你怎么通知他的？”

洛琛晃了晃手里的手机，小可儿从口袋里翻出一部手机，就是上次洛琛在车上借给她玩的，不过后来他给手机装了备用的电话卡，在他梳理感情的时候，小可儿就用手机跟他聊天。

“所以说，你的什么妮妮小熊朋友……”

“就是他啊！”小可儿塞了满嘴糖霜，笑到直不起腰来。

五个人自动分成三组，罗明跟李伶一组，可儿跟洛琛一组，剩下的叶千江和李母则划分到恐高又怕累的老年组合，主要负责帮忙照看物品和随时提供帮助。

“请大家尽情地玩，因为我们买的是通票。”随着叶千江的玩笑话，游乐园之旅正式拉开序幕。

说是分组，其实几个人为了彼此照应默契地在一个区域玩，这片区域玩完了，一起换到另一块地方。

罗明生涩地推着李伶的轮椅，停在她最喜欢的旋转木马前面："你想坐吗？"

李伶向往的脸上添了一丝不易察觉的落寞，她轻轻地摇了摇头，这些活动注定不再属于她。

罗明从背包里取出一只粉色的兔子："记得吗，那次学校组织的联欢会上，你穿着大大的兔子玩偶服装，在台上跳来跳去，最后兔子脑袋都掉了，惹得大家笑成一片。"

"好……好丢人。"

"才不呢，那只兔子很可爱，真的很可爱，所以今天这个兔子就是你，你喜欢哪个游戏，想玩哪个就告诉我，我带着小兔子去坐，就相当于你也玩了，好不好？"

叶千江和李母远远地看着，感叹着年轻的感情真好，没有一丝一毫的杂质。

叶千江忍不住想，如果李伶健健康康的，她就可以牵着男孩儿的手一起在游乐园里奔跑，打闹。她有一生的时间去犯错，去爱，去伤害，去成长，可是对于现在的她来说，帮助她行动的轮椅也是困顿她的牢笼。

李母看穿叶千江的想法，缓缓地说："其实我们很多人没有真正地活过，每天忙忙碌碌，度过一个又一个的黑夜，可是极少有人会用心去感受这个世界，珍贵的东西往往被我们忽略，我很庆幸，在我的有生之年，我的女儿可以成长得如此美好，能拥有她，是我这辈子最骄傲的事情。所以，我也相信，对她来说，无比珍贵和美好的这一刻，比冗长苍白的一生，更有意义。"

感叹着李伶母亲的豁达，叶千江在这对母女身上学到了很多东西。可是游乐园之旅完成后不久，李伶的病情急剧恶化，最后不得不转到专业的护理机构。

终于松了一口气的叶千江着手开始筹备辞职以后的生活，男友走了，她继续这份工作的理由也就没有了，况且现在带着小可儿也不方便再做关怀师。

她打电话回公司询问离职事项的时候，意外得知自己名下已经被挂上另外一单。

叶千江气愤地打电话质问洛琛，对方气定神闲地听她说完后，不疾不徐地向她解释。

“这单不是公司帮你接下的，这个委托人是因你而来的。”

“谁？”

“你来公司一趟。”

去公司以前，叶千江打定主意，这一次无论是谁，她都会把任务托付给其他的同事，一路上，小可儿还乐颠颠地和叶千江讨论闲下来要去哪儿玩。

可是，当叶千江推开公司会议室的大门，看见满头华发的老人时，那些准备好的托词她一个字也说不出口。

“你好啊。”老人对和叶千江一起进来的可儿说。

叶千江对稍显畏缩的可儿说：“问娄奶奶好。”来人正是周慧的婆婆，和叶千江在日本只有一面之缘的老人娄筝。

可儿乖巧地问好后，跑到洛琛身边接过他递来的糖果，窝在沙发上开开心心地吃起来，一点也没有刚刚认生的样子。

叶千江在老人对面坐下：“好久不见，您好吗？”

老人连连点头：“还好还好，一把老骨头了，有什么不好呢？”

“您什么时候回来的？”

“一个星期了，我要先安顿好我姐姐才有空过来。”老人保持着旅居日本形成的习惯，躬身行礼，“一直想当面跟你说声谢谢，是你让我知道自己这么多年错怪了我的儿媳。”

叶千江连忙还礼，小可儿大概是觉得两个人互相鞠躬很好玩，趴在洛琛的膝头抻着脖子看。

“我并没有做什么，”叶千江说，“都是慧姐做的，不过她在旅行……”

娄筝点头：“我知道，我不找她，这次我是专程来找你的。”

“找我？”

“是的。”娄筝说，“刚刚说了，我姐姐跟我一起回来的。”

叶千江点头，并没有插话，她原本就诧异于两个老人的体质并不适合长途跋涉，只是没来得及问而已。

“其实这次我是代我姐姐来找你的，”娄筝说，“她想请你做她的关怀师。”

“我……”在老人殷切的注视下，叶千江推辞的话终究没能说出口，“我能问下为什么吗？”

“我姐姐想举办一场葬礼。”

“葬礼？”

“对。”娄筝回答，“她自己的葬礼，在她活着的时候。”

“这就是你们从日本千里迢迢赶回来的原因？”

“是。”娄筝肯定她的说法，“但也不全是，因为她还想请一个人。”

“是谁？”

“她的儿子。”

“我不明白，她的儿子不是在日本继承家族事业了吗？”

“最近柳生家接了中国一家公司委托的业务，一郎，也就是我的侄子，我姐姐给他取的中文名叫娄念，以寄托她对家乡的思念之情。这次代表柳生家来中国的就是他，我和姐姐得到消息从日本赶过来，因为她的这个愿望只有在中国才能实现。”

“我不懂。”叶千江说，“参加母亲的葬礼难道不是为人子女应尽的义务吗？为什么一定要赶回中国才能实现？”

“因为……”娄筝沉默了半晌，终于艰难地开口，“因为我姐姐是婚内出轨，被逐出柳生家门的，为了这件事，当年十几岁的娄念发誓不再认她这个母亲，跟她断绝关系，这么多年也从来没有去养老院看过她。柳生家的人也一直对我姐姐心存芥蒂，不许他们母子俩来往，所以这一次娄念来中国，可能是缓和母子俩关系的唯一机会了。我姐姐知道，这孩子长到今天她没付出过多少辛劳，所以不敢奢求他在床前尽孝，她只希望自己的葬礼能有儿子在身边，所以她想趁着自己还能动，在自己的国家为自己办一场葬礼，向亲戚朋友，还有自己的儿子告别。”

“我想，有些话还是她亲自对儿子说比较好。”叶千江建议道。

“她没有办法自己讲了。”娄筝说，“我姐姐得了帕金森，这两年越发严重，已经没有办法说出完整的句子了。”

“这样的话……”叶千江拿起办公桌上常备的关怀师册页递过去，“这里有我们公司所有的关怀师，他们都是很优秀的人。”

娄筝并没有接册页的意思：“上次你去日本找到我的时候，我姐姐对你的印象很深刻，虽然她说不出话来，但是我知道，她是想要委托你的。”

叶千江指着可儿说：“可是，我现在情况有点特殊，我要照顾我的外甥女。”

娄筝说：“如果只是这个原因的话，孩子我可以帮你带，或者交给专业的早教机构，你不可能永远把她带在身边的。”

“这……”叶千江捏着手腕犹豫着。

娄筝那双饱经风霜的眼睛看了她一会儿，缓缓地开口：“如果实在有困难，我也不强求了，今天你能来我和姐姐已经非常感谢了。”

“感谢您的理解……”

洛琛直接打断叶千江的话，问老人：“可以说说您是怎么找过来的吗？”

“是这样的。”老人欠了欠身，从兜里拿出一张字条，“周慧旅行之前留给我一个电话号码，让我有事情可以联络这个号码。可是我想这样私下联络会给号码的主人增添负担，所以先打了公司的电话，想通过正规流程请对方做关怀师。”

在字条上看见自己手机号的叶千江一点也不意外：“慧姐偶尔会给我寄明信片，每次来公司都能收到。”

“她说的是谁啊？”小可儿歪着脑袋昭示自己的存在。

“一个很好很好的阿姨，等她回来了介绍你们认识。”洛琛揪着她的小辫子，半开玩笑地回答。

听着洛琛和可儿的话，叶千江沉默半晌：“请跟我说一说具体的情况吧。”

“我姐姐当初嫁到日本，也是迫不得已。”娄筝望着在光线里纤毫毕现的微尘，慢慢讲起那段陈年往事，“当年我姐姐有一个青梅竹马的爱人，他要去日本留学，姐姐想跟着去，家里不同意，姐姐就偷办了手续，拿着打工赚的钱跟着去了。母亲气得眼睛都快哭瞎了，父亲也是一病不起，这时恰逢工厂倒闭，为了给父母治病，我休学打工赚钱维持生活。就在这个时候，在日本的姐姐托人传来消息，说她想回家。原来那个男人刚去日本的时候对姐姐还很好，可是当她的积蓄花完的时候，就把姐姐抛在一边，不闻不问了。没办法，没有学历，没有人脉，只有旅行签证的姐姐在异国他乡只能靠打零工维持基本生活。”

说到这儿，她叹了口气：“虽然家里已经是那种情况，但是在收到姐姐消息的时候，我和父母还是高兴地抱在一起哭。可是姐姐回程的路费对那时的家里来说也是天文数字了，当初为了给父母治病，已经把能借的亲戚都借遍了，实在弄不到钱，父亲一咬牙去借了高利贷。”

“高利贷？”叶千江简直不敢想象，平日里老实巴交的工人为了女儿能回家，是用什么样的心情敲开高利贷者的房门的。

“对，可谁知姐姐并没有拿那笔钱回国。”

“她又去找那个男人了？”

“没有。”娄筝说，“她当时跟我说的是，她拿那笔钱打胎了，她怀了那个男人的孩子，她希望我不要把这件事告诉父母。我当时也年轻，只是十几岁的小姑娘，因为姐姐离家出走后父母亲双双生病，家里的重担全都压在我一个人的肩上，一气之下，我把父母得病，为了给她凑回来的路费不惜借了高利贷的事情通通都告诉了她。”

叶千江不说话，那是姐姐的伤心事，又何尝不是娄筝这个当妹妹的伤心往事。

“那是我第一次用长途电话说了那么久，可是说完我就后悔了，对远在异国他乡，刚刚失去自己孩子的姐姐，我这样做太自私，也太残忍了，可是我也没有办法啊，每天睁开眼，我要想着怎么凑出一家人的饭菜，因为年纪小又没有技术，只能到处打零工。我记得电话那头的姐姐沉默了好久好久，然后对我说，什么都不要愁，一切都交给她。半个月后，家里收到了她的汇款，数额并不是很大，但是足够还清高利贷和维持一家人的生活。我想你也猜到了，姐姐嫁给了常光顾她打工的饭店的柳生之介。后来上大学前我还特意去了日本，虽然园艺社不算大，但是柳生对我姐姐很好，听说很早以前他就对我姐姐有好感，只是碍于面子没有明说。之后没多久，他们就有了一郎也就是娄念，我以为姐姐虽然嫁得远，但是有丈夫和爱子在身边，这样平淡温馨的日子会一直持续下去的。”

“那她为什么……”叶千江还是不能把那个词跟自己印象里的形象重合。

“还是之前的那个男人。”娄筝连连摇头，“说是因为在校期间参与了派系斗争被劝退，没有拿到证书的他当了小混混，生活特别不如意，偶然间得知我姐姐并没有回国，就打起了在当时小有名气的柳生家的主意，逼我姐姐拿钱给他，数额越来越大，直至东窗事发。”

“既然知道他是什么样的人，为什么你姐姐还会这样做？”叶千江问道。

“因为孩子。”娄筝说，“之前姐姐跟我说她把孩子打掉了，是骗我的。”

“这么说，一郎是……”

“不。”娄筝打断叶千江，“一郎是柳生家的孩子，之前的孩子姐姐并没有打掉，而是生下来后，被一对没有孩子的夫妇收养了，那男人不知从哪里打听到孩子的事情，并且以此来要挟我姐姐。最后，不堪重负的姐姐选择坦白。”

“怪不得我们去柳生家提到你姐姐的名字就被赶了出来。”

“当初我姐姐为了保护丈夫和儿子，自己担下了出轨的名声，彻底跟柳生家断了联系。之后，她找到当初收养大儿子的人家，经历了一番辛苦找回了儿子，她带着孩子靠打短工度日，还要忍受男人的骚扰跟勒索。最后，因为不堪其扰，大儿子在十八岁生日当天，给男人送了掺了毒药的蛋糕，之后和他同归于尽了。”

“天哪。”叶千江惊讶地叫出来，她急忙看向小可儿，才发现小家伙正戴着洛琛给的耳机摇头晃脑地随着他手机里的歌跳舞。

“吓到你了吗？真的很抱歉。”

“没有，没有。”叶千江说，“那之后呢？”

“我姐姐就一直单身，无论婚姻还是感情都令她疲惫至极，我在美国的时候，邀请她去那里养老，可是她说她的孩子在哪里，她就在哪里，只是从她离开柳生家的那一刻起，娄念就再也没有叫过她妈妈。”老人望着叶千江，眼睛里尽是殷切的期盼。

根据娄筝提供的资料，叶千江很容易就查到了柳生家合作的项目就在临市，坐动车去也就是两个小时多一点的行程，可也就是这两个小时让叶千江纠结不已。

因为此刻，她不再是一个独行侠，带着可儿的她必须承担起照顾孩子的责任。姐姐还在昏迷，父母尚不知道孩子的存在，分身乏术的她根本不知道怎么办，倒是小可儿主动提出来说要去看 TFBOYS 的演唱会。

洛琛拍拍胸口。“是我承诺的。”一边收拾手机线，一边说，“所以我带她去。”

“谢谢。”叶千江说，然后认认真真地跟小可儿解释自己要去工作，很快就会回来。

舍不得她走的小可儿，在确定次日早上一起床就能看见叶千江后，嘱咐她一切小心。

坐上高铁的时候，叶千江通过网络查询项目的信息，保险起见，她打电话去临市的公司以投资人的身份套出了日本专家下榻的酒店。

晚上十点，坐在酒店正厅的叶千江看到一个抱着设计图风尘仆仆的人，试探着喊了一声：“娄念。”

对方愣怔了一秒钟，很快，目不斜视地从她身边走过。

“柳生一郎。”叶千江叫着他的日本名字，追上他，“跟我谈谈好吗？”

“对不起，我没有中国朋友。”

叶千江跟着他进了电梯：“你或许没有中国朋友，但是你有一位中国母亲。”

柳生一郎按下自己所住楼层的按键，用纯熟的普通话回答她：“从血统上来说，我并不否认，但是在我的成长过程中，并没有一个母亲的角色。”

电梯门开了，柳生一郎率先出去，找到自己的房间，而叶千江一直跟在他的身后。

在房门关上的一瞬间，叶千江说：“你的母亲，就要死了。”

门内没有脚步声，叶千江判断对方仍在门口，她对着门内说：“她很愧疚，真的很愧疚，可是病痛甚至剥夺了她跟自己儿子道歉的权利，她真的很想念你，当年的事情有很多隐情，你不知道或者说当初的你没有办法理解，难道你真的想让自己的母亲带着遗憾离世吗？人的生命只有一次，错过了就是错过了，她是你的母亲，这世界上独一无二的母亲啊。”

柳生一郎红着眼睛，“哗”地一下拉开门：“你说什么，独一无二的母亲，你知道她做过什么吗？”

叶千江强忍着，才没有被他的气势吓到后退。

“我告诉你她做了什么，她嫁给我的父亲就是为了钱，不仅如此，她还偷偷在外面生了孩子，生了孩子还不过瘾，还怂恿那个男人来家里勒索，甚至宣称我不是柳生家的血脉。”

“一个母亲怎么会怂恿别人做这些呢？她能得到什么呢？你静下心来，用成年人的头脑去思考，她这么做有什么好处？”叶千江慢慢拉近两人的距离，“真实情况是，你的母亲一直被勒索，最后不堪其扰的她选择了她认为的，对你，对柳生家伤害最小的方式，她也是受害者啊！”

“她是受害者？”柳生一郎哂笑着，“那都是她做的孽，她活该。”

“她是做了错事，她做的唯一一件错事就是在年轻时爱错了人，可是她也为此付出了一生的代价，她从来没有原谅过自己。但是你有没有想过，如果她不跟那个男人去日本，如果她不犯错，她就不会嫁给你爸爸，也就不会有对她来说像宝贝一样的你了。”

“瞎说。”柳生一郎打断她，“实话告诉你，我去看过她。那时候，她刚离开家，我在老仆人口中偶然听说她的地址。因为没有具体的号牌，我只能沿着那条街挨家挨户地找。那天的雪很大，而我只穿着单衣，等我找到了她家的时候已经被冻透了，浑身上下冷得瑟瑟发抖，可是透过玻璃我看到一家三口其乐融融的模样，应该是谁过生日，他们在分蛋糕。”

说到这里，柳生一郎停下来，抹掉眼角的泪水。“你知道，那天我经历了什么吗？”他拍着自己的胸膛，“我的父亲，我的父亲带着我去医院化验 DNA，他怀疑我不是柳生家的孩子，吃晚饭的时候，甚至没有我的位置，是老仆人把自己的饭省下来送到我的房间里。我想跑出去找她的，我想她回家，我想要妈妈，可是，那天我清楚地看见，在那个房间里，她笑得多么灿烂，她根本就不需要我，甚至根本就不会想起我。”

“你知道那天发生了什么吗？”不待他回答，叶千江轻声说，“那天，有一个男孩，为了还你妈妈自由，亲手将毒药放进自己的生日蛋糕里，和那个勒索自己母亲的男人，也是他的亲生父亲同归于尽了。”叶千江注视着他震动的瞳孔，“你不知道的是，在那个所谓的‘家’里，从来没有其乐融融这码事，那个生下来就被送人的孩子，也是第一次体会家庭的温暖，我想他一定很爱很爱自己的母亲，为了让她解脱，为了还她自由，甚至不惜搭上自己的性命。他也想有妈妈疼爱啊，在做这件事的过程中，他明明有无数次机会可以罢手，可是他没有，我想他一定想过把母亲还给那个没见过面的兄弟，好让一切回归正轨，尽管这一切的前提是……杀掉自己。”

“够了，你不要再说了。”柳生一郎转身关上门。

叶千江在门外等着，可是那扇紧闭的门扉，始终没有再向她敞开。

为了遵守对小可儿的承诺，叶千江不得不去赶车。

所以，当柳生一郎平复好心绪，重新敞开门的时候，门外的人早已消失得无影无踪，只有一张写着手机号码的小纸片从门缝间飞旋着滑落。

柳生一郎捡起纸片想要扔掉，最终却紧紧握在手里。

小可儿起床的第一件事就是翻看床头的手机，前一天晚上，叶千江就是开着手机视频哄她入睡的。

当她抱着手机坐起来的时候，看见叶千江的睡颜，轻轻地噘起小嘴，在叶千江脸上亲了一下。

睡梦中的叶千江在枕头上蹭了蹭，吓得小可儿僵住了，又看了一会儿确定她睡着了，轻手轻脚地下了床，来到客厅里，把手机还给洛琛，背着手一板一眼地对他说："谢谢。"

洛琛笑着把她抱在腿上，点开外卖软件："来看看我们的小公主想吃什么？"

所以，等叶千江起来的时候，发现客厅的桌子上摆满了外卖盒子。

看见叶千江，小可儿第一时间从洛琛腿上蹦下来，牵着她的手。"快来快来，有好多好吃的，"小可儿笑意盈盈地指着一盒龙抄手和一盒香菇虾仁馅的水饺说，"这两个最好吃了，特意留给你的。"

洛琛抱起手，装作不高兴的样子："你不是说那两个不好吃，都不许我尝的吗？"

小可儿摸着小肚子，笑嘻嘻地说："骗你的！"然后拿筷子给叶千江，看着她吃下水饺，才心满意足地爬回沙发上喝自己的那份豆浆。

"怎么买这么多？"

叶千江的问题让小可儿如临大敌，战战兢兢地看着洛琛，后者则是一副既来之则安之的表情："我想尝尝。"

"一会儿我把钱转给你。"叶千江说，"还有，谢谢你昨天照顾可儿，演唱会的门票钱我也一起转给你。"

“嗯。”洛琛和可儿交换眼神，两个人心照不宣地笑起来，“那怎么好意思呢？”

“怎么了？”叶千江被两个人弄得一头雾水。

“没什么。”洛琛回答，“因为我们两个看演唱会没花钱，实在要报销的话，把望远镜报了吧。”他指着快被外卖挤到地上的望远镜说。

“什么意思？”

洛琛说：“我本来以为场外会有黄牛贩票，没想到连他们手里都没票了，最后没办法了，我带着可儿买了个望远镜，在体育馆对面的山上找了个位置，可儿就用望远镜看大屏幕上的投影。”

“那，声音怎么办？”

“有粉丝的直播啊。”可儿说道。

洛琛一副“你不会连这个都不知道”的表情：“总之，托网友的福，可儿算是看了演唱会。”

“才不是呢。”小可儿仰着下巴说，“是托了大叔的福。”

洛琛帮她把下巴上的豆浆擦掉：“下次，大叔带你进场看好不好？”

“嗯嗯。”小人儿认真地点头，“哇，可儿好幸福哦！”

“小东西。”洛琛拍拍可儿毛茸茸的小脑袋，“被你喜欢的人也很幸福啊。”

“你这样会把她惯坏的。”在如此温馨的时刻，叶千江出来泼冷水。

小可儿静下来，乖乖地喝自己的豆浆，洛琛反驳道：“这个年纪喜欢偶像很正常，女孩子要富养，眼界开阔，长大了她才不会随便被什么人领走。”

“你知道什么？你养过孩子吗？”

“我没养过，所以不知道。”洛琛反问道，“那你呢，你养过吗？怎么知道我不对？”

叶千江被他问得哑口无言，一只粉嫩粉嫩肉嘟嘟的小手伸在半空中，挡住两人斗鸡一样的眼神。“要不，我们先吃饭吧。”小可儿建议道，“一会儿要凉了。”

三个人默默地吃起来，早餐过后，洛琛问叶千江今天有什么打算。

叶千江说，她要先去看娄筝姐妹，不管怎样她必须给对方一个交代，然后从包里取出一份文件。

“这是我的离职申请。”

洛琛指着挂钟。“现在不是上班时间。”他说，“而且，如果你要离职的话，来公司走正规流程。不介意的话，我要去上班了。”洛琛站起身来，对小可儿挤挤眼，“有空一起玩吧。”

小可儿娇笑着，捂住嘴。

叶千江赶到养老院的时候，娄筝和娄淑两姐妹齐齐地望向她，她却一句话也说不出来。

看着希望的火苗从那双混沌的眼睛里渐渐熄灭，叶千江恨自己为什么没有再争取一下，或者再敲一次门，再说一句话，事情就会有转机。

哪怕是请他打一通电话，也好过现在这样，两手空空地回来。

与叶千江的拘谨不同，小可儿跑过去和前一天见过面的娄筝打过招呼后，站在娄淑跟前，学着她的样子歪着脖子：“奶奶奶奶，您好厉害哟。”

叶千江赶紧把可儿拉回来。“小孩子不懂事。”然后对可儿说，“奶奶生病了，不许没大没小的。”

娄淑摆摆手，示意叶千江不必介怀，张开嘴艰难地和小可儿说了声：“你好。”

“您好，我叫叶可儿，您叫我可儿就行，听懂了您就眨眨眼。”

看见对方眨眼回应，小可儿笑着跳过去，好奇地看床边支架上的平板电脑，娄淑的右手正搭在上面缓缓滑动着页面。

“哇，好多花啊。”小可儿惊呼道，“好美啊。”

“你喜欢……哪个？”娄淑艰难地说。

小可儿歪着眉毛，认真地研究着页面上的花束：“这个……啊不是不是，这个，那个粉色的也不错，再让我看看……”

叶千江知道，娄淑是在为自己的葬礼挑选花束，倒是小可儿，吵吵闹闹的声音冲淡了许多悲伤。

留可儿和娄淑在房间里，叶千江和娄筝来到走廊上。

“他……还是不肯原谅我姐姐吗？”娄筝问道。

叶千江点点头：“抱歉，是我没用。”

“哪儿有。”娄筝宽慰她，“不必自责，这原本就是我们拜托你做的，几十年的心结，怎么可能在一夕之间解开呢？其实，我和姐姐是有心理准备的，只是希望有一个奇迹吧，虽然没有等到，但是真的很感谢。”

她向叶千江鞠躬致谢，叶千江赶紧回礼。

“我跟一郎，哦娄念聊过，母亲离开以后，他的日子也过得很辛苦，甚至被拉去做DNA化验。”

“天哪。”娄筝说，“那年他只有十几岁，都是大人的错，却要孩子来承担这些。”

“还有，他去找过他的母亲。”叶千江说，“看见了一家人其乐融融过生日的场景。”

“不会是……”娄筝惊得合不拢嘴，“不会是……”

叶千江点点头，娄筝捂住额头倚在墙上：“真是孽缘，那天他竟然也在。”娄筝深吸几口气，勉强让自己平静下来，拜托叶千江不要把这些事告诉姐姐，后续的事情她会妥善处理。

可是，没等她想好搪塞的理由，娄淑就离她而去了。

葬礼上摆满了娄淑生前选好的淡粉色康乃馨。

康乃馨是献给母亲的花，可是，她永远无法实现自己的愿望，在自己活着的时候举办葬礼，也没有机会看见儿子送别自己。

柳生一郎赶到的时候，葬礼已近尾声。

他扑在母亲的照片下，哭得不能自已。在不远处，粉红色的康乃馨悄然开放。

“一郎先生。”叶千江扶起在母亲灵位前哭泣的孩子，“请节哀。”

“请叫我娄念。”他深鞠一躬向叶千江还礼，“其实那天，我很受触动，原来有很多事情我不知道，我的母亲吃了很多苦，很不容易。我本来想等到工程告一段落再来看她，没想到，竟然……竟然就是永别了，我始终没能在她面前叫一声妈妈。”他说，“这将是我终生的遗憾。”

叶千江不知该说些什么，娄筝哭着抱住侄子，两个人互相搀扶着，诉说着哀思。

叶千江默默地退出来。她赶回公司提交离职申请的时候，洛琛递给她林家送来的邀请函。

“宴会？”

“是的，准确地说，是林家二公子的订婚宴。”

“要我去干什么？”

“因为，林家已经指定你做林老先生的关怀师。”

Chapter 6

‖因爱生怖‖

这次的林园之旅，叶千江没有遇上好心的园艺师大哥，不过这一次她在下地铁站之后，很有先见之明地骑了一辆共享单车，凭借仅有的记忆找到那扇硕大的铁门。

安保小哥还认得她，恐怕是因为坐叉车和骑自行车来这儿的人实在太少了。

在各处的布置力求恰到好处的花园，今天的装饰更加雍容，院子里穿着礼服的人，举着酒杯三三两两地交头接耳，每个人脸上都带着同样的微笑。

身着便服的叶千江被安保小哥交给管家后，她便由步伐矫健的管家引领着走向林园的主楼。叶千江丝毫不在乎四面八方看向她的目光，此刻她在乎的只有她的关怀对象。

“林小姐真的不要在这里喝一杯再进去吗？”离开宴会的热闹所在，管家故意放慢脚步再次询问。

“不了。”叶千江回答，“虽然关怀师不是什么了不起的职业，但是在上班期间不饮酒比较好。”

管家略略欠身，不再说什么。

再次踏上颜色深沉的实木楼梯，叶千江感觉十分压抑。虽然这里有美酒美食，但是满心抑郁的她只想早点下班去陪小可儿。

一起看过演唱会之后，小可儿和洛琛的亲进度飞速发展，今天叶千江就把小可儿交给洛琛，让他带着可儿去鉴定中心提取DNA信息。

这本应该是由她来做的事情，但是因为太害怕结果，检测的预约被她一拖再拖，到了今天，终于用上班的理由把这件事拜托给洛琛。

想起走之前可儿兴高采烈的样子，叶千江忍不住心头一酸。可儿以为洛琛带她去类似科技馆的地方看新东西，她哪里知道，那一纸鉴定可能会影响到她以后的人生。

毕竟，如果她不是姐姐的孩子，叶千江也就不再有理由将她带在身边了。

一路上胡思乱想的叶千江，从臆想中回过神来的时候，已经站在了那个兼做病房的办公室里，管家退了出去。

“又见面了。”床上的老人摘下脸上的氧气罩，率先开口。

距离上次见面并没有隔多长时间，可是眼前的老人明显苍老了许多，病魔已经蚕食了他的躯体，等待着他全身心献祭。

叶千江微微鞠一躬：“您好。”

“为何这么生疏？”老人虚弱到几乎是用气音在说话。

“我们是第二次见面而已。”叶千江试图解释，“您之前可能见过和我长相类似的人，那是我的姐……”

老人抬起枯槁的手，止住叶千江的辩解：“走近一点。”

叶千江走了两步，依旧离病床远远的。她放弃了解释的想法，对油尽灯枯的老人来说，此刻站在眼前的是她还是姐姐，有什么区别呢？

“听说您选定我们公司为您提供关怀指导，真的很感谢。”叶千江从随身包里取出准备好的名册放到病床旁边的原木书桌上后，又退回原来的位置，“这是我司精选出来的资深关怀师，您可以选择一位或几位为您提供服务。”

老人没有问叶千江为什么不来这里做关怀师，而是说了句没头没尾的话：“你现在开心吗？”

“我……”

叶千江在心里哀号一声，又有人把她和姐姐搞混了，她刚想纠正，老人自顾自地说下去：“我让意畅跟别的女人订婚，你不高兴了？”

叶千江惊讶地望着不知所云的老人：“准确地说，我还不认识他，上次来见过一面而已，还有，我很确定您把我和我姐姐弄混了。”

“你姐姐？”

“对，我姐姐叫叶千羽，和我是双胞胎。”

老人朝后倚了倚：“你说是姐姐，就是姐姐吧。”

“如果没什么事，那我就……”

“能陪我说说话吗？”老人直白地打断她的计划，“请原谅，这房间太大，可是想找个能说话的生面孔，太难了……”老人皱着鼻子，脸上如刀斧刻出来的皱纹更加深刻，他摇头，满是无奈。

在如此无助的目光注视下，叶千江实在不知如何回应，她在办公桌对面的椅子上坐下。

“你做关怀师多久了？”

“没多久。”

“我这样的老人很讨厌吧，明明就快死了，可是还要麻烦别人来听废话。”

“这是我的工作，我的客户里有四五岁的小朋友，有十几岁的学生，有中年人也有年老的人，在面对病魔的时候，我们同样脆弱，并不会因为年龄和性别而有什么不同。”

“你很成熟。”

“我在我的患者身上学到很多。”

“你有没有想过，你的人生，最后会剩下什么？”

老人的话让叶千江愣住，即使是感受不到生命的意义，把自己当成行尸走肉，徘徊在幻想与现实交界处的时候，叶千江也并没有想过这样的问题。

不需要回答，对老人来说，叶千江的沉默就是回答。

“年轻真好。”他举起自己苍老的手掌，上面满是凸起的血管和皱在一起的皮肤，“看着这双手，你能想象到，它也年轻过吗？”

“每个成年人都年轻过，却不是所有人都能拥有老年。”

老人看向她的目光里有隐晦的赞赏：“有的时候，回想起年轻时候的事，就好像做了一场梦，梦里的我和其他人都不是真的，会随着梦醒时分的一声叹息烟消云散。”

叶千江并没有打断这漫长的沉默，她知道在那一生的时间里找出一个可以诉说的线头，并没有那么容易。

许久，老人的声音再次响起：“小时候我是穷人家的孩子，家里有五个哥哥和三个弟弟。家里穷到什么程度呢？附近山上的树皮都要扒下来炖汤喝。有一次，从县里来了一个杂技团，附近村里所有的小孩子没日没夜地守在那里，等着看他们演出，没有演出的时候就盯着那些布景和搭好道具的台子看，现在想想，那是我人生中最后的快乐时光了。”

“那时候我才六岁，每天吃不饱，饿得跟猴子似的，兄弟们也都差不多。有一天，我在外面闯完祸回到家里的时候，发现在台上演孙悟空变戏法的人竟然在我的家里。父亲让我们所有兄弟站成一排，‘孙悟空’在我们兄弟几个面前转了几圈，拣了几个身材单薄的捏了捏筋骨，然后伸手从怀里掏出半块白面馍馍放在我跟前。我没忍住咬了一口，就一口，然后我就被他强行带走了。之后三十年我都没有见过我的家人，我睡过大街，睡过猪圈，睡过你想都想不到的地方，做学徒的日子真难啊。给我馍馍吃的人，就坐在我的背上给我拉筋，任何话他绝不讲第二遍，复述不出来就是一顿鞭子，每天都是新伤叠旧伤，本以为冬天会好一点，因为会穿得厚一点，可是打你之前他会让你把衣服脱了，因为打坏了人能长好，打坏了衣服可就坏了。得了伤寒治不好的师兄，没等人咽气儿就被他们扒了衣服丢在雪地里，然后那衣服，那衣服……我们都抢着穿。”

故事讲到这儿，老人稍稍停下来：“怎么样，是不是觉得我太残忍了？”

“是那吃人的世道逼得人不像人，您能活下来，真是万幸。”

“错了。”老人说，“活下来，才是最大的不幸。人死了，一了百了，就像我那个被冻死在雪地里的师哥，只要挨过那一晚，就解脱了。可是只要你活着，每天睁开眼睛，等待的是无休止的谩骂和鞭打。”

叶千江只是默默地听着，那深入骨血的疼痛虽然在老人脸上找不到半分痕迹，却早已刻在他的灵魂深处。

“后来，时间久了我才知道，干活的人不够的时候，经过收成不好的村子他们就用一点点粮食换孩子。那些家长，为了那一小袋发霉的玉米，就把自己的孩子卖了。每次挨打的时候我就想，要是我没吃那块馍馍好了，我宁可吃草根，啃树皮，就算流浪也好过在马戏团里被当成牲口。于是我逃了，但没跑出去多远就被抓了回去，代价是打断一条腿。可我还要逃，拖着一条瘸腿逃跑，被师父抓回去，又是一顿痛打，可我还是逃，直到被打得不成人形，师父认为我活不下来了，才把我丢在乱坟岗上，有好心的大娘把我捡回家，给我煮了小米粥才救了我一命。后来我的伤好了，一条瘸腿和满身的伤疤是那段非人时光最后的见证。

“再之后，我就到处流浪，最后一个货站老板收留我当伙计。八年后，趁着那次土匪劫道，我拐走了主家一辆满载山货的大车，就靠着这个发了家。几次生死边缘，我就靠着身上的那点狠劲儿活了下来。后来，我凭借着小时候的记忆，找回家，那已经是三十多年以后的事情了，几个更小的弟弟不是卖了就是病死，只剩下二哥和三哥，二哥干农活的时候伤了眼，三哥得了痨病，我给他们一点点钱，他们就把自己的孩子卖给我了。”

“您……买……买了自己兄弟的孩子？”

“不，是他们卖的，像当年卖掉我一样。在杂技团的时候，我受了伤，当我知道这辈子我都不能有孩子的时候，我就想，为什么被卖掉的是我，明明有那么多兄弟，为什么是我？为什么不是其他人？为什么他们能在父母身边长大，而我连他们最后一面都没见到？我在心里发誓，一定要让他们尝尝孤苦伶仃的滋味儿。可惜，林家血脉单薄，到这一辈只剩下一个孩子。”

“所以，林意畅是您的侄孙？”

老人家不置可否，他斜眼瞥见叶千江脸上的表情。

“你是不是想说，冤冤相报何时了？那么我告诉你，当你开启一份罪恶的时候，它是没有尽头的。我没想到，知道真相的林意畅比我当年更狠，当他知道自己的身份后，知道我宁可将所有遗产捐给社会也不会给他留一毛钱的时候，他竟然勾结我的私人医生，取走我的精子，让自己当时的女朋友通过试管婴儿造了一个孩子出来。”说到这儿，老人狡黠地笑起来，朝叶千江挤了挤眼，好像藏了什么秘密一样。

所谓因果循环，报应不爽，叶千江对这个故事无话可说。老人接下来的一句话，却在叶千江的心里掀起惊涛骇浪，他问叶千江：“那个孩子还好吗？”

“什么？”

“那个女孩儿。”

“没有女孩儿，您认错人了，”叶千江站起来，“您看过资料后，公司会有专门的人跟进您的案子。”

叶千江想不到，可儿竟然是这么来的，怪不得这么多年姐姐一直把她养在外面，不曾透露半句。

她不知道躺在病床上的姐姐有没有后悔的那一天，或许姐姐会后悔吧，用余生的每一天来忏悔。

急着下楼离开的叶千江被一个人影挡住去路：“让开。”此刻她根本顾不上礼节，林意畅那张脸直让她反胃。

林意畅拉住她：“没关系，所有人都在宴会上。”

“你认错人了，我跟你无话可说。”

“孩子呢，孩子在哪里？”

“你听不懂人话吗？我不认识你，说什么孩子，真是荒唐。”

“好，既然你要藏，就藏好了。”林意畅说，“不要让我找到孩子，更别想拿孩子来要挟我。”

“放开。”叶千江克制着自己，才没有一巴掌打在他脸上。

林意畅的眼神有瞬间的迷茫。“我第一次抓着你手的时候，你也是这么说的。”说着，他轻笑起来，“你还记得之后我做了什么吗”说着，另一只手拦住叶千江的腰，在她诧异的一瞬间，落下一个吻。

叶千江利落地在他脸上打了一巴掌：“再说一遍，我不是你认识的人，再敢靠近我就告你性骚扰。”

“真的要这样吗？你可是说过，愿意为我做任何事。”

叶千江终于忍不住，喊出一个“滚”字，她实在受不了自己的姐姐竟然爱上这样的人渣，她撞开林意畅，飞快地走下楼梯。

林意畅站在原地，俯视疾走的叶千江，倚在冰冷的墙壁上，感受着唇齿间渐渐失去的温度，双臂无力地垂在身体两侧，再也无力抓住什么。

无论是负气而走的叶千江，还是在原地失魂落魄的林意畅都不知道，刚刚的一切被早已准备好的相机拍下来。

那一场在暗处酝酿的风暴，终将把所有人卷进来。

“你好慢，你好慢，你好慢！”

叶千江赶到手工坊的时候，所有的小熊饼干都已经没了耳朵。

“怎么了？”叶千江盯着一地的渣滓，小心地找落脚的地方。

气哼哼的小可儿站得直直的，豆大的泪珠掉在碎成渣的饼干上，用手一抹，小脸儿上登时成了调色盘。

看着小可儿这么生气，叶千江把原本的笑容憋回去，上前主动抱住小可儿。

挣扎了两下，小拳头打在叶千江身上，像是拍灰一样，只是哭声惊人，可儿一边哭一边说：“我以为你不要我了，我以为你不要我了……”

“怎么会，怎么会，小姨怎么会不要你？”

“可儿不哭，可儿不哭，你要的抹茶味儿来了！”看见循着孩子哭声而来的，抱着半盆面糊的洛琛，叶千江再也止不住笑了起来。

从来精致到一尘不染的洛琛，此刻蓬头垢面，脸上、白衬衫上满是面粉和奶油的痕迹，头发和眼镜上还挂着可疑的面糊，身前套着一个画着小猪佩奇的粉绿色围裙，看叶千江的眼神跟看见救星一样，丢了盆，扔了铲，兴奋得手舞足蹈。

“你终于回来了，可儿想你想得……”洛琛抹了一把辛酸泪，“都快把我折磨疯了。”

“有……那么严重吗？”叶千江笑着帮他清理鬓角上的痕迹，试了两下后，果断地放弃了，“你这个造型，挺别致的。”

“还别致，你带过孩子吗？你带过一边哭一边跟你说对不起，一边生气的孩子吗？”洛琛把围裙脱下来揉成一团，“你见过疯子吗？”他指着自己，“现在你见到了！”

“别那么激动，冷静。”叶千江安慰他，“太激动容易猝死。”

叶千江帮小可儿一点一点整理干净，没多久，她就恢复成原来粉雕玉琢的样子了。

被摧残的洛琛显然没有那么快恢复，叶千江发现他洗掉脸上的面粉后，眼角出现了两道皱纹。

在风波平定后，手工坊的店主也从后台出来，对叶千江的到来表示欢迎，看她的眼神显然把这仨当成一家人，她也没多解释，抱起小可儿就走。

“喂，还有手工饼干没拿呢。”洛琛手忙脚乱地跑去烘焙室里装了两袋子刚出炉的饼干，去追并没有走远的两个人。

“哦，刚刚忘了告诉你了，我已经把公司准备的关怀师名册交给林家了，后续的事情对方会联络公司的。”

“好的，知道了。”洛琛气喘吁吁地说。

抱着小可儿走出半条街的叶千江转过身，让可儿对洛琛说谢谢，然后毫不客气地从他手里夺走了一袋饼干：“跟叔叔说再见。”

小可儿全部注意力都集中在食物上，根本意识不到洛琛的存在似的朝他挥挥小肉手：“你走吧。”

“等等，你们就这么走了？”

叶千江不明所以地转身，从他手里接过另一袋饼干：“还有事吗？”

“有事有事，当然有事。”洛琛指着自己的头发和身上，“你看我这样，这样，这样，看不到吗？”

“啊……”叶千江的眼珠在眼眶里转了两圈，想不到好的回答，最后只有嘱咐道，“回家好好洗个澡。”

“不是，你没看见吗？”洛琛拦住她，“看我身上，后背，我这样怎么开车，怎么开车？”

“所以呢？”叶千江无奈地看着他。

洛琛把车钥匙丢给叶千江的时候，小可儿正趴在她的肩头专心致志地看着饼干，根本不知道外面的世界发生了什么。

“你确定要这样吗？”叶千江看着忙碌的洛琛，“洗下车也不麻烦。”

变身精致小公主乖乖坐在后座的小可儿，睁大眼睛问洛琛：“大叔，你为什么要在座位上放报纸？”说话间，一派天真无邪。

“因为……”洛琛咬着牙说，“好玩。”

玩心很重的小可儿直接把小屁股挪到洛琛刚铺好的座位上，扭了两下，缩回自己的那一边生起气来：“大叔骗人，一点也不好玩。”

洛琛一屁股坐在自己车后座的报纸上，缩着肩膀，尽力减少和车之间的接触面积。

叶千江实在拿他没办法，坐进驾驶室启动的时候，听见后座有“咔嚓咔嚓”的声音。

叶千江回过身，发现小可儿正在后座吃饼干，跟吃了欢乐豆一样开心，旁边有洁癖的洛琛一脸生不如死。

“可儿，你现在放下饼干的话，晚餐小姨给你买炸鸡吃。”

“小鸡腿，小鸡腿，可儿要吃小鸡腿。”可儿干净利落地放下手里的食物，把手上沾的渣滓放进嘴里舔了舔，看看自己的小裙子，又从嘴里拿出自己的小肉手把裙子上的食物残渣拂掉。

“大叔，你生病了吗？”可儿一边打理自己，一边操心着身边的人。

“没有。”洛琛回答，想笑一下，动了动嘴角，却因为内心十分悲伤，最后放弃了这个想法。

“你脸色好差。”

小可儿那只抓了饼干、沾了口水的小油手贴上洛琛脑门的那一刻，他彻底石化。

车停在自家车库的那一秒，洛琛以百米冲刺的速度逃出来，生怕把身上的东西蹭到爱车。

叶千江帮他把后座的东西收拾出来，将钥匙还给他的时候，站得远远的他并不肯接。

“我手上有油，帮我开门。”

叶千江垂眼看了看满嘴饼干渣、兀自傻笑的可儿，决定送佛送到西。

回到家，洛琛直接冲进浴室，叶千江想直接带可儿离开，想着洛琛的狼狈样子总觉得亏欠他什么似的，就用他冰箱里的东西做了点咖喱鸡块，顺便帮他打扫了下房间。

洛琛从浴室里出来的时候，叶千江也刚好打理完客房，两个人并肩站在客厅中央，看着厨房里满脸满身咖喱酱，大口啃着鸡块的小可儿。

叶千江的第一反应是转头就走。

洛琛哪里肯放过她，直接把她揪回来丢进厨房，自己则坐在沙发上，喝着红酒，读着报纸，欣赏她被小可儿折磨到疯癫的表情。

由于可儿的出色表现，叶千江不得不借用洛琛的浴室给小怪物洗了个澡。

等她疲惫不堪地从浴室出来的时候，洛琛正穿着家居服单手端着平底锅，以保证食物的受热均匀。

他的眼镜上落了层薄薄的水汽，微湿的黑发随意抓在一侧形成自然的弧度。

小可儿抓着叶千江的腰冒出头来："哇，大叔好帅啊！"

叶千江点点她的小鼻子："小小年纪，你知道什么是帅？"

小可儿抽抽嘴角，反问她："你知道什么是帅？"

洛琛举起铲子："说我不帅的人没有饭吃哟。"

"大叔最帅了！"小可儿举起一只手，像起誓一般说道。

"大叔最帅，大叔最帅，大叔最帅了！"

小可儿像是上了发条的机器，每吃一口咕咾肉就念叨一句，直把叶千江说到头昏脑涨，最后连洛琛都听不下去了，他摸着小可儿浑圆的头顶，问道："除了帅，大叔就没有别的优点了吗？"

小可儿嚼肉的动作停了两秒钟，然后咕噜出一句来。

"你说什么？"叶千江和洛琛两个人异口同声地问道。

小可儿费劲地把嘴里的肉咽下去，在饭桌上用响亮的童音说道："大叔的腰好细。"

洛琛的手悬在可儿的头顶上，叶千江也被可儿的童言无忌吓到，愣愣地问："你说什么呢？"

"我说大叔的腰好细。"可儿指着叶千江说，"你的腰好粗，上面好多肉。"

"好了，我们吃饭吧。"叶千江提议道。

只剩下可儿不死心地补充道："好多肉，软软的，捏起来好舒服。"

随后，叶千江霸道地单方面宣布她身上的肉在这顿午餐后正式成为禁止谈论的话题。

午餐接近尾声的时候，洛琛状似无意地问起叶千江接下来有什么打算。

叶千江回答，她签好的离职申请已经拜托同事放在洛琛的办公桌上。

听到这些，洛琛似乎也没什么反应，只是提醒小可儿下巴上沾了饭粒。

吃饱喝足的小可儿晃着小腿："下午我们玩什么呀？"

叶千江一边收拾餐桌一边说："之前照顾你的阿姨昨天给我打了个电话，说那一片要拆迁了，要我去收拾你的东西，我们一起去吧。"

简简单单的一句话，让原本欢欣雀跃的小可儿瞬间像是泄了气的皮球。

"怎么了？"

小可儿噘着嘴不肯回答。

洛琛问清原委后，对可儿说："嘿，小家伙，下午陪大叔去宠物市场好不好？大叔想在公司养只猫，你帮我选好不好？"

可儿开心起来，跳到洛琛身上，抱着他的脖子不肯撒手。

洛琛慌忙抱住可儿，生怕她摔倒："不过不过，从现在开始刷牙洗脸，十分钟后开始午睡能做到吗？做得到，大叔才带你去看宠物。"

小可儿摆动着悬空的两条腿："你快放我下来呀。"然后一溜烟地跑去洗脸刷牙，然后像旋风一样冲进客卧，临走前还不忘提醒洛琛遵守约定。

“你看见了。”洛琛说，“孩子不喜欢你就别强迫她回去了，那地方对她来说象征了太多我们无法理解的含义。”

叶千江把盘子放进水槽里，打开水龙头：“我保证，这是最后一次麻烦你照顾可儿。”

“不麻烦。”洛琛的声音随着水流传来，“我很乐意效劳。”

叶千江假装没听懂他话里的意思，继续做着手上的事。

“冒昧地问一下，你和林意畅是什么关系？”

“没关系。”叶千江回答，“你怎么会问这个问题？”

“我……看了报道。”

“什么报道？”

“嗯。”洛琛拨了拨头发，让发型更乱了一些，“说这个以前，你能回答我一个问题吗？”

“你什么时候这么客气了。”叶千江颇感好笑，“说吧。”

“你有男朋友吗？”

叶千江放下手里的东西，转身看着他：“我男朋友的葬礼是你陪我去的，难道你怀疑他没死吗？”

“不是，我是……我是说，其他……就其他的……”

“没有。”叶千江打断他的胡言乱语，“当然没有，他才走多长时间。”

“我知道我知道，我猜到了，你这段时间可能不会想那么快谈感情，所以我一直没有表白。”

叶千江被他的话吓得连连后退，慌乱间撞翻了料理台上的架子，调料罐飞得到处都是。

就在叶千江慌忙补救的时候，一只大手从侧面伸过来，扶正了架子。

此刻，面对咫尺之间的洛琛，叶千江本能地想要退开，可是此刻她正面临着退无可退的境地。

洛琛看着如困兽一般的叶千江，原本紧张的心情竟然奇迹般好多了。

“一直没跟你讲过我的故事，我为什么会有黑暗恐惧症，自从八岁生日那天晚上，我妈妈在我面前上吊自杀后，我再也无法面对黑暗。三年，整整三年我没开口说过一句话，直到那年暑假，福利院里来了一个关怀师姐姐，一个音节一个音节地教我，我开始慢慢地重新学着和人接触，所以大学毕业以后，我拼尽全力开了这家关怀公司，为的就是让生病的人和家属能够得到专业的帮助，不至于像我当年一样。”

“所以，你一眼看出来我应聘的目的不纯良，所以慧姐招我进公司后，你千方百计地想要辞退我。”

洛琛没有否认，也没有被叶千江的话打乱节奏，而是继续不疾不徐地说着自己的话题。“从那之后，虽然我恢复了社交能力，但是我对夜晚、对黑暗的恐惧让我无法待在没有光的地方。你的脸，是我八岁以后，在黑暗中看到过的唯一一张脸。那天，你在我家翻找蜡烛的样子，始终浮现在我的脑海里，我也知道那绝不是眼睛看到的影像，我知道你有男友，我想默默祝福你的。谁知道，看到你为他难过，我有一半的心很痛，另一半又有些释然，我终于可以有机会走进去了。我不是要你答应我什么，我只是希望你给我一个机会，这里……”洛琛指着叶千江心脏的位置，“在我没住进去之前，不要让别人溜进去。”

“还有这里……”洛琛俯身下去抱住对方，他的嘴唇有意无意地掠过叶千江的，“这里，在属于我之前，也不要让别人碰。”

“小姨小姨，我要尿尿！”原本应该在睡觉的可儿突然出现在客厅，吓得猛然弹开的洛琛撞到了柜子上。

叶千江故作镇定地问可儿：“怎么了？”

“我要尿尿，可是这个带子打不开了。”

叶千江走过去发现是睡裤的腰带不小心打了死结：“走，小姨带你去卫生间。”

“嗯。”睡眼蒙胧的小可儿揉着眼睛，“可是，你们刚刚在干什么呀？”

这个问题，让洛琛的后脑跟橱柜又多了一次亲密接触。

把可儿重新哄睡着以后，叶千江像做贼一样从洛琛家溜出来，始终没勇气正面看他一眼。

在开往旧城区的地铁上，叶千江才弄懂了洛琛口中所说的新闻是什么意思。

照片上正是她被林意畅强吻的那一刻，虽然脸部被打了马赛克，但是熟悉的人一眼就能认出来，新闻的标题写着：花花公子在订婚宴上偷吻别的女人。

叶千江登时气不打一处来，想要打电话去林家质问时想起自己并没有林家的号码，亲自跑去的话，不免有刻意把事情扩大之嫌。

正苦恼的时候，叶千江接到一通电话，是叶千江之前关怀对象的老伴，他有个侄子生了很重的病，请叶千江做他的关怀师。

叶千江委婉地说了自己已经辞职的事情，电话那头的梁爷爷先急了，正是因为叶千江的百般努力，陈奶奶才打开心结嫁给了他，婚后的日子虽然短暂，但是对于两个耄耋老人来说却是弥足珍贵。

经过梁爷爷的再三请求，叶千江答应会好好考虑，老人家才肯放下电话。

只是叶千江不知道，刚放下电话的梁爷爷又拿起手机拨通了洛琛的电话。

“谢谢您。”

“不，是我该谢谢你们才对。”

走进手表厂老宿舍楼，叶千江才知道小可儿拒绝回来的原因。

破败的窗户，发霉的天花板，潮湿阴冷的空气和窄小的单人床，屋子里唯一的玩具就是那颗橡皮球。

叶千江在屋里简单翻了一下，实在没什么东西可带的，领走可儿后，她给孩子买了新衣服新鞋子，精致得像个小精灵，这里的一切都不再适合她。

“你就这么走了，什么都不要了？”大姨诧异地问。

叶千江摆摆手，她想可儿也不会想看到这里的东西。

“稍等一下。”大姨钻进可儿的床下，找出一个买糖果送的铁盒子交给叶千江，“这里面是可儿的宝贝，是她亲手藏在里面的，给她带回去做个纪念吧。”

叶千江把盒子收进兜里，对女人说了声：“谢谢。”

“你告诉可儿我想她。”历尽沧桑的女人交握着双手，“我……我是为了钱才带她的，有时候脾气不好说她的时候也是有的，可是，我是真的很喜欢她，这孩子是我一手带大的，请你一定要让她幸福。”

叶千江顺路去盛琪医院看了家人，同往常一样，她只敢在病房外面远远地看一眼。姐姐仍旧像原来一样，静静地躺在那里，度过属于她的每一天。

此刻的叶千江感觉自己好像在梦里一样，她看得见家人，可是当她想要伸手去触碰的时候，对方永远那么那么远。

家人，或许对她来说，将永远是一个可望而不可即的梦。

叶千江落寞地离开，她想等 DNA 检测结果出来以后，把可儿的户口从寄养的人家迁回来，于是回到家里去寻找可儿相关的证件。

如果可以，叶千江真的不想再回到家里，进姐姐的房间，她真的不敢相信平日里亲切和善的姐姐背地里整理了那么多关于她的事情。

买了同款的衣服，学了她的专业，这些行为背后的动机，她根本不敢去想。

可是翻过一遍后，除了多翻出来一些衣服和裙子，并没有关于可儿的东西，叶千江丧气之余，一脚踢在床下的重物上。

像小可儿那么大的孩子还会把东西藏在床下，叶千江怎么也没料到姐姐这么大的人竟然也会玩这招。

她跪在床前取出被她踢到的东西，那是一册厚厚的笔记本。

叶千江索性就坐在地上翻看着，这本记事本之所以厚是因为里面贴满了打印下来的图纸，整册笔记上满满都是关于汽车零部件的知识。叶千江越翻越觉得疑惑，学金融的姐姐什么时候对机械的东西感兴趣过？直到她翻到标注了有好多笔记的那篇《如何制造一起车祸》的文章上。

叶千江的脑子里“嗡”的一声，那本是网友的戏谑之作，旁边的空白页上被叶千羽做了好多笔记，细致地补充了好多知识点。

惨烈的车祸在叶千江眼前上演，撞击声打破她的幻想。

当这一切摆在眼前的时候，即使是她也不能再逃避。

叶千羽早就预谋着一场事故，一场可以取妹妹而代之的事故。

原来……原来压在她心上，一直以来让她愧疚不已的车祸，竟然是早有预谋的，而谋划这件事的，竟然是自己的亲姐姐。

就是这场车祸，夺走了她男友的生命，就是这场车祸害得她家破人亡。

可是真正的始作俑者正以受害者的身份躺在那里，而她则要背负着莫须有的责难度过一生。

命运为何独独对她如此残忍？

想着想着，叶千江忍不住哭出来。

正伤心时，兜里的手机响起来，看着屏幕上“洛琛”两个字，叶千江的心里竟然泛起丝丝暖意。

她想，或许这个人是她唯一的温暖。

“喂。”

“你的声音怎么这样？”

“没事，被风呛到了。”

“这样啊，你在哪儿呢？”洛琛说，“小可儿正啃着鸡腿儿等你回来吃饭呢。”

“我在……”叶千江看着四周，她不记得什么时候从自己家走出来，也不记得如何到这里，只是昏昏沉沉地走着，走向能给她温暖的地方。她咳了一声，试图掩盖浓重的鼻音：“我在你家门口。”

大门“哗啦”一声被拉开，洛琛看着举着手机，脸上仍挂着泪水的叶千江，他轻轻帮她擦干眼泪，轻声对她说：“先回家吃饭，孩子等着呢。”

然后他牵起她的手，对屋里的小可儿说："可儿在家吗？你的快递到了。"

小可儿笑眯眯地把咬了一半的鸡腿儿放在叶千江碗里，羞涩地说："快来吧，就等你了。"

吃过晚饭，洛琛和叶千江牵着可儿在小区旁边的夜市逛了一会儿，又入手了几款玩具的小可儿抱着战利品满载而归。

在可儿和洛琛的极力征求下，可儿获得了四十分钟看动画片的特权，前提是第二天早上她不会赖床。

哄可儿睡着后，叶千江来到客厅，洛琛已经等在那里。

"说说吧，为什么哭？"

事情太过荒诞，叶千江一时间竟不知道从哪儿讲起。

"保密吗？那可不行，你在我家门外哭，不知道的还以为我欺负你了呢。"

叶千江的心情因洛琛的玩笑话慢慢缓和，她开始讲述车祸后的遭遇。

男友伤残，姐姐变成植物人，父母的冷眼。讲她失去爱情，失去亲情，讲她能想到的每一件事。

洛琛静静地听着，他知道这些都不是叶千江哭泣的理由。人往往是这样，对很多事可以夸夸其谈，但是对心中最在意的人和事，往往不能轻易出口。

真正的理由，就在这些故事之下，随意哪个线头都可能牵扯到叶千江内心不可碰触的痛。

自始至终，洛琛都保持着一个动作，不说不动，但是叶千江清楚地感觉到，对方在认真听她说的每一个字。

唯一一件能让洛琛动起来的事情就是每过一段时间，就给叶千江倒上一杯温水。

叶千江看着被续满的杯子，忍不住说："倒这么多水，你是想撑死我吗？"

"我是觉得你一会儿就要哭了，先补充点水分。"

两个人相视而笑，洛琛知道，叶千江准备好了，紧接着她讲起在姐姐房间里发现的，她一直不愿正视的东西……

叶千江讲完的时候，午夜的钟声正好敲响。

洛琛捏了捏两眼之间，根据叶千江的讲述提出自己的想法。

“我想固然你姐姐做了模仿你的动作，但是对于这场车祸的事情我们不能单凭着一个图册就下结论，因为如果肇事车辆有人为破坏的痕迹，警方一定会处理的。”

“我也不希望这是真的。”

“还有，你说开车的时候你有喝酒，处理事故的警察有对你进行处罚吗？”

叶千江摇头。

“我会找交警队的朋友了解下事情的经过，在有消息之前，你什么都不要想。”

“嗯，还有一件事。”叶千江跟洛琛讲了梁爷爷的亲戚请她做关怀师的事。

“你怎么想的？”

“如果你能批准我延期辞职的话……”

“当然。”

“小燕子，穿花衣，年年春天来这里……”

“小燕子，穿花衣，年年春天来这里……”

“小燕子，穿花衣，年年春天来这里……”

叶千江睁开眼，发现小可儿正背对着自己蹲在枕头上重复播放这一首歌。

“可儿？”

“你醒啦！”小可儿兴奋地转过来，跳到叶千江软绵绵的肚皮上，“小燕子明明是黑色的，为什么要说它穿花衣？”

叶千江捂着脑袋，哀号一声：“这个，大叔应该知道。”

“收到！”

小可儿从她的肚皮上爬起来，跳下床，地板上随即传出“咚咚咚”的小脚步声，接着，从厨房传来小可儿的童音：“大叔大叔，小燕子为什么会穿花衣？”

躺在床上的叶千江笑得前仰后合的。

等她收拾好房间出去的时候，洛琛不知用了什么方法把小可儿治得服服帖帖的，小家伙眨着一双冒着光的小眼睛对洛琛说：“大叔最棒了！”

“最棒了，最棒了。”叶千江学着她拍巴掌的样子，“大叔怎么答复你的？”

小可儿憋了一脸的坏笑，响亮地说了两个字：“秘密！”

“对，是大叔和可儿的秘密，”洛琛伸出手和小可儿击了一掌，“好，现在小可儿小队长开始洗漱。”

“Yes,Sir.”小可儿蹦跳着跑去卫生间，路过叶千江的时候连看都没看她一眼。

“我感觉我好像失宠了。”

洛琛调侃她：“有种失落的感觉吗？”

“才不。”叶千江捂着脸说，“庆幸。”

“明明很伤心的。”

“抱歉，我起来晚了。”

“赶得上早餐，”洛琛同时打理着几样料理，忙里偷闲回复她，“不算晚。”

“早餐应该我来做的。”毕竟寄宿在这里，什么都没帮忙让叶千江很是介意。

洛琛倚在料理台上，抱着手臂无可奈何地望着眼前这个女人：“你什么时候变这么客气了？”

“我一直很有礼貌。”

“胡搅蛮缠、赖在我公司做关怀师的人是谁？”

“已经改好了。”

“其实……”洛琛推推鼻子上的眼镜，“不用改的。”

小可儿像小旋风一样举着双手从卫生间跑出来，冲到厨房：“大叔大叔，干净吗？”

洛琛假装查看一番：“合格，上桌就位。”

“是。”

在小可儿用小短手小短腿和椅子较劲的时候，洛琛举着铲子威胁叶千江说：“还不快去洗脸，晚了可没饭了。”

“我好怕啊。”

叶千江转身往卫生间走，刚走两步就被洛琛叫住了，她下意识问：“怎么了？”

“快点跟我熟起来吧。”洛琛用从未有过的软糯声音说道。

叶千江吓了一跳，红着脸冲进卫生间的样子让洛琛乐了好久。

“大叔！”小可儿用手肘支着肉嘟嘟的小下巴，一脸冷漠地说，“你在笑什么？”

“就……”洛琛挠着后脑勺，“就是，小燕子啊！”

“哎。”小可儿深沉地叹了口气，“你们大人真是莫名其妙嘛。”

不知道是不是因为前一天被告白，餐桌上的叶千江表现得有些拘谨。

这件事当然逃不脱小可儿的法眼，她放下咬了一半的三明治对叶千江说：“你今天很奇怪哦。”

“怎么了？”叶千江若无其事地吃着盘子里的心形煎蛋。

“你原来都那么吃。”小可儿张大嘴，“咔嚓咔嚓”地表演着。

一旁的洛琛捂着嘴假装没听见。

“我哪儿有？”

“就是有，就是有，你今天很奇怪。”小可儿探究的目光在叶千江脸上流连，“我知道了，你的嘴唇红红的。”

“平常就是这样的。”这句无心的话让洛琛和叶千江同时陷入尴尬之中。

“才没有。”小可儿拍了拍洛琛的手臂，“大叔，她原来是这样的吗？”

“大叔……”洛琛学着她托着腮的样子，“大叔也记不清了。”

洛琛含混的回答显然并不能让小可儿满意，小可儿指着叶千江：“反正你就是不一样。”

“好了。”叶千江投降，“我擦唇膏了，我擦掉可以了吧？”她用餐巾纸擦掉嘴上的颜色。

小可儿不依不饶地说：“唇膏可没有颜色。”

“你就是不想吃三明治里的蔬菜，”叶千江指着可儿盘子里的食物，“你别以为转移话题就可以不吃这些。”

“把菜菜拿出去可以吗？”小可儿瞬间变身乖巧的小兔子，“拜托拜托。”

“不可以，”叶千江斩钉截铁地说，“吃蔬菜对小朋友好。”

“大叔大叔。”小可儿双手合十，期期艾艾地对洛琛说，“帮我！”

“我帮你把蔬菜挑掉。”

“哦耶，大叔万岁！”

“你不能这么惯着她。”

尽管叶千江看不惯，洛琛还是利落地把可儿的蔬菜放到自己的盘子里。

“偶尔一次，没关系的。”

“这小家伙精着呢。”叶千江说，“有这次就有下次。”

“没关系的。”洛琛安慰她，“对了，今天你有什么安排？”

“晚一点我会跟梁大爷联络，看一下他亲戚是什么状况。”

“那件事我会先安排别的同事去接洽，你帮我办另一件事。”

“什么？”

“买帐篷。”不等叶千江有反应，洛琛转向同桌的另一位美女，“可儿，晚上我们去露营好不好？”

“好呀！”根本不知露营为何物的小可儿欢欣雀跃地说。

“不不不，可儿，我们不去露营。”在一片欢喜的气氛中，叶千江总是那个搅局的，她看着洛琛认真地说，“我想你弄错了，这是我和可儿在你家吃的最后一顿饭，然后我会带着她搬出去……”

“慧姐回来了，你不去看她吗？”

“慧姐回来了？在哪儿？”对叶千江来说，最欣慰的事莫过于她的关怀对象还活着，虽然严格来说，周慧并不能算是她的关怀对象。

“想见她就去露营，她晚上到，我们在露营的地方接她。”洛琛说。

“我和可儿可以后天再见她，等她休息过来比较好。”

“她跟着驴友的车走，因为露营地是他们的必经之路，可以稍稍休息整顿下，然后就要去下一个城市。”

“这样啊。”叶千江问，“那需要什么东西？”

“你看着买吧，帐篷、冲锋衣之类的，小孩子要准备保暖内衣，剩下的你看着办吧。”洛琛说，“卡我放在门口的柜子上了，没有密码。”

“哦，我和可儿的东西我会用自己的钱买的。”叶千江觉得有必要说明一下这个问题。

“叶千江。”洛琛罕见地喊了她全名。

“嗯？”

“我真是拿你没办法。”

就在叶千江不知如何回应的时候，小可儿打破了她的尴尬。

“大叔大叔。”小可儿推着洛琛的手臂，“你看着我，看着我。”

洛琛调整了视线：“好了，什么事啊？”

“什么是露营？”

对大多数女生来说，所谓的运动不过是朋友圈里的口号而已，这点，对叶千江来说也未能免俗。

当她站在体育用品店的时候，整个人是蒙的，只能傻傻地听老板介绍。

好在理智告诉她，手里捏的银行卡是属于洛琛的，才没有经历血流成河的惨败。

当叶千江抱着帐篷、防潮垫和睡袋出来的时候，手机正好响了，叶千江没好气儿地接起来：“喂，什么事？”

"怎么气喘吁吁的？"洛琛说。

"还不怨你。"叶千江两只手被东西占满了，手机夹在肩膀和脸之间，试图用嘴吹走挡在脸上的刘海，还要看着小可儿有没有抓紧自己的衣摆，"不是你让我买帐篷的吗？"

"拜托。"洛琛说，"我让你去买东西，没让你自己扛，你可以让店家送啊。"

"对啊，我干吗自己拿呢？"叶千江把手里的东西丢在地上，受不了自己的傻劲儿。

"走了很远吗？你可以打电话给店主，算了，你给我发个定位，"洛琛说，"正好我有事要找可儿。"

"找可儿？"叶千江的嗓音瞬间提高，"你找她干吗？"

"一会儿再说。"

叶千江郁闷地坐在一堆露营产品中间的时候，得知洛琛有事找自己的小可儿倒是格外兴奋。

当洛琛发现颓坐在地上、把东西丢得到处都是的叶千江时，忍不住扪心自问："你到底为什么会喜欢这女人？"

同小可儿的热情拥抱不同，累到脱线的叶千江在洛琛到来以后并没有什么特别的反应，只是眼巴巴地看着洛琛当着她的面把她买的东西一件一件搬进后备厢里，安置好东西后，才想起她似的向她伸出手："累了吧。"

叶千江看着那只修长的手，伸手没好气地打掉，从地上跳起来拍拍裤子上的浮土，转身就走。

洛琛赶紧把她拉回来："怎么了嘛？"

"怎么了，我这么个大活人看不到吗？"叶千江指着自己，气鼓鼓地说，"看不到吗，当我不存在吗？"

"怎么会！"洛琛比画着，"你这么大一坨。"

洛琛连拖带拽地把叶千江塞进车里，此时她才发现洛琛的车上竟有一个儿童座椅，小可儿正安安分分地坐在上面。

"你什么时候装的？"

“什么？”

“座椅。”

“很早以前了。”说着，洛琛启动车子，因为有小朋友在车上，所以更加仔细。

通过车内后视镜发现可儿的嘴噘得高高的，洛琛问她：“哎哟，谁惹小公主不高兴了？”

“你。”

洛琛发现可儿气哼哼的样子与叶千江如出一辙，好笑地问：“我怎么了？”

“你为什么最后拉她起来？”可儿指着叶千江的背影说。

“嗯，因为她跑不了啊。”

“那你为什么先捡东西？”可儿继续质问道。

“因为放久了会潮。”

“那你就不怕她变潮吗？”可儿无比认真地说。

洛琛的回答显然没能让可儿高兴，决定一个人生闷气的她被一个蘑菇大门吸引了注意力：“那是哪儿？”

洛琛停车后，绕到后座为她拉开车门：“这里是幼儿园。”

“幼儿园？”叶千江和可儿同样惊讶。

为可儿解开安全带后，那个小家伙就像八爪鱼一样挂在洛琛身上，洛琛一只手托着她的腿弯，一只手拉着叶千江，走进那个让可儿尖叫连连的地方。

幼儿园老师向叶千江介绍园里的设施和课程的时候，活泼开朗的可儿已经和小朋友跳起早操。

“你们家的孩子这么活泼，在幼儿园一定会很开心的。”

在叶千江否认他们是一家人之前，洛琛已经询问老师他们可不可以自己看看。

剩下两个人的时候，叶千江说：“真是超惭愧，我都没想到，可儿早就到了上幼儿园的年纪。”

“有我呢。”洛琛指着自己，“很帅吧。”

“哪儿有，不过很感谢你，真的。”

洛琛叹了口气：“我倒宁愿你是假客气的，你什么时候才能不跟我客套？”

叶千江指着墙上的宣传画：“可儿的年纪上小班会不会有点大？”

“那就直接上中班。”洛琛说，“小班的课程我们可以回家教。”

“不，我们今天就打算搬出去了。”叶千江否决他的提议，“之后我会租一套房子。”

“这件事情以后再说。”洛琛拿着幼儿园手工课剩下的橡皮泥问老师，“这个，可以用一下吗？”

得到许可后，他给叶千江抹了个彩虹色的大鼻头。

买了初级课本出来后，懵懵懂懂的小可儿蹲下来看着趴在幼儿园门口哭得撕心裂肺，死活不肯进去的小朋友问：“这里好好玩，你为什么不进去？”

那小朋友愣了一下，哭得更凶了。

在事态发展到不可挽回之前，洛琛一把抱起小可儿逃掉了。

为了准备露营的食物，在回家前三个人特地去了趟超市，在超市里小可儿凭借卖萌的绝技骗来了好多零食。

通常状况是，坐在车筐里的可儿拿了个零食，叶千江扫一眼成分面无表情地塞回去后，跟在后面的洛琛就会偷偷地把零食放进自己的篮子里。

靠着这样默契的配合，他们回家的时候车门几乎关不上。

“真是的，什么时候买这么多东西，那不都是我放回去的吗，小孩子怎么能吃这种东西……”

儿童座椅上的小可儿听着两个大人斗嘴，事不关己一般傻乐着。

回到家，简单吃了午饭过后，叶千江借着哄可儿午睡的机会大大方方地睡了一觉。醒过来的时候，露营要带的食物已经被洗净切好，分门别类装进密封盒内，可儿站在一旁的凳子上对洛琛的工作逐一进行点评，看见叶千江出来，乐颠颠地把洛琛剥好皮放在冰箱里冰着的荔枝端给她。

叶千江把水果放下，挽起袖子：“我能做点什么？”

洛琛指了指沙发：“去那儿坐着。”

“大叔的意思是……”小可儿在旁边晃着脑袋补充道，“你只要貌美如花就好了。”

因为错过晚高峰，开车到市郊并没有花费多少时间，一路上小可儿念叨着洛琛准备食物时抽空教她的课文，时间过得飞快。

车子开到半山坡就是露营的地方，连小可儿都对这个地方赞不绝口。

经过这几天的相处，小可儿已经完全变身洛琛的小迷妹，尤其在洛琛安装烤肉架的时候，她和叶千江自告奋勇地把帐篷搭成一堆垃圾，而洛琛拿着说明书研究了三分钟就把废物变成“城堡”之后。

吃肉的间歇，小可儿舔着嘴上的油对叶千江说：“你好没用啊，你什么都不会做。”

“你做什么了？”

“我给大叔擦汗了。”小可儿甜甜地说。

“对。”洛琛把新烤好的肉串放在两人面前的盘子里，幽幽地说，“连她都给我擦汗了呢。”

叶千江刚想反驳，一个车队浩浩荡荡地开过来。

从车上陆陆续续下来了十几个人，叶千江一眼就看见了周慧。

周慧比几个月前黑了也瘦了，人却更加精神了，一头短发更衬得她神采飞扬。

“慧姐！”叶千江迎上去和周慧抱在一起。

小可儿跟在叶千江身后，拉拉周慧的衣服，学着她的样子，奶声奶气地说：“慧姐好，我叫可儿。”

一行人被她的模样逗得哈哈大笑，一下子就打破了生疏，周慧向叶千江和洛琛介绍她新交的朋友们。

“可儿你好，我叫岑森。”跟周慧坐一辆车的中年男人主动蹲下来，跟小可儿打招呼，“你可以叫我的名字，也可以叫我大胡子叔叔。”

“我能摸摸它吗？”小可儿看着他的络腮胡，眼睛里露出希冀的光芒。

“当然可以。”

“涩涩的，扎扎的。”

“是啊，我的胡子是扎扎的。”

小可儿看着自己的手指，眯着眼睛呵呵直笑：“可是我好喜欢。”

“我也好喜欢你。”

“你的车好长啊。”

“是啊，里面还有电视和游戏机，你想去看看吗？”

“真的吗？”小可儿朝那一排车队跑过去，其间还不停催促牵着她的大胡子叔叔跑快点。

看着两个人欢快地跑远了，周慧问：“这是谁家的孩子？”

“我姐姐的。”叶千江说，“我也是才找到她，以后再跟你细说，先跟我说说你的事。”

“天山，博斯腾湖，莫高窟，青海湖，怒江，西岭雪山，都江堰……”周慧说，“绕了一圈又回来了，接着往北走。”

“周姐，你去了那么多地方啊。”叶千江羡慕之情溢于言表。

“想去吗？我带你。”在一旁烤火的洛琛幽幽地说。

叶千江一脸无奈。“你说什么呢？”连忙跟周慧解释道，“周姐，你别听他瞎说，他开玩笑的。”

周慧假装惊讶地说：“我认识的洛琛可是不会开玩笑的。”

“周姐，你怎么也这样了。”

“我怎么了？”

不远处，小可儿抱着个毛绒玩具跑过来的时候“扑通”一下摔了一跤，在叶千江赶过去之前，洛琛率先赶过去，确定她没受伤后，抱着眼含热泪的她玩举得高高的。

周慧看着洛琛说：“他是个值得托付的人。”

“周姐……”

“你呀，这么大人了，有什么难为情的。”周慧说，“人和人之间，有时候就是这么奇怪，最开始的时候，你要做关怀师，他呢就要辞退你，每次见面的时候都像刺猬一样，现在呢，我看他这是把你的外甥女当成女儿了，那你为什么不给彼此一个机会呢？”

“慧姐，其实我还没想好。”叶千江对周慧说出心中的担忧，“你也知道，车祸以后我的状况很不好，甚至过去的事情很多都记不起来了，我害怕。”

“怕什么？”

“我怕我对不起他，我……”

周慧拉住她的手：“千江，洛琛跟你说过他的故事吗？”

“如果是关于黑暗恐惧症的话，说过一点点。”

“因为家庭不幸，洛琛从小到大吃了很多苦，我一直希望有人能够照顾他。可是，童年的伤害对一个人的影响太大了，我一度以为他要孤独终老了，其实走之前我也想过这件事，可是当时你们两个一副水火不容的样子我就没明说。你们两个很像，人生很艰难，能找到那个懂你的，互相取暖的人不容易，我知道心结是最难解开的，但是我想请你答应我，无论什么时候，都不要轻易放开他。”

“我懂。”

两个女人说着悄悄话的时候，洛琛已经把可儿哄好抱给叶千江看，他们身后跟着不知所措的大胡子岑森。

“你怎么回事，怎么让孩子摔倒了？”

周慧的一席话，让叶千江和洛琛不由得对那个满脸大胡子的岑森侧目，两个人默契地用眼神交流。

这个壮壮的岑森和周慧关系不一般。

岑森双手交叉在身前，黝黑的脸庞被炭火照出些许的暗红色：“我……我想扶她来着，没赶上。”

“是我自己不小心踩到石头摔倒的，跟大胡子叔叔没关系。”小可儿一字一句地解释道，“我是因为抱着小草莓才摔倒的。”

“这是哪儿来的？”叶千江早就看见可儿身前抱着的东西。

“是大胡子叔叔送给我的。”小可儿怯怯地望着大胡子。

“是啊，是我送给可儿的。”岑森赶紧附和。

“你怎么能要人家的东西呢？”

“这个……”小可儿噘着嘴，细声说，“这个可以放在头后面，开车的时候能保护人，我想送给大叔。”

洛琛受宠若惊，屈膝蹲下来：“是送给我的？”

“嗯。”小可儿挠着鼻翼，“你送给我那个了嘛。”

“什么？”

“儿童座椅嘛，哎呀，大叔真是老了，都记不住了。”

“大叔老了，你帮大叔把小草莓装上好不好？”

小可儿自然是安不上的，谁料起了执念的她固执地不肯让洛琛帮忙，把他赶走后，跑去找岑森帮忙，岑森自然而然地找周慧求助。

正当周慧帮忙装饰车的时候，壮壮的岑森三步并作两步跑到叶千江和洛琛跟前，紧张地揪着自己的胡子：“那个……能请你们两位帮个忙吗？”他把兜里的钻戒偷偷拿出来晃了一下，又紧张地放回去，生怕被某人看出端倪。

“啊，恭喜你。”

看着叶千江兴奋地跑前跑后，洛琛恨不得把她黏在椅子上。一会儿跑去安排灯光，一会儿又要操心音响，来去如风，根本意识不到他的存在一般，从他面前走过好几次都没正眼看他一次。

求婚仪式正式开始的时候，毫不知情的可儿贡献出了极其浮夸的演技。

当岑森单膝跪地献上戒指的神圣瞬间，旁边的小可儿蹦跳着才能看到首饰盒里的东西，兴奋不已。“慧姐嫁给他，嫁给他，那个……”她小声对周慧说，“上面的石头好大，好值钱。”

原本紧张到颤抖的岑森，终于露出一丝微笑。

“这枚戒指我准备了好久，一直带在身上，我从没想过在这个年纪还会对哪个女人这样动心。我知道你的过去，你也了解我的过往，我想说的是，我们都不年轻了，我们都曾经爱过，更失去过。这也让我更坚定了向你求婚的决心，因为你……”他摸着自己胸口的位置，“让它重新跳动了。”

众人屏息倾听这场告白的时候，小可儿拧着眉毛望向叶千江，疑惑地问：“心不跳了，这个大叔得了很严重的病吗，要不要扎针？”

在她小小的脑袋里，扎针就是天大的事，只见她一本正经地说：“扎针屁股会疼的。”

叶千江赶紧捂住可儿的嘴，可是这一次，连跪在地上的岑森都忍不住笑趴在地上。

不过他很快调整好状态，重新跪好：“我不会说漂亮话，这你是知道的。但是当我载了非洲游客后疑似感染埃博拉烧得一塌糊涂的时候是你在照顾我。那时，我就想等我好了，一定要娶你为妻。我想照顾你，慧，嫁给我吧。”

“嫁给他，嫁给他，嫁给他。”在热闹的起哄声中，最响亮的绝对是可儿的欢呼。

“那石头好大，嫁给他，嫁给他！”

当周慧含着眼泪说出“我愿意”的时候，气氛达到顶峰，岑森激动到颤抖，戴了两次才把戒指套在自己的新娘手上，周慧拉他起来的时候，岑森的脑袋上有一层亮亮的汗珠。

当大家终于为岑森松了一口气的时候，可儿的声音再度回荡在空旷的山野上。

她喊着：“亲一个，亲一个……”

闹哄哄的求婚仪式结束后，闹够了，乐够了的可儿蹬掉鞋，钻进洛琛搭的帐篷里睡觉去了。

叶千江原本想帮着清理现场，被洛琛赶去陪周慧叙旧。

看着周慧的眼睛时刻不离指挥大家拆除现场的岑森，叶千江知道周慧遇到了对的人。

“这么喜欢吗？”

“那你呢，喜欢洛琛吗？”

叶千江原本想要揶揄周慧的，结果反被逗了。

“慧姐，既然订婚了，就多住些日子吧。”

周慧看着她：“你不知道？我和岑森原本就计划着跟大队分开，在这儿住上一个月的。”

叶千江把原委说了，周慧听得直摇头：“这你都信，我走那么久不得回来看看家人吗？还能真的过家门而不入啊。”

“我是真傻。”叶千江说。

“从另一方面看，为了留住你，某人还真的是费尽心机。”

打扫到一半的时候，洛琛忽然想起什么，连忙跑到两个女人跟前，看两个人的脸色就知道自己露馅了，二话没说，又跑回去帮忙做苦工去了。

终于把闹哄哄的人送走，洛琛过来主动跟叶千江承认错误。

“你怎么能用慧姐的事骗我呢？”

“谁让你又要辞职又要搬走？”

“那现在为什么坦白？”

“争取宽大处理。”

“你以为这样我就不辞职了吗？”

“辞职也行，要不就直接嫁给我，反正可儿的幼儿园离我家近，你照顾着方便。”

“你干吗跟着我？你的帐篷在那边。”

“我知道，我送你进去才放心。”洛琛锲而不舍地跟在叶千江身后，“哎，你看，今晚的月色很美。”

“大哥。”叶千江指着天，“漫天的星星哪儿来的月亮，晚安，快回去睡吧。”

洛琛踢着无辜的草坪，慢慢往回走，嘴里嘟囔着：“真是不懂浪漫。”

帐篷里的叶千江听着洛琛的抱怨声，脸上尽是坏笑，也轻轻说了一句：“今晚的月色很美。”

大概是露营的时候受了凉，从山上回来之后，叶千江就开始发烧，在周慧和岑森的说服下，叶千江继续借住在洛琛家，白天洛琛会带可儿去幼儿园试读一小会儿，然后和可儿去接在医院吊水的叶千江，吊瓶扎了一个多星期才见好。

不知道是因为战胜了病魔，还是因为和周慧约好了逛街，有了可儿后，睡眠质量飙升的叶千江竟然失眠了。

无意间发现从门缝透入的光亮，她轻手轻脚地推开门，客厅里的洛琛在看着什么，看见她的时候把手里的文件塞进桌台的抽屉里。

“抱歉，打扰你了。”叶千江略显尴尬地想要缩回客厅。

“没关系，是工作上的事，睡不着的话一起喝一杯吧。”

叶千江看着桌上摆的红酒杯，走过去在他对面坐下。

见洛琛从架子上抽出一只杯子，叶千江忙阻止。“我不喝酒。”她看着洛琛手边杯子里的酒痕，“有烦心事？”她从未见过洛琛喝酒的样子。

“还好，不是什么大事，你呢？”洛琛忽然问，“你有烦心事吗？”

“我的事，你不都知道吗？”叶千江感觉到洛琛的表情里有太多隐忍的情绪，她想去感受，却无处着力。

面对洛琛，她是头一次有这种感觉，这种陌生的疏离感让她莫名地想要逃走。

“如果没有事，我先回去了。”

叶千江起身离开，在走进客房的一瞬间，洛琛忽然开口。

“千……千江，你有没有想过……”稍稍的停顿过后，洛琛说，“在累的时候，辛苦的时候你有没有想过，假如自己是叶千羽就好了？”

“你说什么呢？我是我，叶千羽是叶千羽，谁能了解她的生活里有多少难过的事？”

“是啊……”洛琛自言自语道，“她一定经历了许多难过的事，她一定也很难过。”

叶千江听不懂洛琛说的话，说了声晚安便回房睡了。

第二天醒来，面对格外丰盛的早餐叶千江颇感意外，洛琛一边给变成小花猫的可儿擦脸，一边招呼叶千江来吃饭，丝毫不见昨晚的沉郁。看着他跟可儿疯闹着，好像昨晚的对话只是叶千江的一场梦。

“傻站着干吗，还不快过来吃饭？我们可没空等你啊！”洛琛摸着可儿的头顶，“我们要赶去幼儿园唱歌！”

“可不是吗？”小可儿抻着胳膊反摸着洛琛的头顶，“不快点就来不及了。”

叶千江坐下的时候，小可儿已经背上她印着白雪公主的书包，在门口踮着脚等待给叶千江布菜的洛琛。

在可儿的注视下，洛琛还是坚持叮嘱叶千江一番大病初愈后的注意事项，才恋恋不舍地离开。

根本无心饮食的叶千江收拾餐桌的时候，想起洛琛的银行卡还在自己那儿，连忙从包里翻出来放回原处，发信息告知对方的时候，洛琛秒回了一个哭泣的表情，附带一段可儿在幼儿园疯跑的视频。

叶千江放下手机，从包里掉出来一个铁盒，那正是可儿的“宝藏”，上次拿回来后被她忘在包里。

百无聊赖的叶千江翻看着小可儿的百宝箱，窥探的快感促使她打开盒子。

奇形怪状的石头，糖果包装纸，发了霉的瓜子，塑料耳环……

叶千江翻着属于童年的宝藏，忽然被露出一角的白色珠子吸引了注意力。

她把那颗穿了红线的珠子拉出来，放在手心里仔细端量，那珠子同记忆中的某样物件重合。

那珠子和车祸现场她攥在手里的吊坠一模一样。

惊愕中，叶千江失手打翻了百宝箱，里面的东西散落一地，叶千江赶紧蹲下去捡。

有几粒弹珠顺着没关严的抽屉缝掉进去，叶千江寻找的时候，无意间瞥见洛琛前一天晚上藏起来的文件。

原本准备合上抽屉的叶千江被文件上的几个大字吸引：DNA 亲

子鉴定检验报告书。

那正是她委托洛琛帮忙做的鉴定，可是他为何要将报告藏起来？

让叶千江意外的并不止这一件事，检验报告底下，有一份写着自己名字的诊断书。

叶千江回想起男友去世后，洛琛带着自己去医院检查的事，后来忙起来也就忘了。她把那份写着科塔尔综合征的文件丢到一边，翻到DNA鉴定报告的最后一页，上面有几个大字：排除亲子关系。

叶千江几乎跌坐在地上，检验结论后又附上了几组数据，建议做亲缘关系检测。

做关怀师之初，叶千江查阅过相关信息，所谓的亲缘关系是同胞（兄弟、兄妹、姐弟、姐妹）、表兄妹关系的鉴定，叔侄之间、姨和外甥女之间、舅舅与外甥（外甥女）之间的鉴定。

想起父母对自己的态度，男友和其家人的排斥还有姐夫和自己相处时流露出的暧昧……

一个荒唐的念头在叶千江头脑里翻滚，直把她的心搅到翻江倒海。

叶千江抖抖索索地翻出手机，从通讯录里找到标着姐夫名字的号码，试了几下才用颤抖的手指按下拨号键。

“喂。”

电话那头的声音透着疲惫和无力感，让叶千江感到无比的熟悉和无比的陌生，那一瞬间她心里生出强烈的预感，接下来的答案绝对不是她想要的，可是她又不得不选择面对。

沉默良久，她终于开了口。

“我是谁？”

电话那头的人显然没料到她会这么问，用感伤又激动的声音问道：“你想起来了，你记起我了？”

她知道，那声音里有多少激动，就有过多少无奈。

“没有。”她如实回答，“我找到了一些线索，我想你可能知道些什么。”

这个答复让陈锦年雀跃的心情稍稍有些回落，不过此刻的叶千江并没有能力理会那么多。

因为接下来从这个男人口中听来的故事，让她不得不重新审视自己，或别人的人生。

“从小你就是学校里的风云人物，不仅人长得漂亮，成绩好，还能歌善舞，我暗恋你很久，从来没有勇气跟你说话。大学的时候，你跟我的室友交往，有事没事总往我们学校跑，那时候我们才算真正认识，我也把那份喜欢藏得很小心。毕业以后，我做了普通的银行职员，而你兼做了几家公司的理财顾问，就在我想要放弃的时候，几年没有联系的你竟然主动请我吃饭，要跟我交往。”长久的停顿后，伴随着一声叹息，电话那边的人终于鼓起勇气，“其实我知道，你跟我交往只是为了气气我的室友，你对我或许有好感，但是绝对称不上喜欢的程度，这些我都知道，你跟他分分合合的几年，对我也是若即若离。”

“对不起，虽然我不记得这些，但是如果我做过，我愿意向你道歉……”

“没关系的。”陈锦年说，“我很高兴，因为意味着对你来说我是有用处的，直到半年前你说要跟我结婚，我以最快的速度请好假，我有信心你会慢慢爱上我的，谁想到竟然发生了车祸。”

“那孩子的事情你是什么时候知道的？”

“大概一年前，你的行为举止越来越像你妹妹，甚至做了微调的手术，我不放心跟踪了你，发现了孩子。这件事我始终没跟你说过，因为说破了就完了，我以为你迟早会离我而去，直到你跟我说结婚，我想你也是想给孩子一个家，我愿意等你慢慢地把一切都告诉我，我也都接受，哪知道，车祸以后，我从病床上爬起来去看你，一见面你就叫我‘姐夫’。”

“为什么？”她哽咽着，“为什么没戳穿我？”

“我以为，那是你早就设计好的。”陈锦年幽幽地说，“这就是爱啊，我爱你，就认可你的一切。”

她并没有说出反驳的话，真正的爱是克制，是包容，更是不离不弃。

她只问了一个问题：“你的室友叫什么名字？”

“林意畅。”

叶千江慌忙挂掉电话的时候，大门被人推开。

“可儿玩疯了，在小区门口的健身器材上翻杠子，让慧姐碰上了，陪着她玩呢，我有个视频会要开，一会儿你去接她的时候……”

洛琛的声音戛然而止，因为一脸惨白的叶千江正坐在一片狼藉中，双目无神。

“你怎么了？”

“你都知道了是不是？”

洛琛伸过去扶她的手停在半空中，不确定地问：“你说什么？”

地上的人颤抖着双唇。“我不是叶千江。”她指着面前被他藏起来的文件，“你早知道了不是吗？”

“你先起来，这件事情我慢慢跟你说。”

“所以……”终于确定自己身份的叶千羽说，“你也知道了，可儿是我的孩子？”

洛琛的沉默让叶千羽更是无地自容：“所以你们都知道，你们都知道了，让我一个人，一个人在那儿演小姨……”

洛琛蹲下来，直视她的眼睛：“别哭，你是生病了，你看过报告的，经历了车祸那么大的事故，在极端的环境之下把自己幻想成了叶千江，那不是你的错。”他的目光里有包容、有理解，更有满满的柔情，然而正是那份深情让叶千羽感到万分惭愧。

“谁说的，曾经的我会穿她的衣服，还学了她的专业，我一定是想过要取而代之的，我甚至还研究了怎么给车子制造事故。”

“那不是你做的，看着我。”洛琛抱着她的肩膀，“你看着我，我找过交警队的朋友问过，开车的确实是叶千江，但是事故是肇事方大货车的责任，是对方司机疲劳驾驶而你们的车子躲避不及造成的，这场车祸完全没有人为的迹象。那天你是喝酒了，但是你没有开车，更没有对车子动过手脚。”

“你确定？”

“我确定，如果有问题，警方不会置之不理的，你只是车祸的受害者，这些在警方的报告里写得很清楚。我认为你是在巨大的撞击之后产生了应激反应，混淆了幻想和现实，车祸以后你把自己想象成了叶千江，我想你也是在医院里调换了证件，才让医院里的人用叶千羽的名字给你妹妹登记办了入院。”

叶千羽的脑海里跳出陌生的画面，她抱着头，哭着说：“我甚至把妹夫的电话改成了男友，把未婚夫标记成姐夫。”她的两眼空洞洞的，整个人像是没有灵魂的躯壳。

“你会好起来的，也许你曾经有过荒唐的想法，但是你没有去实施，我想无论有没有这场突如其来的事故，你都会放弃那个计划的，因为你是那么善良，你可以为关怀对象奔赴千里之外寻找亲人，怎么会忍心让自己的至亲之人受到一点点伤害？”

“不，你不认识我，你不认识我！”叶千羽尖叫起来，把自己包裹得更紧。

“我知道你很难接受，当我知道这一切的时候也很难接受，但是就像你说过的，谁的人生中没有难过的事呢？你这样想啊，或许曾经的叶千羽也是无可奈何的，即使承受着剜心之痛，也要去做伤害亲人的事情。所以我想你给我一个机会靠近你，保护你，也给你自己一个机会原谅自己，可以吗？”

叶千羽含着泪：“为什么，为什么，这样的我，不值得，不值得的……”

“我说值得，就值得。”洛琛慢慢把如小兽般瑟瑟发抖的她抱在怀中。

叶千羽忽然推开他，站起来居高临下的她一脸冷漠：“不要喜欢我，我不许你喜欢我，所有的一切，到此为止。”说完，她抓起外套转身就走。

“叶千羽！”洛琛叫着这个颇为陌生的名字，紧跟在她身后，“我等你回来！”

叶千羽背对着他。“我为什么要回来？我有家，有孩子，还有未婚夫。”她用极冷漠的声音一字一句地说清楚，“我为什么要回来？”她对身后的洛琛说，“你不要跟过来坏我的事。”

洛琛不敢相信自己的耳朵，一个人面对空荡荡的走廊许久……

身后没有脚步声跟来，叶千羽既欣慰又有意料中的失落，她疾步而行，大门口处玩耍嬉闹的小影子绊住了她的脚步。

“千江，我们在这里。”周慧挥手和她打招呼的时候，无名指上的钻戒闪闪发光。

“周姐……”她低下头，艰涩地开口，“以后我可能不叫叶千江了。”

她没有时间理会周慧的惊讶，俯下身去看小可儿，问：“你知道我是谁吧？”

小可儿怯怯地望着叶千羽，缩着脖子想要往后退，被叶千羽一把抓住：“我是谁，说出来，我是谁？”

可儿被吓得浑身打战，憋得满脸通红，喘息间已有哭腔，周慧上前劝阻被叶千羽挡了回去：“说啊，我是谁，我是谁？”

“妈妈，妈妈，妈妈。”小可儿哭出声，不停地喊叫着。

叶千羽把可儿抱在怀里，在心里流下悔恨的泪水。

等到怀里的小人儿停止哭泣，叶千羽一边帮她清理脸上的泪痕，一边柔声问她：“之前为什么不说呢？”

小可儿回答说，那都是叶千羽教的，让可儿在人前人后喊她小姨。

“以后不会了，以后都不会了。”叶千羽向可儿保证道，“以后你什么时候都可以喊我妈妈。”叶千羽亮出手里的白色珠子，“这是你的吧，这是什么？”

小可儿宝贝似的捧在手里：“是可儿摔断的牙齿，是小姨，不是，是妈妈帮我做成珠子的，我好喜欢。”

“可儿乖，妈妈有事要出去一下，你乖乖地等我回来好吗？”

得到可儿的许可后，叶千羽在可儿微红的脸上亲了一下，把她推到周慧怀里：“慧姐，虽然现在状况很乱，但是我想请你帮我照看下孩子，等我回来会给你一个解释的。”

叶千羽再次踏入林宅，这里处处都透着熟悉的感觉。

叶千羽发现，除了新换的安保人员，她对林家的上上下下都很熟悉，连走廊里摆设用的观赏花朵都是她亲自挑选的。

叶千羽想起曾经的自己想方设法地住进这里，可事到如今，她只想逃离。但是在逃开前，有些事她必须去做。

老管家对待叶千羽的态度一如既往的恭顺、殷切，还有一丝若有若无的厌恶。

叶千羽面色如常，并没有把那些事放在心上，其实面对鄙夷和误解，只要心中无欲无求，又有什么奈何得了她呢？

走进那间奢华的办公室病房，林意畅正站在病床前毕恭毕敬地汇报着工作。

叶千羽站在门口静静地看着，连这个场景也十分熟悉，因为曾几何时，她自己也站在林意畅的位置上，觊觎着天梯顶端的财富。

“嗯，你来了。”看见她，老人抿着嘴乐起来，“今天该叫你叶千江，还是叶千羽？”

“都可以，您习惯叫哪个就叫哪个。”

老人斜眼睨着身边的年轻人：“今天的她才有点熟悉的样子，对不对？”

林意畅表面上并没有作声，只是在抬眼间瞥了一下门口的人影，眉眼之间寒意森然：“你来做什么？”

叶千羽直面他：“你强吻我的照片被登在娱乐版上，难道我不应该讨个公道吗？”

“这件事我很遗憾，不过我也是受害人，原本的订婚典礼取消了，集团之间的合作陷入僵持阶段。”林意畅说，言下之意自己也是受害者，损失不小。

“那也是你咎由自取，不过今天我不想在这种小事上浪费时间。”说着，叶千羽的目光转向床上假寐的老人，“恕我冒昧，想请教您一个问题。”

“如果您领养的孩子领回一个满腹心计、居心叵测的女人，您会怎么办？”

老人捂住嘴：“嗯，这可不好办。”

“不好办？”叶千羽轻笑起来，“您不光办了，还办得非常漂亮。您不仅没有反对，还招来女孩儿做您的理财顾问，将自己的财富摊在她面前。”

老人慢悠悠地张口：“既然有人觊觎我的财产，我又怎么会蠢到把自己的钱交给她打理？”

“因为有一个计划要执行，因为你要报复小时候把你卖掉的家人，所以你要折磨唯一的亲人，你要他看着自己心爱的女人因为钱怀上别人的孩子，于是你先通过律师散播因苦于没有继承人死后有意将遗产捐赠的消息，然后指示您的私人医生谎称能够提取精子，好让林意畅以为自己找到继承遗产的方法，您料定视财如命的人不会放弃这个机会。”叶千羽叹了口气，“您看透了人心和人性，料准了林意畅会忍不住诱惑，因为您最终的目的就是为了让他像你一样，尝遍被所有人抛弃的痛苦。”

“嗯。”老人用干枯的手指挠着溃烂的嘴角，“那个女人怀孕了吗？”

“怀孕了。”叶千羽回答，面对手眼通天的林氏集团总裁，她没必要撒谎。

“孩子呢？”

“生下来了，四岁，很健康。”

“那为什么那个女人不带孩子来要财产呢？”

“因为孩子和那个家族没有任何关系。”

听完叶千羽的回答，老人半眯的眼睛忽然精光四射，一旁的林意畅却因错愕倒吸一口冷气。

“或许起因是贪财，但是怀胎十月让这个女人蜕变成了母亲，她不愿意让孩子生活在这样的地方，她偷偷地把孩子生下来，寄养在外，为的就是不让她当时的男朋友找到，虽然财富的诱惑是惊人的，但为了彻底摆脱男友的纠缠，为了保护自己和孩子不受干扰，她甚至计划着亲手杀掉妹妹取而代之。”

“哦，她成功了吗？”老人笑着问道，“多说一句，我可不喜欢大团圆的结局。”

“差一点，就差一点。”叶千羽说，“她始终下不去手，对亲人的爱在关键时刻拯救了她，虽然那场事故后她迷失了好久，但是最终她还是想通了。”

“想通了什么？”拍拍自己遍布皱纹和斑痕的额头，老人说，“我忽然有点不期待你的答案了，但是，我想他会很喜欢的。”说话间，他点了点身后呼吸急促的人。

“她想通了手眼通天的老人为什么任凭自己的孩子在外流浪，却不管不顾，因为那孩子跟他没有一点关系，因为这一切都是一个局，他只有一个目的——报复，报复他唯一的亲人。用来做试管婴儿的精子，无论是谁的，反正不是会是林家的。”

“既然都知道了，你还来这儿干吗？”老人说道，然而这番问话相当于承认了叶千羽刚刚的推测。

“因为那个女人发现报复行为还没有结束，您先假意答应林意畅订婚，让他以为自己能够得到更好的资源，暗地里您却派人拍了我们俩的照片散布出去毁了这个美梦，其实我想就算没有我，也会有其他意外阻止这个典礼，因为这本就是报复的一个部分。您料定失去一切的林意畅，会不择手段地从他心爱的女人手里抢回那个孩子，因为您的身体情况，留给他的时间不多了，他没有足够的时间再去‘创造’一个孩子，您要毁掉他的爱，他的希望，您要把所有人拖进地狱。”叶千羽说，“这就是您的计划，非常感谢您上一次的深情讲述，不然我也不会想到这些。”

“你上次装得像只人畜无害的小白兔。”老人说，“我想配合你而已。”

“不需要。”叶千羽说，“我来的目的是告诉某些人，我的孩子属于我自己，和其他人没有任何关系，谁要是敢打我孩子的主意，我会和他同归于尽。”

“要不要这么吓人？”老人提醒她，除了孩子，她还有家人和爱人。

面对如此直白的威胁，叶千羽慢慢地在屋子里踱起步子，假装欣赏着价值连城的摆设：“这屋里的每件东西都是价值不菲，这要归功于您公司卓越的创造力了，不过我恰巧看过您公司的账簿，对里面的很多东西记忆犹新。”说着，她缓缓地注视着老人的脸，不放过上面任何微小的情绪。

“你想要什么？”

“我记性不好，习惯把东西记下来以防万一。”叶千羽说，“从现在开始，如果我的家人和我的爱人发生任何意外，我都会默认为和林家有关，那么记录着很多信息的东西就会邮寄给相关部门，到时候，我相信不管您如何手眼通天，林氏集团都将面临巨大的危机，您报复林意畅的目的就提前达到了。不过，我想维持这套生命系统也所费不菲，如果您想试试会不会出现生命的奇迹，我想也是很励志的故事。”

“好，很好。”老人的声音不紧不慢地响起，“可惜我的年纪大了，不然还真想跟你讨教几招。”

从林宅出来，叶千羽长舒了一口气，所谓的强硬和淡定都是她强装出来的。

面对虎狼一样的敌人，只有比对方更狠更毒才有胜算。从发生车祸到现在，她的记忆只恢复了一部分，但是她记得以前的叶千羽目标明确，绝不是给人随便拿去欺负的。

她手上并没有关于林氏集团账务的任何信息，只是就着现有材料拼凑的理由，她只想带着可儿安静地生活，甚至不惜虚构了可儿的身世。实际上可儿并不是试管婴儿，她的父亲正是林意畅本人。或许当初接触林家时她的用心算不上纯良，但是她没有办法一边爱着林意畅，一边去尝试怀别人的孩子。也正因为如此，她更不能让别人发现这个秘密，可儿是她的珍宝，如果谁妄想要夺走，她不介意以命相搏。

不过现在比起搏命，她更加着急去那个救命的地方。

她无数次从这里进进出出，不过都是以叶千江的名义。

此刻，站在盛琪医院门口的叶千羽，已经有相当长的一段时间没有见到家人了。

值班的医生和护士对她这一家一定印象深刻，不然不会在看见她的那一刻瞬间紧张兮兮地站起来。

以往几乎每次她来都会引起极大的“骚动”，仔细看看，她曾摔倒在地，也曾经躲在楼梯口痛哭，不知不觉，这里竟然曾经见证过她如此多的不堪。

她还曾在这里骂关心自己的未婚夫，那时她把自己当成叶千江，对他的“关心”很是介怀。

叶千羽想，或许自己欠他一个道歉，她拨通陈锦年的手机，还没开口，话筒里传来他的声音。

“千……千羽是你吗？”

“不然你以为是千江吗？”她打趣道，“你还好吗？我为我之前的行为向你道歉。”

“不，不需要道歉，你知道吗，我真的很开心你能打给我。”陈锦年说，“我以为，我要永远失去你了。”

“你会好起来的。”

“我回去陪你好吗？我们的婚礼还可以如期举行的，酒店还没退……”

“谢谢。”叶千羽说，“谢谢你这么喜欢我，但是到这里就好，以后请更爱自己一些。”

“真的不可能了吗？”

“希望我们还是朋友。”

“当然，当然是朋友，我想让你知道，只要你愿意，你可以随时打给我……”

“我能感受到，叶千羽对你是真心的，或许在开始的时候动机并没有那么单纯，但是订婚的决定绝对不是为了跟谁怄气，我相信曾经的叶千羽是真的想要嫁给你，可是现在希望你幸福也是真的。”

“就是说，我不能再联络你了？”陈锦年不死心地追问。

“不能。”叶千羽斩钉截铁地说，“在你从心里放下我之前，不要联系了。”

挂掉电话，叶千羽把手搭在把手上，深吸一口气，推开那扇她心心念念的大门。

那对老父母正围在女儿的床前，帮她洗脸梳头。看见叶千羽进来，叶父的脸色瞬间垮下来，换上满脸怒容。

“爸，是我啊，我是叶……”

害怕父女俩起争执的母亲早就跑过来拦着叶千羽，把她往门外推。

“你瘦了。”叶千羽抱着骨瘦如柴的母亲，心里满是酸楚。

母亲一愣，眼泪涌出眼眶，手指着门的方向，哽咽着说不出话来。

“爸妈，我是叶千羽啊，你们的大女儿来看你们了。”

年迈的父母齐刷刷地望向她：“你说，你说什么？”

“我是千羽啊，我来看你们和妹妹。”

父亲的眼圈悄悄泛起红色，他的眼睛在叶千羽脸上看了又看，直到从她脸上找到熟悉的神色，终于忍不住把脸埋进手上的毛巾里。

母亲早已抱着叶千羽哭成泪人，安抚好母亲后，叶千羽拍着父亲抽动的肩膀，看见他头顶的白发又添了好多：“爸，你老了。”

“老了老了，当然老了，”叶父抬起头，“你也瘦了。”

叶千羽帮他擦掉眼泪：“我想吃你做的菜。”

“爸爸给你做。”

“还有我很抱歉，”叶千羽说，“还有之前，我不是故意冒充妹妹的……”

父亲望着女儿，千言万语最终化作一声叹息：“不说了，我们是一家人。”

叶千羽抽出湿巾轻轻地为妹妹擦脸，触摸到那熟悉的面庞，让她有一种恍惚的感觉，可儿那张小小的笑脸在她眼前浮现。

孩子的事，以后找机会再慢慢告诉父母吧，眼下最重要的是照顾好昏迷中的叶千江。

凭着记忆重复洛琛教给李伶母亲的按摩手法，叶千羽有规律地帮妹妹活动身体。

大女儿的回归让父母在欣慰之余更有种释怀感，连日疲惫的老人在椅子上打起瞌睡。

这里是三阴交，足三里，外膝眼……

叶千羽总是忍不住想起洛琛的样子，为了不去想他，叶千羽一边按压穴位，一边给妹妹讲解昏迷这段时间发生的事情。

“我做了关怀师，认识了一群很棒的人。还有一个姐姐，这个月她就要结婚了，她的求婚仪式就在郊外的山上。在满天繁星的照耀下，我们所有人都玩嗨了，要是你在就好了。我们可以一起烤肉，一起数星星，一起唱歌一起笑。”叶千羽脸上露出不自知的笑容，“那天晚上的月色，真的好美。”

随着一股悲凉感涌上心头，脸上的盈盈笑意被碾碎，连她的声音里都透出隐隐的悲凉感：“可惜，那样的月色我不配拥有。”

感慨间，叶千羽感觉视线中有异样，刚刚床上的人好像动了。

“千江，千江，我是姐姐啊，你能听到吗，你能听到对不对？”

“条件反射而已。”那对老父母已经经历了太多次空欢喜，并没有十分在意。

叶千羽却不肯放弃，她趴在病床前不懈地鼓励着妹妹，时间一分一秒过去，就在她准备放弃的时候，叶千江的手指抖动了一下，随后沉睡的人奇迹般地睁开眼睛，虽然只是一线，却足够让她放声尖叫。

如大梦初醒一般，父母看着眼前的两个女儿，不敢相信自己的眼睛，看了好一会儿，两位老人扑到床前，用力地握住女儿的手，悲凉的哭声从喉咙深处传来。

医生给苏醒的叶千江做了基础检查，确定她恢复意识后，安排了相应的检查项目。

因为有关怀师的基础，叶千羽凡事亲力亲为，相互搀扶的父母亲看在眼里格外欣慰，一直以来都是两个人相互依靠，如今他们终于可以歇歇了。

叶千羽拿着检查的通知单站在医院内部示意图前仔细研究，对父母说：“现在在做脑电图，一会儿还有一个 CT，就在走廊尽头右拐第二个房间，这两个项目做完，今天的检查就完事了，结果很快会出来的。”

就在一家人相互依偎、相互打气的时候，一个熟悉的身影闯进叶千羽的眼帘，她安排父母在医院提供的座椅上休息后，追了上去。

“梁爷爷？”

老人回过头来，看见她也是满脸的笑容：“叶千江。”

“嗯。”叶千羽觉得这个时候没必要更正自己的名字，含混地带过去，“您怎么了，是哪里不舒服吗？”

“没有没有。”梁爷爷摆摆手，“是老年大学的一个朋友住院，我来看看病人，你呢，在做关怀师吗？”

“陪我妹妹做个小检查。”

“她怎么样？”

“没什么大问题，我相信她很快就能康复出院。”

“那就好。”梁爷爷感叹着，“每当看见你，就能想到和你陈奶奶在医院的时光。”

叶千羽不想勾起他的伤心事，主动岔开话题：“抱歉梁爷爷，因为家里一直有事，所以您亲戚的事情一直是我同事在跟进，等我妹妹好一点，我一定去……”

梁爷爷抿着嘴笑起来。

“怎么了？”叶千羽一头雾水。

“你还不知道啊？”梁爷爷说，“我没有亲戚生病，是洛琛打电话请我帮忙，这是个把你留住的借口。”

“是……是假的吗？”

“虽然我不知道你为什么要辞职，但是你真的是很优秀的关怀师，如果没有你，我跟你陈奶奶恐怕要带着遗憾离开。但是，什么理由都不应该撒谎，我向你道歉。”

“不不不，您是为我好，该说谢谢的是我才对。”

梁爷爷去看朋友前，在叶千羽的耳边轻轻说了一句：“洛琛是个好孩子，值得托付。”

回到检查室外的叶千羽有些失落，父母看见她和梁爷爷聊天，对她有这样跨越年龄层的朋友有些惊讶。叶千羽简述了自己做关怀师的经历，还有和陈奶奶、梁爷爷认识的过程，父母既感动又感伤。

因为那段时间，忙着帮助别人实现梦想的女儿，并没有从家人这里得到半点关爱。

叶千羽看出两人的懊悔，主动说道：“是我不好，那时我把自己当成妹妹，你们也没有办法，何况还要面对被我认成姐夫的未婚夫。还有妹妹的男朋友，我把自己当成叶千江的时候总闹着去看，一定给你们添了不少麻烦吧。”

“我们始终是一家人。”叶父望着女儿，“是爸爸不好，可是我也没有办法，你总说是你喝酒开车导致了事故，我们的病房离那家人那么近，被听去了我可怎么跟人家交代。”

“喝酒的是我，开车的是千江，是我把两个人的经历记岔了。”叶千江说，“不过知道您骂我，赶我走的目的始终是为了保护我，我真的好开心。”

叶父抱住女儿：“在家里碰见你那次，我好想抱抱你，可是我不能，我不想你去医院，万一被人误会，你妹妹那个样子又没有办法为你作证。”

“还有，你和陈锦年怎么样了，有没有联系？”母亲问道。

虽然感觉母亲的关注点很奇怪，叶千羽还是解释了一番，她和陈锦年已经商量好做朋友了。

听到这个消息，父母俩不由自主地流露出失望的表情。

“爸妈，一会儿妹妹检查完，护工和护士都会帮忙把妹妹推到CT 室，我想出去一趟，你们两个可以吗？”

在得到肯定的答复后，叶千羽火急火燎地往外跑。或许她曾经做了许多错事，或许有些东西她永远无法弥补，但是现在她清楚地知道，有一个人她不想错过。

不知什么时候，那个人在她心里生了根，她放不下，也不想放下。

几乎在她冲出医院的一瞬间，一个颀长挺拔的身影挡住去路。

压抑着内心的雀跃，带着些许憧憬的叶千羽抬起头：“林意畅？”

“抱歉，才找到机会脱开身。”林意畅修长的手指在咖啡杯上摩挲。

叶千羽盯着咖啡杯里自己的倒影：“我不是来听你行程安排的。”

林意畅哑然失笑：“连一杯茶的时间都不肯分给我吗？”

“你想说什么？”

“你……你好吗？”

叶千羽耸耸肩：“你看到了。”

“那……孩子呢？”林意畅问道，“孩子好吗？”

“不劳你操心。”

“我是说，如果有什么事需要我……”

叶千羽淡淡一笑：“没有那样的事情。”

“你别这样，我只是想……”

“我哪样了？”

“我们是有感情的，不管怎么样，我都希望你过得好。”

“是吗？非常感谢，不过我希望下次你能在得意的时候送来关怀，不然会让别人错以为你是来找安慰的。”叶千羽毫不客气地戳穿他。

“你一定要这样想我吗？”林意畅俊秀的脸上泛着艰涩的笑意，“我们相爱过。”

“爱到让我去怀别人的孩子？”她冷笑着起身，“如果没事我先走了，希望你一切都好。”

“我没有忘记过你，从来没有。”林意畅伸手拉住她，又在第一时间放开，“抱歉，我只是想告诉你，我愿意为你提供帮助，随时。”

“我只想请你离我远一点。”她在心里把这句话补充完整，“离我的孩子远一点。”

再没多说半个字，叶千羽转身离开。

失落的林意畅坐在咖啡店里，望着对面空荡荡的座位，将杯中的苦咖啡一饮而尽。

叶千羽赶赶到洛琛家的时候，正赶上岑森对着空气练习结婚誓词，见她进门，他非要她扮演新娘给自己提点意见。

叶千羽在房间里四处找人的时候，身后就跟着一个对着自己念结婚誓词的尾巴，周慧和小可儿在沙发上吃着垃圾食品，笑得一塌糊涂。

“你愿意嫁给我，不论富贵还是贫穷，疾病还是健康，不离不弃，永远在一起吗？”

叶千羽回答得很干脆：“我不愿意。”

岑森心碎地捂着胸口：“壮硕的汉子也有一颗柔软的心，你不能这么伤害我的。”

丢下眼泪汪汪的岑森，叶千羽在房间各个角落寻找。找了一圈未果的情况下，叶千羽只有低声下气地询问沙发上的人：“他人呢？”

“谁啊？”小可儿假装不懂，跟周慧一唱一和，玩得不亦乐乎。

“哎呀，你们有完没完？”叶千羽跺着脚，“洛琛呢？”

“那谁知道呢？”周慧一脸无辜地说。

“对啊对啊。”身后的岑森举着花束附和着。

“不是你先走的吗？”小可儿事不关己地说着风凉话。

经过几轮交锋，逼得叶千羽就差负荆请罪了，沙发上的小可儿和周慧摇头的频率如出一辙。

“我真的不知道他去哪儿了。”小可儿认真地说，把手里的薯片分给她，“要吃吗？”

叶千羽谢绝了食物，转向周慧：“姐……”

“我也不知道，”周慧说，“不信你问老岑。”

被点名的人点头如捣蒜，像得了圣旨一样兴奋。

将叶千羽的失落看在眼里，小可儿和周慧交换了一个眼神，咳嗽一声：“友情提示哟，他不在公司。”

“也不在家。”岑森跳着说。

周慧补充说：“也没在医院照顾患者。”

晚风微凉，夕阳把一切都镶上金边。

望着那道背影，叶千羽思绪万千，最开始她不确定那是不是爱，只是慢慢习惯他在自己身边。

不记得是什么时候开始的，只要她需要，他永远在她身后，好像时刻准备着对她施以援手一样。

她有什么理由不爱这个人呢？

可是，两人近在咫尺，她就是没办法迈出那一步。

因为心里有一个声音提醒着她自己，这个男人见过她最潦倒、最丑的样子，知道她做的所有事情。那样的她，连她自己都厌恶，无法接受，如何能这样站到他跟前呢？

她怎么能够这样对待这个人呢？

她一步一步后退，看着他的背影越来越小，心底忽然生出几许苍凉的感觉。

“或许，就这样错过了吧。”她想着，这就是人生，是她爱而不得的人生。

她叹了口气，垂着脑袋准备离开，转身撞上一堵肉墙。

她抬头看着对面的人，暖暖的日光下，他周身都笼罩在朦胧的淡黄色光晕中，美好得让人移不开眼。

在这一刻，她有太多想说的，却不知道从何开始。

“怎么，一贯伶牙俐齿的人，怎么傻了？”洛琛笑着说，他的笑容明净澄澈，没有一丝杂质。

这个瞬间，连叶千羽都恍惚，仿佛那些歇斯底里，那些嘶吼都不存在。

这就是洛琛，在他的眼里，仿佛只看得见你美好的样子。

“我……”

“我什么？”洛琛逗弄着窘迫的她，仿佛她是新奇的玩具一般。

见叶千羽仍旧闷闷的样子，他夸张地伸了个懒腰：“拜托，我在风口站了好久，就为了等你。”

“等我干吗？”

“看月光啊。”

叶千羽忍不住笑出来，轻声说：“很冷的。”

“我不管。”洛琛快步走回刚刚的地方，坐了下来，倚在帐篷上假装忧郁的样子，“有个女孩儿离我而去了，我好难过啊。”

见身后没有动静，他一边拍了拍自己身边的空位子，一边掏出手机。

新消息的提示音响起，叶千羽拿出手机看着洛琛跳动的头像，点开：“快过来哄我，非要我说出来吗，我不要面子的？”

她笑着鼓起勇气，迈着轻快的步子走到洛琛身边：“初次见面，我叫叶千羽，可以认识下吗？”

镜片后的眼睛里盛满了盈盈的笑意，还有一丝顽皮：“你好，我叫洛琛。”

“我能坐下吗？”

“你已经坐下了。”

叶千羽盯着自己的脚尖说：“我最近认识一个朋友，她的故事很怪，你想听听吗？”

“故事很长吗？”他调整好坐姿，偷偷用手机发出去一个笑脸。

电话那头的小可儿则回了个嘘声的表情，这是他们两个人的小秘密。

“很长很长。”叶千羽说，“连她自己都处在震惊中。”

“我准备好听了……”洛琛回答，“用我的余生。”

— 全文完 —